«PANDORA»

Della stessa autrice

Fine dell'estate • Palomino • Una perfetta sconosciuta • Stagione di passione • Una volta nella vita • Un amore così raro • Due mondi due amori • Incontri • La tenuta • Ritratto di famiglia • Svolte • Promessa d'amore • Menzogne • Ora e per sempre • L'anello • Giramondo • Amarsi • Amare ancora • Cose belle • Il cerchio della vita • Il caleidoscopio • Zoya • Star • Daddy-Babbo • Messaggio dal Vietnam • Batte il cuore • Nessun amore più grande • Gioielli • Le sorprese del destino • Scomparso • Il regalo • Scontro fatale • Cielo aperto • Fulmini • La promessa • Cinque giorni a Parigi • Brilla una stella • Perfidia • Silenzio e onore • Il ranch • Un dono speciale • Il fantasma • La lunga strada verso casa • Immagine allo specchio • Dolceamaro • Forze irresistibili • Le nozze* • La casa di Hope Street* • Il viaggio* • Granny Dan-La ballerina dello zar* • Aquila solitaria* • Atto di fede • Un uomo quasi perfetto* • Il bacio* • Il Cottage* • Tramonto a Saint-Tropez* • Una preghiera esaudita • Un angelo che torna* • Appuntamento al buio* • Un porto sicuro* • La casa* • Il miracolo* • La stagione delle emozioni (Scomparso, Forze irresistibili, Il bacio) • Sua Altezza Reale* • Sorelle* • Ricominciare* • Una grazia infinita* • Una volta ancora* • Irresistibile* • Gli inganni del cuore* • Una donna libera* • Le luci del Sud* • Una ragazza grande* • Happy birthday* • 44 Charles Street* • Legami di famiglia* • Una notte da ricordare* • Hotel Vendôme* • I peccati di una madre* • Un giorno per volta* • Al primo sguardo* • Piccola Minnie a Parigi • Fino alla fine dei giorni* • Tradita* • Pegaso - Le ali del destino* • Gioco di potere* • Ogni istante di felicità* • Una vita perfetta* • L'appartamento* • L'eredità segreta* • L'amante* • Doni preziosi* • Una magia a Parigi* • La duchessa* • Il momento giusto* • Come una favola* • Oltre ogni ostacolo* • Lo spettacolo* • Sulle orme di un padre* • A ogni svolta* • La spia* • Una notte silenziosa**

*Di questi libri è disponibile la versione ebook

DANIELLE STEEL

UNA NOTTE SILENZIOSA

Traduzione di Chiara Brovelli

Sperling & Kupfer

Questa è un'opera di fantasia. Nomi, personaggi, luoghi e avvenimenti sono frutto dell'immaginazione dell'autrice o sono usati in chiave fittizia. Qualsiasi rassomiglianza con fatti o località reali o con persone realmente esistenti o esistite è puramente casuale.

Pubblicato per

Sperling & Kupfer

da Mondadori Libri S.p.A.

ISBN 978-88-200-7027-4

I Edizione ottobre 2020

Anno 2020-2021-2022 - Edizione 1 2 3 4 5 6 7 8 9 10

Ai miei meravigliosi figli,
Beatie, Trevor, Todd, Nick,
Sam, Victoria, Vanessa,
Maxx e Zara.

Grazie di avermi fatto il dono più grande,
quello della maternità,
grazie delle lezioni che mi avete insegnato,
della gioia incommensurabile che abbiamo condiviso,
di quell'amore che rende la vita degna di essere vissuta.
Sono grata di avere avuto tutto questo
e di avere avuto voi.
Vi amo con tutto il cuore
e con tutta l'anima.

Mamma/d.s.

«Le cose migliori e più belle di questo mondo
non possono essere viste e nemmeno toccate:
devono essere sentite con il cuore.»
Helen Keller, citando Annie Sullivan

«Se stai attraversando l'inferno, non fermarti
e vai avanti!»
Anonimo, spesso attribuita a Winston Churchill

«Tutto è possibile.»
Matteo 19:26

1

«TUA madre è morta, Bethanie. Devi accettarlo, non puoi sottrarti per sempre alla realtà.»

A dare la straziante notizia è un uomo alto, bello, con il viso solcato dalle rughe; l'emozione intensa fa contrarre il faccino della bambina, in preda a una sofferenza troppo grande. Poi, all'improvviso la rabbia si mescola al dolore, la bimba indietreggia di qualche passo e corre via. Lui non prova nemmeno a seguirla. La piccola si gira e lo fulmina con uno sguardo furioso e determinato.

«Ti odio!» strilla, ed è sincera. I piedi nudi, un vestito di cotone blu, i capelli biondi spettinati, il viso dai lineamenti perfetti in cui spiccano gli occhi accesi di collera e colmi di lacrime. È minuta, delicata, un elfo, ma ha dentro una forza che nulla di ciò che ha detto l'uomo può scalfire. Corre veloce, più veloce che può, come se volesse lasciarsi alle spalle quelle parole tremende. Scompare tra gli alberi. L'uomo la guarda furente poi,

a poco a poco, la sua espressione si fa più pacata. La tensione lo abbandona. Un attimo dopo, lo spiritello dei boschi riappare con un largo sorriso e gli va incontro saltellando nel prato, scalza. Da un gruppo di osservatori si leva un applauso.

Una donna dall'aspetto trasandato, in jeans strappati e maglietta, urla: «Perfetto», e la bellissima bimba bionda fa un finto inchino, felice. Un attimo dopo viene circondata dai colleghi attori. È Emma Watts, membro più giovane del cast di una serie tv di successo, *Il clan*, la saga di una famiglia potente del Nordovest, che va in onda ogni settimana. Ha compiuto da poco nove anni, e da due è nel programma. La madre le va vicino, soddisfatta; la bambina e l'attore che interpreta il padre tornano alle rispettive roulotte seguiti da tecnici del suono, costumiste, truccatori e parrucchieri. Il regista scambia due parole con un assistente.

«Brava, Em», la elogia Paige Watts, la madre. «Adesso sei contenta che ti abbia fatto ripassare la scena, ieri sera?»

Lei alza le spalle, indifferente. «Sì... Ho ingoiato la gomma mentre correvo.»

Paige la guarda esasperata. «Non dovresti masticare la gomma sul set, lo sai. Potresti soffocare.»

«Ma non è successo», replica lei, vivace.

È tra le giovani attrici più amate dal pubblico: ha un talento naturale, è nata per quel lavoro. Ha dovuto lasciare la scuola quando ha ottenuto il ruolo; studia sul

set con un'insegnante privata: Belinda Marshall. Donna affascinante, afroamericana, con antenati etiopi; oltre a dare lezioni, ogni tanto lavora come voce fuori campo, fa pubblicità e, occasionalmente, ottiene piccole parti in altre serie. Vuole recitare e ha tutte le carte in regola per farlo. Possiede una bellezza regale, oltre che una mente brillante e un buon carattere. A Emma piace molto, finché non le assegna troppi compiti, che non può fare nelle sere in cui ha tante battute da imparare a memoria per l'indomani. Ed è questo il motivo per cui non riuscirebbe a frequentare la scuola normale.

Paige controlla ogni singolo aspetto della carriera della figlia. Coordina gli appuntamenti con il vocal coach e con i vari insegnanti di dizione, recitazione, hip-hop, tip-tap, danza classica. Emma ha una voce che lascia il segno. Da giovane, la stessa Paige aveva tentato di sfondare, ma la sua carriera di attrice non era mai decollata. Per Emma è diverso: è chiaro che un giorno sarà una star. Ha dato uno scopo alla vita della madre, una direzione, un significato. Ha cominciato a essere fotografata come modella da neonata, già legata a un'agenzia poco dopo la nascita. A sei anni recitava e a sette aveva ottenuto la parte per la figlia minore della famiglia protagonista della serie *Il clan*. Ci sono altri due ragazzini nel cast: Adam Weiss, che interpreta il fratello dodicenne di Emma, e Virginia Parker, sedicenne e diplomata, che ricopre il ruolo della sorella quattordicenne. Studiano tutti e tre con Belinda, quando sono impegnati con le riprese. Non

c'è tempo per la scuola nella vita di un giovanissimo attore, niente pomeriggi di gioco in compagnia, niente amici al di fuori dei colleghi. Vivere così è un'esperienza intensa, il lavoro viene prima di tutto e l'infanzia passa in secondo piano. Paige sa quanto impegno richieda e sa anche che un giorno la figlia la ringrazierà, quando vincerà un Oscar per un film o un altro prestigioso premio per il programma a cui partecipa.

Devono prendere un'importante decisione: a Emma è stata offerta una parte in un musical di Broadway, il ruolo da protagonista. Ha la voce e il talento, e la domanda cruciale è: quale delle due cose favorirà maggiormente la sua carriera? Restare nella serie o tentare la fortuna a Broadway? Con il musical potrebbe ambire a un Tony Award, mentre con *Il clan* potrebbe aggiudicarsi un Emmy o un Golden Globe. Sarà la madre a decidere, come sempre. Emma vuole rimanere a Los Angeles, invece Paige non ha ancora ben chiaro cosa fare. La carriera della figlia la impegna totalmente. Si somigliano molto: bionde entrambe, di una bellezza delicata, discendono da una delle famiglie più famose di Hollywood.

La nonna materna di Emma, la bellissima Elizabeth Winston, era stata la più grande attrice dei suoi tempi. Paige l'aveva seguita e ammirata sul set dei film ogni volta che aveva potuto. Lei e la sorella maggiore, Whitney, erano cresciute con le tate. La madre era sempre in viaggio, a girare un film in qualche parte del mondo. Era una leggenda, un'icona, e aveva vinto due Oscar

prima della tragica scomparsa a soli cinquantaquattro anni. La sua morte aveva scosso profondamente il fragile equilibrio di Paige, allora ventiquattrenne e sul punto di avviare una propria carriera nel mondo del cinema. Ma non aveva avuto successo, e si era persa nella caotica Los Angeles.

Il padre, Bill Watts, le aveva detto con schiettezza che non possedeva le qualità necessarie per sfondare e che avrebbe dovuto trovare un altro modo per esprimere i suoi talenti. Non aveva avuto il minimo dubbio riguardo al fatto che non sarebbe mai stata all'altezza della madre. Elizabeth bucava lo schermo, come Emma. Paige non possedeva quel dono e alla fine lo aveva ammesso anche con se stessa. Aveva trovato uno scopo nella vita quando era nata Emma.

Bill Watts era stato l'agente cinematografico più influente della sua epoca. Dopo avere scoperto Liz, aveva organizzato e diretto brillantemente ogni aspetto della sua carriera, comprendendo di avere trovato un'attrice di incomparabile bellezza e dal talento raro nell'istante in cui aveva posato gli occhi su di lei. Non aveva mai commesso il minimo errore con Liz, che pendeva dalle sue labbra. Si erano sposati quando lei aveva venticinque anni e lui sessanta, e ben presto era diventata la sua cliente più importante. Lei non aveva mai preso alcuna decisione senza Bill.

Liz aveva avuto Whitney a ventotto anni e dopo il parto si era presa sei mesi di pausa prima del film suc-

cessivo. Paige era nata due anni dopo, ma a quel punto la sua fama era alle stelle e non aveva avuto tempo da dedicarle. L'unico desiderio di Paige ragazzina era stato di avere un po' di attenzione da parte dei genitori, cosa difficile da ottenere. Accanto a quello di diventare una star come la madre, un giorno.

Alla sorella invece non importava niente: aveva sempre detestato Hollywood e non aveva mai voluto la vita dei genitori. Quello era il sogno di Paige, che finalmente si era realizzato con Emma: se non aveva ereditato il talento di Elizabeth, aveva però la capacità di Bill di riconoscere una potenziale star, quando ce l'aveva davanti. Con la figlia stava facendo esattamente quello che suo padre aveva fatto con sua madre: sovrintendeva a ogni aspetto della sua carriera. Liz non aveva mai deciso nemmeno cosa mangiare a colazione, tanto meno aveva avuto voce in capitolo riguardo ai ruoli da accettare. Era stato il marito-agente a prendere tutte le decisioni per lei. Come Paige per Emma. L'unica differenza era il fatto che Emma era una bambina, mentre Liz era adulta quando aveva permesso a Bill di controllarle carriera e vita.

«Ottimo lavoro, Schizzetto», disse Charlie Daly, l'attore che interpretava il padre di Emma, che le passò accanto scompigliandole i capelli chiarissimi, quasi bianchi. «Almeno questa volta non ho dovuto inseguirti su un albero», aggiunse, e risero entrambi. «Il resto della giornata sei libera, giusto?» Nel cast l'amavano tutti, era diventata la mascotte. Schietta, perspicace e astuta,

era una lettrice vorace, e la sua precocità era stata accentuata dal fatto di avere sempre vissuto in mezzo a persone molto più grandi di lei.

«Sì, ma ho scuola», rispose, triste, mentre raggiungevano le roulotte.

«Non tentare di impietosirmi, Belinda te la rigiri come vuoi. Non devi fare altro che dirle che hai un sacco di battute per domani, e lei non ti darà compiti. È una cosa che ti ho già visto fare.»

Emma si mise a ridere lanciando un'occhiata ansiosa alla madre.

«Non rovinarmi la copertura», gli sussurrò. Ma anche sua mamma sospettava qualcosa, però le interessava soprattutto che studiasse il copione. Pensava che sarebbe sempre stata in tempo a recuperare, con la scuola, benché per la verità non fosse mai rimasta indietro. Era velocissima a fare i compiti di quarta elementare e affrontava già letture di quinta. Malgrado le sue ambizioni, Belinda era un'insegnante scrupolosa e godeva del rispetto di tutti, sul set. Di tanto in tanto si scontrava con Paige, che non voleva che Emma saltasse la lezione di teatro, o con il vocal coach, ma poi la bambina riusciva sempre a fare tutto. Quello che le mancava era del tempo da passare con i coetanei. Charlie le aveva insegnato a giocare a scacchi, e a volte lei lo batteva. Lui era stupito da quanto fosse sveglia, oltre che diligente e, come Paige, era convinto che avrebbe fatto strada. Recitare era l'unica vita che

avesse conosciuto, ce l'aveva nel sangue. Il talento di famiglia aveva saltato una generazione, ma lei ne aveva in abbondanza, e Paige avrebbe fatto tutto ciò che era in suo potere per metterlo a frutto. Sul set tutti conoscevano molto bene la situazione, e alcuni provavano pena per quella bambina costretta a rispettare i ritmi forsennati imposti dalla madre, anche se non sembrava risentirne. C'erano lezioni che adorava, come quelle di danza. Magari si lamentava di quelle con il vocal coach, noiose, e dell'insegnante di teatro che le faceva ripetere una scena infinite volte, ma non negava che fosse molto bravo. Emma non sbagliava quasi mai una battuta ed era più precisa di molti degli adulti con cui lavorava. Non era raro che conoscesse anche la loro parte.

Si lasciò sfuggire un lamento quando trovò Belinda nella sua roulotte, che l'aspettava con il compito di matematica da correggere. Paige ordinò il pranzo, in modo che potessero cominciare. Per il pomeriggio c'era in programma la lezione di danza classica, e la sera una seduta con il vocal coach, a cui Paige teneva particolarmente in previsione del fatto che Emma potesse accettare l'offerta a Broadway. Ogni cosa rientrava nel suo piano generale e nulla veniva lasciato al caso. Mentre la bambina studiava con Belinda, Paige andò a fare delle telefonate. Aveva ricevuto due messaggi dal produttore di Broadway, e ancora non aveva preso alcuna decisione. Non potevano permettersi errori. Abbandonare una serie tv di successo era un cambiamento importante, come pure partecipare

a una produzione newyorkese con attori famosi all'età di nove anni. Si chiedeva cosa avrebbe fatto suo padre. Era la domanda che si poneva prima di compiere ogni singolo passo. Lui era stato infallibile ai suoi occhi, e la straordinaria carriera di Liz ne era stata la conferma. Voleva che Emma un giorno diventasse come la nonna; era consapevole che così facendo avrebbe dato un senso alla sua vita, esattamente come sua madre lo aveva dato a quella del marito.

La carriera di Emma era sempre stata motivo di discussione tra lei e la sorella, fin da quando Paige l'aveva iscritta, a soli sei mesi, a un'agenzia di moda. Per Whitney si trattava di sfruttamento vero e proprio, e con il passare degli anni si era dichiarata sempre più contraria al fatto che la nipote lavorasse. Era arrivata ad accusare Paige di voler vivere attraverso la figlia, un comportamento che era al limite del maltrattamento. L'aveva accusata di rubare l'infanzia alla bambina, negandole una vita normale. «Non essere ridicola», aveva replicato lei. «Guardala! È una star e ha soltanto nove anni, tutto il mondo la ama, e lei adora recitare nella serie. Pensi che nostro padre abbia abusato della mamma, gestendo la sua carriera?»

Era un argomento sul quale litigavano spesso, avevano punti di vista diametralmente opposti. Whitney aveva vissuto malissimo l'infanzia, come figlia di una leggenda del cinema. Paige, al contrario, ne aveva assaporato ogni

minuto, o almeno così diceva. Inoltre idolatrava il padre, di cui la sorella invece vedeva tutti i difetti.

«Ti viene mai il dubbio che forse la mamma si ammalò di Alzheimer a soli cinquantadue anni e morì a cinquantaquattro a causa della pressione a cui fu sottoposta per colpa sua, per trent'anni? Non aveva una vita propria, non ha fatto altro che lavorare a un film dopo l'altro, vincendo due Oscar. Non aveva tempo per gli amici, se non erano le persone con cui lavorava, e non vedeva quasi mai le sue figlie. Era sempre da qualche parte, a girare, come lui le imponeva di fare. E tu con Emma ti stai comportando come nostro padre. Non ti fa paura, questo? Non temi che un giorno possa accusarti di averle portato via l'infanzia?»

«Mi ringrazierà, invece, quando sarà diventata una star come la nonna, se non più famosa ancora. Oggi con i social media l'immagine di un personaggio pubblico ha un'influenza maggiore: globale. E si muove tutto più veloce.»

«Era globale anche allora», le rammentò Whitney. La madre era stata un'icona come Elizabeth Taylor e Rita Hayworth, tuttavia lei non aveva mai avuto l'impressione che fosse stata felice. Sembrava spaventata per la maggior parte del tempo, tranne quando era il marito a decidere al posto suo. Era morta giovane, due settimane dopo la laurea della figlia maggiore, che si era sottratta al destino hollywoodiano. Aveva scelto una carriera radicalmente

diversa da quella dei genitori, e a trentanove anni era una psichiatra affermata.

Provava dispiacere per la nipote, trattata come una piccola adulta, per la quale avrebbe voluto una vita migliore, con più tempo da dedicare alle normali attività di una bambina. La sorella, invece, aveva un'idea tutta sua e pensava soltanto all'enorme successo che un giorno avrebbe avuto Emma; non perdeva occasione per rammentare alla stampa che la bambina era nipote della grande Liz Winston, sottolineando anche la straordinaria somiglianza con la nonna. Ogni volta, per Whitney quelle dichiarazioni erano un colpo al cuore.

Nemmeno lei si era sposata, come Paige; non l'aveva mai desiderato. Grazie all'esempio del padre, aveva sviluppato un'avversione nei confronti del matrimonio, anzi, non aveva problemi ad ammettere che la sua era una vera e propria fobia. Non aveva intenzione di legarsi a una persona che controllasse un qualunque aspetto della sua vita. Non aveva mai voluto figli, perché non aveva avuto un'infanzia felice: lei e Paige avevano sofferto la solitudine, allevate da tate mentre la madre era impegnata sui set e il padre stava dietro alla moglie come un'ombra. E anche quando era a Los Angeles, era sempre troppo impegnato per prendersi cura delle figlie, occupato a preparare un nuovo film per la moglie, con produttori e direttori degli studi cinematografici.

Whitney amava la sua professione e non aveva alcuna intenzione di rovinare la vita a un'altra persona, né

di farsi carico di un figlio. Le piaceva vivere tra adulti, avere la libertà di fare ciò che voleva. Con un po' di sano egoismo, le piaceva stare sola.

La scelta di non vivere l'esperienza della maternità le aveva complicato l'esistenza, per un periodo. L'aveva spinta a fuggire da uomini che volevano una famiglia, e a instaurare relazioni con degli irresponsabili che si erano divertiti con lei, approfittando del fatto che non fosse interessata al matrimonio. Oppure si era ritrovata con individui con problemi emozionali, incapaci di legarsi a una persona. Con il passare del tempo, aveva cominciato a frequentare uomini divorziati, spesso rancorosi nei confronti dell'ex moglie avida e meschina, e aveva finito per passare i weekend con i loro figli. Aveva fatto il possibile per non farsi coinvolgere nei loro problemi, dato che da sempre cercava una storia tranquilla e senza complicazioni. L'ultimo suo compagno, divorziato, era padre di tre gemelli nati con la fecondazione in vitro. La storia era stata un incubo: l'ex moglie lo minacciava nel cuore della notte, e alla fine comunque era tornato da lei; quando la donna aveva iniziato a minacciare Whitney, lei se n'era andata senza indugio. Da allora, non aveva più frequentato uomini divorziati con figli piccoli.

Da cinque anni usciva con quello che considerava il compagno perfetto. Chad Phillips era un capitalista informatico di successo e viveva nella Silicon Valley. Cinquantanove anni, pieno di vita, attivo e in gran forma:

aveva vent'anni più di lei e quattro figli grandi, che lei aveva conosciuto ma con cui non aveva mai passato del tempo, cosa che del resto lui non le aveva mai chiesto. Chad non aveva alcun interesse a risposarsi né ad avere altri figli. L'ex moglie gli portava ancora rancore quindici anni dopo il divorzio, e Whitney non ne voleva sapere di ex infuriate e figli gelosi. Lui possedeva uno yacht che teneva nel Mediterraneo in estate e ai Caraibi in inverno. Amavano fare viaggi insieme, e si incontravano una volta al mese per un weekend tranquillo o per qualche avventura divertente. Lei non voleva un compagno che prendesse decisioni al suo posto, lui non voleva un'altra donna totalmente dipendente. Tenevano l'una all'altro, ma Whitney aveva stabilito dei confini ben definiti e non aveva mai permesso a nessuno di avvicinarla troppo. Stavano bene insieme, lui era affascinato dalla sua professione, dalla sua bellezza e dalla sua storia. Era sempre stato intrigato dai suoi genitori e dal distacco che lei aveva mantenuto da loro e dal mondo hollywoodiano. Non ne parlavano mai, e lui l'aveva scoperto un anno dopo l'inizio della loro storia, leggendo un articolo su di lei. Whitney era una bellissima donna: alta come il padre, il fisico snello e il portamento elegante, un viso meraviglioso, la pelle di porcellana e i lunghi capelli scuri. L'unico tratto che condivideva con la sorella erano i grandi occhi azzurri.

Chad non aveva mai incontrato Paige; Whitney gliel'aveva descritta come una persona bizzarra, che a un certo

punto aveva cominciato a vivere una nuova vita tramite la figlia, cosa che anche lui trovava del tutto malsana. Di Whitney amava il fatto che fosse equilibrata, nonostante fosse cresciuta in circostanze che l'avevano resa avversa a costruirsi una famiglia. Da quando aveva divorziato, diverse donne avevano tentato di intrappolarlo con un altro matrimonio, perciò l'atteggiamento di Whitney era stato una boccata d'aria fresca.

Stavano per partire per la loro vacanza estiva, che li avrebbe portati in Italia a bordo del suo yacht. Non si vedevano da un mese, da quando avevano trascorso un bellissimo weekend del Quattro Luglio sul lago Tahoe. Lui si era già imbarcato, lei lo avrebbe raggiunto a Montecarlo entro qualche giorno. Passavano sullo yacht tre settimane ogni anno; un'altra settimana Whitney la trascorreva a casa, per organizzare la ripresa del lavoro. Pianificava ogni cosa, c'era uno scopo in tutto quello che faceva. La spontaneità non faceva parte del suo stile: per lei, equivaleva al caos.

Paige aveva avuto una vita sentimentale più movimentata durante i primi anni di quella carriera interrotta senza avere raggiunto il successo. Aveva avuto storie con una serie di noti bad-boys di Hollywood, con rotture pubbliche, tradimenti imbarazzanti, attori che avevano tentato di arrivare a suo padre portandosela a letto, con la speranza che Bill Watts li accettasse come clienti

e desse una spinta alla loro carriera, dal momento che nonostante avesse passato gli ottant'anni lavorava ancora. Secondo Whitney, in quel periodo Paige era stata un disastro, un'irresponsabile che aveva messo in imbarazzo la famiglia. Era bella quasi come la madre, ma non aveva mai capito granché in fatto di uomini.

La morte della madre aveva scosso il suo mondo. Aveva ventiquattro anni quando era successo, e la scomparsa di Liz l'aveva portata a due anni di droghe e centri di disintossicazione per celebrità; tutto questo mentre Whitney era occupata con la specializzazione in psichiatria.

Due anni più tardi era arrivato il colpo di grazia, con la morte del padre novantunenne. Aveva avuto un declino impressionante con la scomparsa della moglie: si era ritirato dal lavoro, e la sua salute aveva cominciato a peggiorare. Whitney era convinta che la dolorosa perdita gli avesse spezzato il cuore, al punto che non aveva più voluto continuare a vivere. Erano stati totalmente dipendenti l'una dall'altro. Anche per le due sorelle era stato un duro colpo, ma Whitney aveva affrontato la scomparsa dei genitori come era solita fare, con resilienza, forza e un coraggio silenzioso. Per due anni, invece, Paige si era persa, aveva scialacquato la sua parte di eredità ed era precipitata in uno stato di confusione e disperazione, per arrivare alla conclusione che ciò di cui aveva bisogno, per ritrovare stabilità e dare uno scopo alla sua vita, era un figlio.

Poiché non c'era nessuno di importante accanto a lei, in quel periodo, si era rivolta a un amico gay delle superiori, che, commosso dalla richiesta, aveva fatto da donatore di sperma. Le aveva detto chiaramente di non volere un ruolo nella vita del bambino che le avrebbe dato, e per lei sarebbe stata la situazione ideale. Aveva accolto favorevolmente l'idea di essere una madre single, e lui aveva considerato il gesto un favore a una vecchia amica. Era già incinta quando aveva informato la sorella della decisione, e Whitney ne era rimasta esterrefatta. Poco dopo la nascita di Emma, il padre biologico si era ammalato di AIDS ed era morto, e lei aveva provato sgomento e dolore per quella bambina che sarebbe cresciuta senza una figura paterna e con una madre incapace di prendersene cura in modo responsabile. Per fortuna i loro genitori non avevano dovuto assistere a tutto ciò, anche se in realtà poi le cose erano andate meglio di quanto avesse temuto. Con sua grande sorpresa, Paige si era dimostrata totalmente dedita alla figlia e ne aveva fatto il centro del suo universo. Whitney non concordava con le sue teorie su come crescere un figlio, ma per lo meno Paige aveva chiuso con gli stupefacenti e non metteva in pericolo la vita della piccola, anche se era ossessionata dall'idea di farne una star. Di tanto in tanto Whitney andava a trovarle, poiché vivevano entrambe a Los Angeles, ed Emma era innegabilmente graziosa, oltre che vivace e adorabile. Soddisfaceva

la sua voglia di maternità, che d'altra parte le veniva di rado. Ma era sua nipote, e doveva ammettere che la sorella prendeva sul serio la maternità, e ancora di più la carriera di modella e attrice della figlia. Paige la preparava al firmamento di Hollywood, spesso rendendosi ridicola sul set.

Era eccentrica riguardo a molte cose. Ogni tanto aveva ancora un'avventura con qualche attore di secondo piano, di solito conosciuto sul set su cui Emma stava lavorando, ma non durava mai a lungo. Era talmente dedita alla figlia, che gli uomini normali la evitavano quasi sempre. Per il bene della nipote, Whitney si sforzava di non essere troppo critica nei confronti della sorella. Adorava passare un po' di tempo con la bambina, quando era possibile, ma non accadeva spesso: Whitney era impegnata con la sua professione e Paige scarrozzava la figlia da una lezione all'altra.

«Io sarò una grande star, un giorno, sai, zia Whit?» A Emma piaceva scherzare con lei quando la madre non c'era. Poi faceva una piroetta e rideva.

«Sei già una star», le faceva presente. «Reciti in un programma televisivo, cosa vuoi di più?»

«Vorrei fare parte di una squadra di calcio femminile, se proprio lo vuoi sapere», le aveva risposto una volta la bambina, con aria sognante. Per lei sarebbe stata una cosa fantastica.

«Non credo che tua madre te lo permetterà.»

«Lo so, dice che rischio di farmi male, di farmi saltare un dente o chissà cos'altro. A me però sembra divertente.»

«Potrai prendere tu tutte queste decisioni, quando sarai più grande», le disse Whitney. «Un giorno potrai scegliere cosa fare nella tua vita.»

«Non mi sembra probabile, finché mamma è in vita», rispose Emma, con una punta di malinconia nella voce. «Mi ucciderebbe se smettessi di recitare, dopo tutto quello che ha fatto con me.» Paige sapeva molto bene come farle avvertire la giusta pressione e come farla sentire in colpa. «Dice che ha rinunciato alla sua carriera di attrice per farmi diventare famosa come la nonna. È convinta che vincerò un Oscar, un giorno.»

«Magari sarà così», ribatté la zia. «Se è quello che vuoi.» Paige non le stava concedendo alcuna scelta, al momento, e Whitney soffriva per Emma, che era schiava delle ambizioni della madre, ma non osava calcare la mano. Forse quando fosse stata più grande...

«Mamma dice che sei diventata psichiatra perché pensi che a Hollywood siano tutti schizzati», le aveva rivelato una volta Emma.

«Non l'ho mai pensata in questo modo, ma può darsi che abbia ragione. Di sicuro ci sono un sacco di persone un po' matte nell'ambiente», le aveva risposto, ed era convinta che sua sorella fosse una di quelle, purtroppo per Emma. La vita degli attori giovanissimi come lei non era facile e tanto meno divertente. Whitney seguiva diversi pazienti che avevano lavorato nel cinema o in

televisione da bambini, e avevano pagato a caro prezzo quell'esperienza. Voleva impedire che succedesse anche a Emma, ma si rendeva conto che stava già accadendo e che non c'era nulla che lei potesse fare. Tentava di trascorrere con lei un po' di tempo in relax, quando Paige lo permetteva: lo svago non rientrava nel programma quotidiano di Emma, così come il gioco o la compagnia dei coetanei.

Non le vedeva da qualche settimana. Sia lei sia loro erano state occupate, e voleva sentirle prima di raggiungere Chad, nel weekend. Sarebbero salpati subito per la romantica Portofino, uno dei loro luoghi preferiti, mentre facevano rotta per la Corsica, la Sardegna e altre meravigliose località. Erano giorni che stava preparando il bagaglio ed era impaziente di partire. Per un incontro di famiglia non c'era tempo, ma ci teneva a salutarle al telefono.

Paige si fermò a prendere la cena di ritorno dalla lezione di danza classica. Avevano solo mezz'ora prima dell'arrivo del vocal coach. Posò sul tavolo della cucina due belle insalate, suscitando le lamentele di Emma.

«Ancora insalata... che noia. Perché non possiamo mangiare una pizza?»

«Perché sei la star di una serie tv, ricordi?»

«Quindi non posso mai mangiare una pizza?»

«Certo che puoi. L'abbiamo presa due giorni fa: tutte le sere non va bene.»

«Perché, hai forse paura che ingrassi?»

Paige notò un luccichio maligno negli occhi della figlia e non fu affatto divertita. La terrorizzava la prospettiva che Emma, entro qualche anno, potesse all'improvviso decidere di buttarsi sul cibo per manifestare la sua intenzione di ribellarsi.

«Non sarai mai grassa, non è nel nostro DNA.» Lei e Whitney erano sempre state magre, come la madre, ma Emma si divertiva a tormentarla di tanto in tanto. Paige non riusciva nemmeno a immaginare come avrebbe affrontato l'ingresso di Emma nell'adolescenza. «E poi, se accettiamo quella parte a Broadway, non credo tu voglia mettere su peso prima di cominciare.»

«Non me ne importa niente», tagliò corto la bambina con un'alzata di spalle. Si buttò sull'insalata senza il minimo interesse e smise di mangiare quando arrivò il vocal coach, che si fermò un paio d'ore. Dopo, Paige rimase con Emma mentre si faceva il bagno e le fece ripassare per tre quarti d'ora le battute del giorno seguente. Conosceva la parte a memoria, anche se era stanca e iniziava a perdere qualche battuta. Quando ormai si stava addormentando, Paige si soffermò a guardarla e le sorrise. Un attimo dopo, dormiva profondamente.

«Buonanotte, stellina della mamma», le sussurrò. Uscì dalla stanza e richiuse piano la porta alle sue

spalle. Costruire una carriera importante per Emma era un lavoro a tempo pieno, che richiedeva tanta energia. Ma non le succedeva mai di pentirsi di avere imboccato quella strada, nemmeno per un minuto. Emma aveva realizzato i suoi sogni, e lei avrebbe ricambiato. Avrebbe regalato alla figlia un sogno che non sapeva nemmeno di avere.

2

L'INDOMANI, una lunga giornata sul set attendeva Emma. Era presente in ciascuna delle scene che avrebbero girato, ma conosceva le battute alla perfezione. Durante la pausa pranzo incontrò Belinda per consegnarle i compiti; l'insegnante non le assegnò nulla per il giorno seguente, sapendo che sarebbe arrivata alla sera molto stanca.

Finirono di girare alle quattro del pomeriggio ma Emma si era presentata alle sei e trenta del mattino per il trucco e aveva dovuto studiare una nuova scena emotivamente impegnativa, che gli autori avevano inserito la sera precedente. Come sempre Paige l'aveva aiutata a imparare le battute. Appena lasciato il set, l'accompagnò a Santa Monica per la lezione di hip-hop. Fosse stato per lei l'avrebbe annullata, ma sapeva che era l'attività preferita della figlia. C'era un traffico terribile, e la lezione finiva alle diciannove, il che lasciava loro un'ora scarsa per prendere qualcosa da mangiare e rientrare a casa, a

Beverly Hills, in tempo per la lezione con l'insegnante di recitazione, Marty Smith. Era un coach eccellente con i bambini e lavorava con Emma da quando era entrata nel cast. La piccola aveva imparato molto da lui, che era rigido e severo, ma noto per i buoni risultati che otteneva con gli allievi. Tra le altre cose non tollerava il ritardo: Paige sapeva che, se non fossero arrivate in tempo, sarebbe stato capace di andarsene. Stava tentando di districarsi in mezzo al traffico intenso, mentre Emma giocava con il tablet. Si fermò a una stazione di servizio per comprare mezzo pollo allo spiedo per cena e una bibita Slurpee blu per Emma, che l'aveva supplicata di prendergliela; per evitare discussioni, l'aveva accontentata. Si rimisero in marcia, ma trovarono dei rallentamenti dovuti a un incidente. Paige fece un verso esasperato, immaginando già la reazione di Marty. Emma aveva le labbra blu a causa della bibita, e la madre rise vedendola nello specchietto; la faceva sempre sedere dietro, per sicurezza. Notò anche che non si era riallacciata la cintura, da quando erano ripartite. Di solito era molto diligente, anzi era lei a ricordarglielo e a rimproverarla se mandava messaggini mentre guidava, cosa che le capitava di fare se erano molto in ritardo. Paige stessa era tassativa riguardo alle cinture, ma poteva capitare che se ne scordasse se aveva troppe cose per la testa o andava di fretta, e non la allacciasse nemmeno dopo che il sensore aveva suonato tre volte.

Anche Whitney aveva avuto una lunga giornata, l'ultima in studio prima della partenza. Stava passando tutti i suoi pazienti a uno psichiatra che l'aveva già sostituita in passato, durante il mese di agosto, e che insegnava a Los Angeles, alla facoltà di Medicina dell'Università della California. Whitney aveva avuto l'ultimo appuntamento nel pomeriggio, e la sera avrebbe chiuso le valigie, dopo averci infilato anche tutti i bikini e i parei appena comprati. L'indomani mattina sarebbe partita alle otto: volo diretto per l'aeroporto Charles de Gaulle, poi un'attesa di due ore per il volo per Nizza, in partenza alle sei del mattino, ora locale. Avrebbe trovato ad attenderla tre membri dell'equipaggio dello yacht di Chad, come sempre, ed entro le otto sarebbe stata a bordo. Quindi, partenza per Portofino, dove sarebbero arrivati in tempo per la cena in un ristorantino che conoscevano, e finalmente la loro vacanza avrebbe avuto inizio.

Durante la navigazione, Chad amava tenersi il più al largo possibile, dove i cellulari non prendevano. Per questo a Whitney premeva chiamare Paige ed Emma quella sera. Dai viaggi precedenti, Paige aveva tutti i numeri Satcom in uso sulla barca, ma glieli aveva inviati di nuovo via e-mail, per ogni evenienza. Di solito Whitney le mandava qualche messaggio mentre era in viaggio, ma la vacanza con Chad era l'unica occasione in cui si disconnetteva da tutte le responsabilità. Lui si era organizzato per avere ospiti a bordo per un paio di giorni, in Sardegna, ma per il resto delle tre settimane sarebbero stati soltanto loro due, e lei si sarebbe rilassata e avrebbe dimenticato la quotidianità di Los Angeles. Non vedeva l'ora di raggiungerlo.

Paige le aveva detto di avere preso una casa in affitto a Malibù, per le ultime due settimane di agosto, in modo che Emma potesse giocare sulla spiaggia. Voleva rimanere vicino a casa, per consentirle di continuare a seguire le varie lezioni durante quella breve pausa sul set. Whitney sarebbe rientrata dall'Europa a metà della loro vacanza, e aveva promesso di raggiungerle per qualche giorno nell'ultima settimana di ferie che teneva sempre per riorganizzarsi prima di tornare al lavoro. Con tutti i suoi impegni Emma non avrebbe avuto molto tempo per sé: nessuno meglio di lei sapeva quanto fosse ardua la strada per il successo.

Il traffico sulla superstrada continuava a intensificarsi man mano che si avvicinavano a casa. Emma aveva finito la bibita e stava ancora giocando con il tablet; Paige guardò l'orologio e si rese conto che avrebbero fatto aspettare Marty.

Prese il cellulare dal sedile del passeggero per mandargli un messaggio, guadagnandosi un'occhiata di disapprovazione da Emma.

«Non scrivere mentre guidi, mamma!» la ammonì in tono severo.

«Voglio solo avvisare il tuo insegnante che abbiamo qualche minuto di ritardo. Altrimenti se ne va.» Cominciò a digitare veloce, tenendo il volante con una mano sola.

«Non hai la cintura!» insistette Emma, e con un'occhiata Paige notò che nemmeno la figlia se l'era ancora messa. Malgrado il sensore, non ci aveva più pensato, preoccupata all'idea che Marty se ne andasse facendosi ugualmente pagare la lezione.

«Neanche tu ce l'hai», replicò, in tono distratto, stressata dall'ennesima giornata frenetica.

«L'ho dimenticata», ammise la bambina. Fece per mettersela, ma la cintura non usciva; provò a strattonarla ma non ci fu niente da fare.

Lo disse alla madre, che si limitò a replicare: «Saremo a casa tra poco».

Emma spalancò gli occhi alla vista del camion che veniva sbandando verso di loro, da sinistra; Paige non se ne accorse perché stava guardando il cellulare. L'autocarro investì l'auto con uno schianto tremendo. Emma urlò, sopra il fracasso delle lamiere. Con orrore, vide la madre sfondare il parabrezza e volare fuori alla velocità della luce, finendo sotto le altre automobili. La loro macchina colpì un'altra e si fermò bruscamente. Emma batté il capo con violenza contro il display tv sul poggiatesta del sedile anteriore e si ritrovò incastrata in un groviglio di auto. Il camion le aveva scaraventate tre corsie più in là. L'autista era riverso sul volante, inerte.

Diverse persone stavano correndo in suo soccorso, altre andavano verso la macchina di Paige.

La portiera di Emma si era aperta, e lei giaceva sull'asfalto, priva di conoscenza. La testa, il viso e le braccia erano coperti di sangue. Qualcuno aveva già chiamato i soccorsi, e un gruppo di persone aveva raggiunto Paige: era sotto un SUV, piena di sangue e di frammenti di vetro del parabrezza che aveva sfondato. La coda di auto si snodava fin dove arrivava lo sguardo, e in lontananza si cominciarono a udire le sirene. L'autista del camion era morto, e nemmeno Paige dava segni di vita. Quanto a Emma, era difficile capire se respirasse, e nessuno la toccava per evitare di aggravare i danni riportati.

Solo una delle ambulanze, quella che trasportava Emma, ripartì a tutta velocità dal luogo dell'incidente con i lampeggianti accesi e le sirene spiegate. Dei feriti, soltanto la bambina era in gravi condizioni, ed era stata intubata. Paige, secondo gli agenti e il personale medico, era morta sul colpo nell'impatto con l'asfalto. La sua salma e quella del camionista furono trasferite all'obitorio del Dipartimento di polizia dagli agenti. Tra gli effetti personali della donna non c'era nulla che indicasse i parenti più prossimi. Avrebbero dovuto chiedere informazioni alla Motorizzazione, ammesso che ce ne fossero.

La polizia aveva trovato uno zainetto rosa sul sedile posteriore della sua auto, con un badge degli studi televisivi a nome di Emma. La borsa di Paige, con la patente, era sul pavimento di fronte al sedile del passeggero, insieme con il cellulare, il cui display era andato in frantumi. Sia lei sia la figlia avevano un tesserino che indicava il Cedars-Sinai come ospedale in cui essere trasportate in caso di emergenza.

Emma aveva riportato una brutta ferita alla testa, e probabilmente delle lesioni interne. La polizia aveva preso nota del fatto che non indossava la cintura di sicurezza, altrimenti né lei né la madre sarebbero state sbalzate fuori. L'unica ricostruzione possibile era che la donna non avesse visto sopraggiungere il camion, probabilmente impegnata con il telefono.

Arrivata a casa, Whitney mandò qualche e-mail, poi si fece un bagno. Chiuse le valigie e chiamò Paige, ma entrò la segreteria telefonica. Riprovò prima di andare a letto, sapendo di non poterle sentire l'indomani mattina prima del check-in, previsto per le sei. Decise per un messaggino: scrisse che le abbracciava entrambe e prometteva di farsi sentire una volta sullo yacht. Immaginò che la sorella fosse impegnata o avesse il cellulare scarico: succedeva spesso, dato che stava in giro tutto il giorno e si scordava di caricarlo.

A mezzanotte si mise a letto. Sua sorella non aveva richiamato. Alle quattro si alzò e un'ora dopo era già in taxi. L'aereo per Parigi decollò in orario. Si sistemò comodamente per godersi colazione e film, e con il pensiero era già nel Mediterraneo. Sorrise quando fu sopra Los Angeles, con il sole splendente. Non era preoccupata per non avere sentito Paige. Per le tre settimane successive poteva scordarsi anche di lei ed Emma, oltre che di tutto il resto, e concentrarsi solo su quella agognata vacanza. Avrebbe mandato un messaggio dall'Italia. Comunque, non si tenevano in costante contatto neanche a Los Angeles, e avrebbero avuto tutto il tempo di recuperare al suo rientro.

Emma arrivò al Cedars-Sinai priva di conoscenza. Fu portata in traumatologia, dove la visitò il neurochirurgo di turno. Il trauma cranico era grave e la bambina era entrata in coma. Si trattava di capire se operarla o aspettare di vedere quanto fosse esteso l'ematoma, ammesso che fosse sopravvissuta. Gli agenti e i paramedici che erano stati sul luogo dell'incidente avevano riferito che la donna alla guida dell'auto era deceduta, perciò non c'erano famigliari prossimi da chiamare. Le uniche informazioni erano quelle fornite dalla sua patente e dal badge della bambina. Mandarono un'autopattuglia all'indirizzo registrato sul documento della vittima, dove però non trovarono nessuno. Controllarono quindi i dati negli archivi della Motorizzazione, ma la mattina successiva ancora non avevano nulla. Solo il nome degli studi televisivi, ma per chiamare avrebbero dovuto attendere l'orario di apertura. Per il momento, Emma era sola al mondo. E Whitney era su un aereo diretto in Francia.

Atterrata al Charles de Gaulle, dove avrebbe atteso la coincidenza per Nizza, Whitney non accese il cellulare, poiché non aspettava chiamate. Inoltre, alle quattro del mattino, ora locale, pensò che fosse troppo presto per sentire Chad. A Los Angeles erano le sette di sera. A quasi ventiquattr'ore dall'incidente, le condizioni di Emma erano rimaste invariate: era stata trasferita in terapia intensiva pediatrica, in coma, intubata. La sua vita era appesa a un filo.

La mattina, la polizia si era messa in contatto con Melvin Levy, il produttore della serie tv, che era rimasto scioccato da quanto accaduto alla giovanissima attrice. Non era stato in grado di fornire alcuna informazione riguardo a eventuali famigliari da chiamare. Sapeva che Paige Watts aveva una sorella, di cui però non conosceva il nome e l'indirizzo. Nel dossier di Emma non c'era il nome del padre, né di altri a parte quello della madre. La polizia aveva chiesto di non far trapelare nulla alla stampa, finché fosse stata rintracciata la famiglia.

Produttore e regista conferirono in privato riguardo alla telefonata della polizia. Per rispetto, al cast non venne fatto alcun annuncio e fu detto che Emma era assente perché aveva contratto la mononucleosi. Dopo la pausa estiva avrebbero girato alcuni episodi che sarebbero andati in onda in autunno: avrebbero potuto proseguire per alcune settimane e recuperare in un secondo tempo le scene con lei. Inoltre, a breve la bambina avrebbe terminato l'anno scolastico con Belinda, quindi non avrebbero avuto lezioni fino a settembre. L'assenza di Emma non li metteva in crisi, per il momento. Ma sarebbe diventata un problema se fosse rimasta assente troppo a lungo, quando – per prendere tempo –, avrebbero probabilmente inserito l'incidente nella sceneggiatura.

Era uno choc apprendere che fosse in pericolo di vita e avesse perso la mamma. Sapevano che Paige era una madre single e ricordavano vagamente di averle sentito dire che il padre biologico di Emma era morto più o meno quando lei era venuta al mondo. Tuttavia, presumevano che con la piccola ci fosse qualche amico o un famigliare. Per tutto il giorno provarono a chiamare l'ospedale per avere notizie, ricevendo sempre la stessa risposta: non potevano dare informazioni a persone non autorizzate, ma le condizioni della bambina erano invariate.

Whitney si imbarcò sul primo volo per Nizza, come previsto. Quando arrivò, gli uomini dell'equipaggio di Chad, in uniforme bianca, presero il suo bagaglio e la portarono a Montecarlo; lui, abbronzato e sorridente, la stava aspettando in coperta, jeans bianchi, maglione celeste. Appena la vide, fece un largo sorriso. Whitney percorse la passerella per raggiungerlo, lui la strinse a sé, e per un attimo si crogiolarono nella gioia di essersi ritrovati.

«Mi sei mancata», le disse, raggiante.

«Mi sei mancato anche tu», mormorò lei, cingendogli la vita. Stava bene nel suo abbraccio. Con lui si sentiva a casa, e al tempo stesso rivederlo era sempre un'eccitante novità. Il fatto che stessero insieme di rado aiutava a mantenere acceso l'interesse.

«Com'è andato il volo?»

«Lungo, ma ne è valsa la pena.»

Si accomodarono su una panca imbottita e una hostess le porse un caffè.

Lo yacht misurava cinquantacinque metri e aveva un equipaggio di quindici persone. Ora che lei era arrivata, stavano mollando gli ormeggi.

«Partiremo tra pochi minuti», la informò Chad.

Era una splendida mattina di fine luglio e il porto turistico era affollato di panfili anche più grandi del suo, alcuni dei quali piuttosto conosciuti. Il bagaglio di Whitney, inclusa la borsa con il cellulare, era stato portato nella cabina di Chad, dove una hostess lo avrebbe disfatto. Accanto alla cabina c'era una stanza da bagno di marmo rosa con uno spogliatoio, riservati a lei. Tutto quello che doveva fare era godersi la compagnia del suo uomo e farsi viziare.

Lo yacht uscì lento dal porto e una ventina di minuti dopo lo chef si presentò con una sontuosa colazione, servita al tavolo da pranzo sul ponte. Appena ebbero superato le imbarcazioni dirette ai pontili per l'attracco, presero velocità e si portarono in mare aperto, diretti a Portofino.

Seduti sulle sdraio, chiacchierarono godendosi la brezza marina, e Whitney si appisolò sotto il sole. Poi scesero in cabina a cambiarsi, prima del pranzo che consumarono sempre sul ponte. Tornarono alle sedie a sdraio, tenendosi per mano, e si addormentarono; dormivano ancora quando raggiunsero Portofino.

L'equipaggio gettò l'àncora appena fuori dal porto.

Al Cedars-Sinai, Emma era in coma da trentasei ore. Era mattina, a Los Angeles. La polizia era riuscita nel frattempo a procurarsi il nome e il numero di Whitney, grazie alla Motorizzazione. Nella scheda di Paige era indicata come il famigliare più prossimo, da contattare in caso di emergenza, ma da dodici ore provavano inutilmente a mettersi in contatto con lei.

Whitney aveva tirato fuori dalla borsa il cellulare, prima di salire sul tender che avrebbe portato lei e Chad al porticciolo di Portofino, per una passeggiata. Lo aveva affidato a una hostess, chiedendole di metterlo in carica.

Fecero due passi, curiosarono nei negozietti, poi si sedettero a bere un bicchiere di vino in un ristorante con terrazza affacciata sul porto, godendosi la compagnia l'una dell'altro. Il tempo che trascorrevano insieme era sempre rilassato, privo di complicazioni. Apprezzavano entrambi la tranquillità, la base del loro rapporto.

Tornarono sullo yacht un'ora più tardi. La hostess restituì il cellulare a Whitney, che notò con una certa sorpresa di avere numerosi messaggi. Cosa alquanto insolita, quando era in vacanza. Diede un'occhiata: nessuno proveniva da numeri conosciuti. E Paige non aveva richiamato. Era senz'altro impegnata con Emma, perciò non si stupì. Si domandò se i messaggi fossero di alcuni pazienti, che magari avevano avuto problemi a mettersi in contatto con il suo sostituto, così decise di verificare prima di andare in cabina a cambiarsi per la cena a terra. Chad le offrì una coppa di champagne quando si sedette ad ascoltare i messaggi, poi la lasciò per scendere a farsi la doccia. Nessuno dei due amava intromissioni da parte del lavoro, in vacanza. Chad dava regole severe ai suoi collaboratori in ufficio, che potevano disturbarlo soltanto in caso di reale bisogno. Lo stesso faceva Whitney.

«Non ci metto molto», gli promise. Prese un sorso di champagne e si accinse ad ascoltare il primo messaggio. A chiamarla era stato un tenente del Dipartimento di polizia di Los Angeles, e lei proprio non immaginava perché avesse provato a contattarla. C'erano altri tre messaggi da parte sua. Si domandò se per caso si trattasse di un suo paziente, temendo che il tenente l'avesse cercata per comunicarle che qualcuno era rimasto ferito o, peggio, si era tolto la vita. Per fortuna, non le succedeva da anni.

Premette il tasto per richiamare e, appena le risposero, chiese di parlare con il tenente, che non si fece attendere.

«Abbiamo provato più volte a contattarla», esordì lui.

«Mi scusi. Sono in viaggio. Sto chiamando dall'Italia. Cosa posso fare per lei, tenente?» Aveva adottato il tono professionale, di quando lavorava, e aspettò di sentire il motivo delle telefonate.

«Mi rincresce averla cercata per questo... Siamo stati a casa sua diverse volte, sperando di trovarla. C'è stato un incidente, due giorni fa, in cui sono rimaste coinvolte sua sorella Paige Watts e la figlia Emma.»

Whitney rimase pietrificata.

«Cos'è successo?» lo incalzò, attanagliata dall'ansia. «Stanno bene?» A un tratto, aveva cominciato a tremare.

Il tenente esitò per una frazione di secondo, ma Whitney la colse. «No, mi dispiace», rispose lui. «Sua sorella ha sfondato il parabrezza dell'auto che conduceva, in seguito all'impatto con un autocarro, ed è morta sul colpo. Probabilmente l'ha visto arrivare quando era troppo tardi per tentare di evitarlo.»

«Oddio... no.» La sorella e la nipote erano tutto ciò che restava della sua famiglia. Lei e Paige avevano avuto le loro divergenze, ma si volevano bene. E, all'improvviso, lei non c'era più. Morta. A soli trentasette anni. «Dov'è?»

«All'obitorio del Dipartimento. L'abbiamo tenuta lì, in attesa di metterci in contatto con lei.»

«E mia nipote?» Il terrore che fosse morta anche Emma le impediva di respirare.

«Era priva di conoscenza. Né lei né la madre indossavano la cintura di sicurezza. L'auto si è fermata scontrandosi con altri veicoli, e la bambina è stata sbalzata fuori. È in coma in seguito a un trauma cranico, e si trova al Cedars-Sinai. Le sue condizioni sono critiche, però è viva.»

Whitney stava tremando. Emma in coma, Paige morta...

«Posso darle i nomi delle persone a cui rivolgersi», proseguì il tenente, mentre lei prendeva carta e penna e annotava i nomi dei neurologi infantili che seguivano Emma. «Ho detto loro di attendere una sua telefonata, quando fossimo riusciti ad avvisarla. C'è qualcuno che vorrebbe lì con sua nipote?»

«Non ha nessuno, a parte me», rispose con un filo di voce. «Mia sorella e io eravamo tutta la sua famiglia. Non ha il papà.»

E ormai non aveva più nemmeno la mamma. Aveva soltanto lei, rifletté Whitney.

«Abbiamo parlato con il produttore della serie per cui lavora, per rintracciare dei parenti», continuò il tenente. «È stato molto collaborativo, accettando di non parlare con la stampa finché non fossimo riusciti a contattare lei. Magari vuole sentirli.»

Whitney annuì ma non replicò, mentre si sforzava di pensare alle cose da fare. Doveva rientrare subito a Los Angeles, non poteva lasciare Emma da sola in ospedale. Non poteva nemmeno pensare all'eventualità che potesse non farcela, che morisse prima del suo arrivo. E la sorella era in obitorio da due giorni, mentre lei era volata in Francia per poi salpare per la sua vacanza in Italia, rifletté con sgomento. Da quanto le aveva riferito il tenente riguardo all'orario dell'incidente, sua sorella era morta mentre lei era ancora a Los Angeles.

Chiuse la comunicazione e chiamò immediatamente l'ospedale, chiedendo dei medici che le erano stati indicati dal tenente. Riuscì a parlare con il secondo, lo informò di essere a sua volta un medico e gli chiese come stesse la nipote.

«Non ci sono stati cambiamenti da quando è arrivata qui», le disse il dottore. «Ha riportato un trauma al lobo frontale, con un ematoma importante. Abbiamo aspettato a intervenire chirurgicamente, speriamo ancora che si riduca spontaneamente. Le abbiamo fatto diverse esplorazioni diagnostiche al cervello, una TAC e una risonanza. Non vediamo danni o lesioni, al di là dell'ematoma, ma resta il fatto che è in coma e non ha dato segni di avere ripreso conoscenza. Non c'è ancora modo di sapere quali conseguenze possa avere lasciato il trauma, ammesso che ve ne siano. Potrebbero essere importanti, oppure tutte le funzioni cerebrali potrebbero riprendere in pieno. Impossibile stabilirlo finché è in coma. È stata intubata e sedata, ma non siamo in grado di dire come evolverà la situazione.»

Whitney fu assalita dalla nausea. Si domandò a cosa stesse pensando Paige, e perché fossero senza cintura di sicurezza, se stavano viaggiando sulla superstrada. L'immagine della sorella che sfondava il parabrezza le fece gelare il sangue.

«Non ci sono decisioni importanti da prendere, adesso», le spiegò il medico. «Ma con il passare dei giorni le cose potrebbero cambiare. C'è attività cerebrale, tuttavia per fare una valutazione dobbiamo aspettare che si svegli. Se si sveglia...» puntualizzò. «Lei pensa di venire qui?»

«Ma certo. Sono in Italia, tornerò a Los Angeles il prima possibile.» Gli diede il numero di cellulare, chiedendogli di inserirla nella cartella di Emma come parente da informare nell'eventualità di cambiamenti. «Verrò direttamente in ospedale, appena rientrata.»

Dopo avere salutato il medico, chiamò i produttori de *Il clan*, spiegando la situazione in modo più dettagliato rispetto a quanto avesse fatto la polizia. Era grata del fatto che non avessero informato la stampa. Occorreva a tutti i costi evitare il rischio che all'ospedale si radunasse una folla in ansia o, peggio ancora, che qualcuno riuscisse a fotografare Emma intubata e in coma.

Qualche minuto dopo, Chad tornò in coperta e la trovò sotto choc. Era pallidissima.

«Cos'è successo? Tutto a posto?» domandò preoccupato.

Whitney fece cenno di no, mentre le si colmavano gli occhi di lacrime. Per un attimo non riuscì a parlare.

«Mia sorella ha avuto un incidente d'auto, con mia nipote. Due giorni fa. È morta sul colpo. Mentre Emma è in coma, al Cedars-Sinai, con una grave ferita alla testa. Sono riusciti a contattarmi solo adesso.» All'improvviso si sentì in colpa per la felicità con cui era partita, intenzionata a dimenticarsi di tutto. Ignara di quella tragedia.

«Oddio, è terribile», mormorò Chad, sconvolto. «Chi c'è con lei?»

«Nessuno. Ha soltanto me, adesso.» La realtà la investì con la potenza di una valanga.

«Non ha un padre?» le domandò.

Whitney scosse la testa. «Era un amico di mia sorella, un donatore di sperma. Morì quando Emma aveva pochi mesi. Mia sorella desiderava diventare madre, ma non voleva un compagno.»

Lui si limitò ad annuire, poiché non c'era nulla da dire.

«Chad, mi dispiace, ma devo rientrare subito a Los Angeles. Non posso lasciarla sola.»

«Certo che no.» Era un padre e comprendeva perfettamente. «Credo sia il caso che tu incontri i medici per sapere se ci sono decisioni da prendere. Puoi tornare fra qualche giorno, quando hai capito come stanno realmente le cose.»

Lei lo fissò e si rese conto che non aveva compreso fino in fondo la situazione. Quella che aveva di fronte non era una zia preoccupata per la nipotina: era la sola famiglia che fosse rimasta alla bambina, l'unica parente che potesse prendersene cura. Se mai Emma si fosse svegliata dal coma, sarebbe toccato a Whitney dirle che aveva perso la madre. Se la bambina si fosse ripresa, sarebbe andata a vivere con lei, non c'era alternativa. Whitney doveva pensare anche al funerale di Paige.

«Tornerai appena puoi, io sarò qui ad aspettarti. Per favore, telefonami per farmi sapere come sta andando. Adesso organizziamo il tuo ritorno in California.» Chiamò il commissario di bordo, spiegando che Whitney doveva fare immediatamente ritorno a Los Angeles. Avevano già provveduto a disfare i suoi bagagli, ma avrebbero rifatto le valigie.

«Vuoi lasciare qui tutto?» le chiese.

Lei fece cenno di no. Non riteneva possibile raggiungerlo di nuovo sulla barca.

Entro pochi minuti avevano trovato un elicottero che l'avrebbe riportata a Nizza molto più in fretta che via mare. Avevano cercato un volo da Genova, ma erano tutti al completo. Sarebbe andata a Parigi con un biglietto di prima classe, e dopo qualche ora di transito avrebbe proseguito per Los Angeles. Venti minuti più tardi era pronta per lasciare lo yacht: jeans neri, una camicia bianca, un blazer di cotone bianco sul braccio e le valigie accanto a sé. L'elicottero atterrò sulla piattaforma sul ponte superiore. Chad la strinse in un lungo abbraccio.

«Se c'è qualcosa che posso fare, qualunque cosa, fammelo sapere.»

Lei annuì, con le lacrime agli occhi. «Grazie. Mi dispiace andarmene così, Chad. Ma non posso fare diversamente.»

«Certo che no. Tra qualche giorno sarai di nuovo qui», provò a rassicurarla lui.

Entrambi però sapevano bene che era inverosimile. La vita di Whitney stava per complicarsi. Sperava solo che la piccola ce la facesse: non poteva perdere anche lei.

Chad la baciò delicatamente sulle labbra e la aiutò a salire sull'elicottero. Le valigie erano già state caricate.

Quando il velivolo si staccò dal ponte, lui la salutò con la mano e lei si sentì invasa da una profonda tristezza. Non poté evitare di chiedersi quando lo avrebbe rivisto. Non presto, probabilmente, ma non era quella la cosa importante. Paige, la sua sorella minore, non c'era più, ed Emma stava lottando per la vita. Nient'altro contava.

3

WHITNEY atterrò a Los Angeles alle ventitré. In Italia erano le otto del mattino. Non sapendo se Chad fosse già sveglio, gli scrisse per informarlo di essere arrivata, poi ritirò il bagaglio, superò la dogana e prese un taxi per passare da casa e lasciare le valigie. Aprì la porta, le depositò all'ingresso, reinserì l'allarme e tornò di corsa al taxi che la stava aspettando, facendosi portare al Cedars-Sinai. Era l'una di notte. In aereo si era appisolata più volte, ma solo per qualche minuto, incapace di riposare. Lei e Paige avevano trascorso l'infanzia a litigare, diverse com'erano, e lo stesso era stato per tutta la vita. Aveva sempre trovato frustrante il suo comportamento, a causa dei loro modi di pensare a volte conflittuali e di quelle ambizioni che lei aveva spesso trovato distorte. Però le aveva voluto bene e il fatto che non ci fosse più la straziava.

Ancora non capiva perché né lei né la bambina avessero allacciato la cintura. Forse si era distratta, eppure di solito era molto attenta con Emma, che aveva sempre trattato come un gioiello prezioso. Invece in quell'occasione aveva messo in pericolo la vita di entrambe.

In effetti, ogni tanto faceva delle cose irresponsabili e inspiegabili: tipico di Paige. Aveva tenuto sotto controllo tutta una serie di dettagli banali e tralasciato l'unico aspetto essenziale, che era costato la vita a lei e aveva mandato Emma in coma. Whitney si domandò ancora cosa stesse facendo la sorella quando il camion aveva investito la loro auto. Magari aveva ragione il tenente di polizia: stava inviando un messaggio, o parlando al telefono. Si soffermò a pensare a Emma e al motivo per cui non indossava la cintura, pur conoscendo benissimo i rischi. La nipote sarebbe andata a vivere con lei: non lo aveva detto chiaramente a Chad, prima di partire, ma quel fatto avrebbe cambiato radicalmente la sua vita. Non sarebbe più stata una donna single senza figli: sarebbe stata una single con una bambina di nove anni, sempre che la piccola ce l'avesse fatta. Se non fosse sopravvissuta, Whitney non avrebbe avuto più nessuno al mondo. Senza marito, senza figli, senza più Emma e Paige. Si sentì sopraffatta da un senso di solitudine, di perdita e di paura, quando il taxi si fermò davanti all'ospedale.

Pagò la corsa, lasciando una lauta mancia, poi si affrettò all'entrata del pronto soccorso, chiedendo indicazioni per raggiungere il reparto di terapia intensiva pediatrica. Non c'era orario di visita, i famigliari potevano andare quando volevano. Uscì dall'ascensore e seguì le indicazioni. Si fermò al banco delle infermiere e lanciò uno sguardo alle stanzette in cui i genitori sedevano accanto ai letti dei piccoli pazienti. Era notte ed era tutto buio, a eccezione del bagliore mandato dai monitor. Le infermiere entravano e uscivano senza fare rumore, per controllare un monitor che aveva emesso un segnale o rispondere a un allarme.

«Sono la dottoressa Whitney Watts», si presentò, sottovoce. «Sono qui per Emma Watts, mia nipote.» L'infermiera si alzò e l'accompagnò in una stanza a pochi metri da lì. Da quella accanto giungeva il pianto di un bambino, mentre in fondo al corridoio un neonato urlava. Non era un posto felice: regnavano il dolore e la paura, e le vite dei giovanissimi degenti erano appese a un filo.

Emma sembrava minuscola in quel letto, con un tubo per respirare che le usciva dalla bocca, fissato al viso con del nastro adesivo medicale. Un'infermiera monitorava i suoi segni vitali. Aveva un'ingombrante fasciatura intorno alla testa e da sotto spuntavano gli elettrodi per eseguire un encefalogramma costante. Il viso era pieno di lividi e un braccio era ingessato. Nella stanza si sentiva solo il rumore delle macchine. Le due infermiere si scambiarono un'occhiata quando Whitney si avvicinò al letto. La bambina era sotto una coperta leggera, e l'infermiera spiegò che dal tardo pomeriggio aveva la febbre.

«Cosa significa?» chiese Whitney, in tono ansioso.

«Può succedere dopo un incidente d'auto, oppure può

dipendere dal trauma alla testa. Il cervello controlla temperatura e calore corporeo, e adesso non sono regolati. Stiamo monitorando la situazione. Il medico di turno è passato alle ventidue. Nessun cambiamento.»

Whitney annuì, gli occhi colmi di lacrime, sfiorando la mano delicata della bambina. Mai come in quel momento si era resa conto di quanto somigliasse a Paige.

Fu percorsa da un brivido, pensando alla sorella in obitorio. Non voleva lasciarla lì, ma la priorità era vedere Emma. C'era un lettino nella stanza, se Whitney si fosse voluta fermare, e l'infermiera che l'aveva accompagnata si offrì di prepararglielo. Lei però non voleva dormire: quelle potevano essere le ultime ore di vita della sua nipotina. Si sistemò sulla sedia vicino al letto. Emma aveva una flebo nel braccio, e Whitney, con delicatezza, le prese l'altra mano.

«Ciao tesoro. Sono zia Whit. Sono tornata dalla Francia per venire da te. Ti voglio bene, tanto. Sono qui e non ti lascio sola. Ti riprenderai.» Continuò a parlarle in tono dolce e rassicurante, pensando alla remota possibilità che la bambina la sentisse. La letteratura medica era piena di casi di persone che affermavano di avere sentito le voci dei loro cari, mentre erano in coma. E lei voleva che Emma sapesse che era lì.

Rimase con lei tutta la notte e, quando il sole sorse sopra Los Angeles, posò la testa sul materasso. La lasciarono dormire finché nella stanza entrò il neurologo.

«Chi è quella signora?» chiese all'infermiera, sapendo che la madre aveva perso la vita nell'incidente.

«La zia», gli rispose. «È un medico.»

Il dottore uscì dalla stanza, annotando sulla cartella clinica che non c'erano stati cambiamenti.

Whitney si svegliò pochi minuti dopo e andò in corridoio per parlare con il neurologo.

«Come sta?» domandò, con aria esausta.

«Più o meno uguale. I monitor mostrano che l'ematoma potrebbe ridursi un po', ma non abbastanza. Ha ricevuto il colpo in pieno lobo frontale e lei, da medico, comprende cosa significa. Alcuni dei centri di controllo principali sono fuori uso: la deglutizione, la regolazione della temperatura corporea, la parola, le abilità motorie, la capacità di ragionamento, la memoria, la regolazione del battito cardiaco. Ha avuto novanta battiti per quasi tutto il giorno, ieri. È paragonabile a un attacco di entità minore, in un adulto; sapremo se ha subìto danni soltanto al suo risveglio. E finora non ha dato segni in tal senso.»

«Ce la farà?» chiese in maniera diretta.

Il medico esitò un istante. «Potrebbe farcela, ma non abbiamo garanzie, al momento. I bambini sono resilienti, ma il colpo alla testa è stato importante.»

«Esiste la possibilità che ci siano danni permanenti?» chiese Whitney, la voce rauca.

«Non è da escludere. Malgrado il trauma grave, se riprende conoscenza può cominciare a recuperare buona parte delle abilità. Con il tempo, tanto tempo, e con un'assidua terapia, potrebbe uscirne indenne. Ma potrebbe anche non andare così. Non siamo in grado di dire nulla, per ora.» Fece una breve pausa, poi aggiunse: «Un'infermiera mi ha detto che è un'attrice. È vero?»

Whitney annuì. «Fa parte del cast di una serie televisiva», gli rispose, anche se considerava la cosa del tutto irrilevante.

«Vorremmo tenere la stampa fuori di qui», le disse in tono deciso. «Sono certo che lei sia d'accordo. Metterò un avviso nella sua cartella. Bisogna evitare che si presentino i fotografi: creerebbero scompiglio e violerebbero la privacy degli altri pazienti.»

Whitney sapeva perfettamente che tutelare la privacy delle persone ricoverate era di vitale importanza per un ospedale. Lo staff medico non voleva che la notizia divenisse pubblica, e non lo voleva nemmeno lei, anche se fino a quel momento non ci aveva pensato.

«Sì, sono d'accordo», confermò, incupita. Era necessario evitare in tutti i modi che pressioni di qualsiasi genere mettessero a rischio il totale recupero di Emma, quando si fosse svegliata. «Ricorderà quello che è successo?» gli domandò, poiché quello non era il suo campo.

«Ne dubito. Almeno per un po' non ricorderà, e forse non accadrà mai. Potrebbero rimanere dei buchi nella sua memoria per tutta la vita. Sarà un enorme choc, per lei.» Il dottore le rivolse uno sguardo pieno di comprensione. «Provi a riposare un po'. Se sua nipote ce la farà, la ripresa sarà lunga.»

Grazie agli studi di neurologia, subito dopo l'internato, Whitney sapeva che Emma sarebbe anche potuta rimanere in coma per il resto dei suoi giorni, senza più riprendere conoscenza. E, se si fosse svegliata, non c'erano garanzie riguardo alle condizioni in cui avrebbe versato. Ma il fatto che ci fosse attività cerebrale era un buon segno. L'unica buona notizia.

Il medico proseguì il giro di visite, e Whitney andò a parlare con l'infermiera.

«Pensa che possa andare a casa per un paio d'ore? Devo occuparmi di alcune cose.»

«Certo, ci lasci il suo numero», le rispose lei, gentile. «Se succede qualcosa, la chiamiamo.»

Whitney le diede il suo recapito e pochi minuti dopo lasciò l'ospedale. Aveva bisogno di farsi una doccia; inoltre doveva telefonare a un'impresa di pompe funebri e parlare con i produttori della serie. Voleva fare un giro a casa di Paige, nel caso ci fosse qualche indizio che lasciasse capire cos'era successo. Non sapeva cosa cercare, ma voleva andare là. Era un modo per sentirsi vicina alla sorella. Una parte irrazionale di lei si rifiutava ancora di credere che Paige non ci fosse più.

Esausta, inciampò nelle valigie che aveva lasciato nell'ingresso, mentre disinseriva l'allarme. C'era una pila di posta che si era accumulata da quando era partita e che la donna delle pulizie aveva messo sul tavolo.

Si preparò un caffè, poi andò nel bagno. Lasciò che il getto forte dell'acqua calda la investisse, mentre piangeva, con la sensazione di essere precipitata in una notte orribile.

Si infilò un paio di jeans e si legò i capelli in una coda ben tirata, poi chiamò le pompe funebri e l'obitorio, immaginando che avessero bisogno di qualcuno che riconoscesse il corpo. Quella prospettiva la terrorizzava.

Il sergente di turno le disse che il viso aveva riportato lacerazioni tali da non essere più riconoscibile, avendo sfondato il parabrezza per poi scivolare sull'asfalto a oltre novanta chilometri all'ora. Avevano bisogno di un'impronta dentale, per il riconoscimento.

Whitney contattò il loro dentista, che rimase sconvolto nell'apprendere la notizia. Le disse che avrebbe fatto recapitare lui stesso le impronte di Paige in obitorio. Dopodiché, Whitney comunicò all'impresa di pompe funebri la sua intenzione di far cremare la sorella. Riguardo alle ceneri, doveva ancora decidere cosa fare, ma pensava di interrarle nella tomba dei genitori: Paige sarebbe stata felice di riposare con loro, che erano stati il suo rifugio e i suoi idoli.

Fece un'altra telefonata al produttore della serie, che le porse le condoglianze da parte di tutti per la perdita della sorella e le rivolse moltissime domande sulle condizioni di Emma.

«È rimasta sfigurata?» domandò Melvin Levy, senza giri di parole.

«No», gli rispose con un nodo in gola. «Ha riportato una ferita alla testa ed è in coma. Non sappiamo quanto sia grave e probabilmente non lo sapremo finché non si sveglia.»

«I bambini hanno capacità di recupero impressionanti», commentò lui, in tono speranzoso. «So di casi di persone rimaste in coma per mesi, tornati a una vita normale dopo il risveglio.»

Per Emma non c'era nessun accenno che facesse presagire un risveglio, ma Whitney apprezzò il suo ottimismo.

«Vogliamo che Emma resti nella serie», continuò il produttore.

«Non abbiamo idea di quale sarà il suo stato, signor Levy.»

«Saranno tutti molto comprensivi con lei. In particolare considerato il fatto ha perso la madre. Prenderà lei il posto di Paige, ora?» le chiese, diretto.

La domanda la sciocco: in quel momento non aveva nemmeno idea di cosa significasse prendere il posto di Paige.

«Sono responsabile per Emma, ora, se è questo che intende. Non ha altri famigliari. Ma non so proprio cosa sarà in grado di fare, dopo l'incidente... Né cosa vorrà fare.»

«Io spero voglia tornare nella serie», dichiarò lui, con una calma determinazione.

Whitney capì che quella gente aveva un unico obiettivo. Paige sarebbe stata felice di sentirglielo dire, invece lei voleva solo che Emma uscisse dal coma con meno danni possibile. La carriera televisiva era l'ultima delle sue preoccupazioni. Ma il produttore aveva una serie di successo a cui pensare. «Vorremmo rilasciare una dichiarazione alla stampa, oggi. A *Entertainment Tonight*, *People*, *Us Weekly*, le fan-magazine principali, i network affiliati.»

«Cosa avete intenzione di dire?» chiese Whitney, subito in ansia.

«Che Emma è rimasta coinvolta in un incidente tre giorni fa, nel quale ha tragicamente perso la madre, che si sta riprendendo al Cedars-Sinai e che tornerà appena sarà possibile. Sperando che possa ricominciare dopo la pausa estiva. Fino ad allora siamo coperti con gli episodi, e anche per diversi della stagione autunnale. Abbiamo un po' di margine, prima che diventi urgente farle girare delle scene.» Era evidente che aveva cominciato a studiare la situazione subito dopo la prima telefonata della polizia; aveva già pensato a tutto.

«E se fosse ancora in coma, quando avrete esaurito gli episodi con lei?» ipotizzò lei, scossa dalla spietatezza dell'ambiente in cui lavorava la nipote.

«Spero ardentemente che non sia così», disse lui. «Potremmo inserire l'incidente nella sceneggiatura della nuova stagione, e persino filmare Emma nel letto d'ospedale, se serve. Siamo disposti a lavorarci, per non farla sparire all'improvviso dalla serie. Pensa che potremmo farlo oggi? Magari sembra che dorma, semplicemente. Vederla potrebbe rassicurare i fan.» Stava pensando ad alta voce, sforzandosi di lavorare in base alle notizie che avevano.

«Ha la testa fasciata e da sotto la benda spuntano gli elettrodi dell'elettroencefalogramma; il viso è pieno di lividi, ha gli occhi pesti e un tubo per respirare fissato alla faccia con del nastro adesivo medicale. È questa la scena che aveva in mente?»

Whitney si stava irritando. Non voleva che sua nipote venisse sfruttata, tantomeno che fosse vista nelle condizioni in cui versava. Era determinata a proteggerla, indipendentemente da quello che avrebbe fatto Paige.

«No davvero», la rassicurò, in imbarazzo. «Suppongo non sia pronta per un servizio fotografico.» Provò a usare un tono leggero, ma Whitney rimase impassibile. Aveva appena perso la sorella, e rischiava di perdere anche la nipote. «Be', teniamoci in contatto», continuò l'uomo. «Rilasceremo oggi stesso una dichiarazione in merito all'incidente, minimizzando i danni riportati da Emma, concentrandoci invece sulla scomparsa della madre. Ha già organizzato il funerale?»

«Non ancora», mormorò Whitney.

«Sono certo che ci sarà comprensione da parte di tutti. Questo è un duro colpo, per voi.»

Whitney non riuscì a dire nulla.

«Ci faccia sapere se possiamo fare qualcosa», aggiunse lui.

«Pregate», disse allora Whitney, con voce soffocata.

«Ma certo... Sono dispiaciuto per la sua perdita, signorina... ehm... dottoressa Watts. Sua sorella mancherà anche a noi. Era una persona affidabile, instancabile, una vera professionista.»

La verità era che Paige non era stata professionista in nulla, se non nel suo ruolo di madre di un'attrice bambina.

Terminata la telefonata, Whitney andò a casa della sorella, di cui aveva la chiave. C'era disordine, come sempre, e sotto la porta trovò un biglietto firmato Marty, che diceva di averle aspettate mezz'ora, perché erano in ritardo, e di richiamarlo quando fossero rientrate. Si chiese se fosse stato quello il motivo per cui stavano tornando a casa così di fretta, quando quel camion le aveva colpite. Entrò nella stanza di Emma e sul letto vide l'orsacchiotto con cui andava a dormire ogni sera. Glielo aveva regalato lei. Era malconcio, come lo sono i peluche molto amati. Lo prese, per portarglielo in ospedale. Vagò smarrita. Il silenzio era opprimente e dopo qualche minuto non riuscì più a sopportarlo. Richiuse la casa e si avviò al Cedars-Sinai.

Raggiunse in fretta il reparto in cui era ricoverata la nipote, e l'infermiera al banco la informò che non c'erano stati cambiamenti. Mise l'orsacchiotto accanto a Emma e si sedette a guardarla, accarezzandole la mano e parlandole, sollevata di esserle di nuovo vicino.

Tre ore dopo, l'infermiera la chiamò con un cenno: accanto a lei, nel corridoio fuori dalla stanza di Emma, c'era un uomo della sicurezza. Spiegò che si era creata una situazione particolare, nel corridoio. Una folla stava lasciando fiori, giocattoli e palloncini per la bambina, e diverse persone stavano tentando di salire nel reparto. Era appena uscita la notizia dell'incidente e la reazione era stata immediata. La direzione dell'ospedale voleva mettere una guardia all'ingresso del reparto di terapia intensiva pediatrica e una vicino al letto di Emma, e voleva sapere se Whitney avesse qualcosa in contrario.

Lei si dichiarò grata della decisione. A un tratto con la mente tornò alla sua infanzia, a quando lei e Paige dovevano essere portate di nascosto fuori da ristoranti, alberghi e negozi, attraverso uscite sul retro, inseguite dai flash dei fotografi. Questo Paige aveva voluto per sua figlia. E questo le aveva lasciato.

Quando provò ad attraversare il corridoio per vedere quanto fosse seria la situazione, i paparazzi la riconobbero e le furono addosso, accecandola con i flash e sommergendola di domande. Si precipitò fuori senza rispondere a nessuno e si perse nel seminterrato dell'ospedale, tentando di ritrovare la strada per l'ascensore per risalire nel reparto e assicurarsi che Emma stesse bene. L'uomo all'entrata controllava i documenti prima di lasciare passare chiunque.

Dell'incidente parlavano tutti i notiziari e i giornali; gli articoli e i servizi erano corredati da fotografie di Emma raggiante il giorno del suo nono compleanno, festeggiato durante le riprese, qualche mese prima. I reporter stavano aggiungendo una buona dose di angoscia e tragedia alla situazione, e i fan reagivano lasciando nel corridoio mucchi di regali, che dovevano essere rimossi. Whitney chiese che venissero distribuiti nei reparti pediatrici e in un rifugio per senzatetto in città.

Intanto la bambina rimaneva in coma, mentre i dottori andavano e venivano, le dicevano che non c'erano stati cambiamenti e studiavano i risultati degli esami encefalici, che non aggiungevano ulteriori informazioni a quelle che già avevano.

Chad la chiamò qualche giorno dopo. Non aveva voluto disturbarla prima, e le chiese quando pensava di raggiungerlo sullo yacht. La domanda la lasciò sbigottita e gli rispose che non ne aveva idea. Lui le parve sorpreso e deluso dalla sua risposta, tanto che chiuse rapidamente la comunicazione.

Al suo studio sapevano che era rientrata in città, ma comunicò che non sarebbe tornata al lavoro in anticipo. La sua vita sarebbe rimasta in sospeso finché la situazione di Emma fosse cambiata. Due settimane dopo l'incidente, era ancora immutata, e Whitney aveva la sgradevole sensazione di girare a vuoto. Ogni giorno passava da casa solo per fare la doccia, cambiarsi e prendere la posta. Dormiva nella stanza d'ospedale di Emma, e aveva il permesso di utilizzare l'ingresso del personale, in modo da evitare i paparazzi accampati nel corridoio.

Cominciava a temere che la nipote non sarebbe più uscita dal coma, anche perché TAC e risonanze erano ancora invariate.

Seduta accanto a Emma, stava pensando a Paige. Aveva deciso di non organizzare nessun funerale. Avrebbe fatto celebrare una funzione in suo ricordo più avanti, nel frattempo le ceneri sarebbero rimaste presso l'impresa di pompe funebri. Non era in grado di pensare alla cerimonia mentre stava con Emma giorno e notte. Si stava chiedendo cosa fare con la bambina, nel malaugurato caso in cui non si fosse più svegliata, quando udì un piccolissimo movimento vicino a lei. Alzò gli occhi verso la nipote per assicurarsi che stesse bene. Qualche giorno prima era stato diminuito il dosaggio dei sedativi, ma non c'era ancora stato nessun effetto. Ma all'improvviso la vide aprire gli occhi, che fissò su di lei. Il cuore iniziò a martellarle nel petto. Dallo sguardo, non dava l'impressione di averla riconosciuta... però gli occhi di Emma erano aperti e sembravano voler capire dove si trovasse. Una mano della bambina andò al tubo del respiratore; Whitney la fermò e chiamò subito l'infermiera, che a sua volta avvisò il dottore.

Whitney e l'infermiera parlarono serenamente a Emma; le lacrime le scorrevano lungo le guance coperte di lividi, ed emise un gemito quando loro le tennero ferme le mani per impedirle di rimuovere il tubo. Era evidente che voleva sfilarselo, per parlare.

«Verranno a togliertelo tra un minuto», la rassicurò Whitney, mostrandole il suo orsacchiotto. Gli occhi della bambina erano pieni di interrogativi. Di certo voleva la madre, rifletté Whitney, terrorizzata alla prospettiva di doverla mettere al corrente dell'accaduto. Nessuna delle due era pronta per affrontare quella terribile realtà.

Arrivò il medico, rimosse il tubo e visitò Emma mentre i suoi occhi si chiudevano di nuovo. Dormì qualche minuto, e Whitney si domandò se fosse rientrata in coma. Ma presto alzò di nuovo le palpebre, rivolse a lei uno sguardo vago, senza dare cenno di averla riconosciuta, poi diede un'occhiata alla stanza, confusa.

«Lasciamole il tempo di orientarsi», suggerì il neurologo, poi si prese qualche minuto per parlare con Emma, spiegandole che si trovava in ospedale. Lei non aveva detto nulla, una volta estubata, non aveva dato voce alle domande che senz'altro la tormentavano. Aveva emesso dei versi non intellegibili, come se stesse tentando di parlare ma non ricordasse le parole giuste. Lanciò un'occhiata spaventata al dottore.

«L'area del linguaggio ha risentito del trauma. Imparerà di nuovo ad articolare le parole», spiegò lui a Whitney. Poi domandò alla piccola se rammentasse il suo nome. Lei non rispose, però disse ancora qualcosa, ma sembrava il gorgoglio confuso di una bambina di due anni.

Nonostante il dottore continuasse a parlarle, Emma agitava la testa e lo fissava con aria confusa. A un tratto si indicò la testa, poi disse: «Ahi».

Il medico le rivolse molte altre domande, a cui lei continuava a non rispondere. Poco dopo, esausta, si riaddormentò.

Si svegliò due ore più tardi. Con lei c'era soltanto Whitney, che si chinò a darle un bacio sulla guancia, e la bambina sembrò sorpresa. La zia ebbe la sensazione che non si ricordasse di lei. Poi Emma emise di nuovo quei versi confusi, come se fosse tornata dal coma con un linguaggio tutto suo. Parve irritata quando si rese conto di non essere compresa.

«Ci vorrà un po' di tempo per riabituarti a fare le cose», tentò di rassicurarla Whitney.

Emma si girò dall'altra parte e iniziò a piangere.

Un'infermiera entrò nella stanza portando un bicchiere di succo di frutta e una cannuccia, e provò a parlarle. Emma prese il bicchiere di plastica e bevve, poi lo gettò sul pavimento.

Poco dopo arrivò il medico e disse a Whitney che tutto quello che stava succedendo a Emma era prevedibile, con un trauma cranico. Per un po' di tempo avrebbe continuato a essere confusa e frustrata, forse perfino ostile.

«Penso che non mi riconosca», lo informò lei, preoccupata, dopo che furono usciti in corridoio.

«Forse no. Le occorrerà del tempo per riprendere le sue facoltà. Il linguaggio, per esempio. Da quanto possiamo vedere, è l'abilità più compromessa.»

«Quanto tempo ci vorrà?»

«Può darsi che debba imparare a parlare dal principio, oppure potrebbe recuperare un po' alla volta la capacità di farlo. Al momento, sembra averla persa.»

Whitney si sforzò di non tradire l'angoscia. Si cominciavano a vedere gli effetti dell'incidente e i danni riportati dal cervello. Emma non era più in grado di parlare, e comunicare sarebbe stato difficile. Le capacità motorie, invece, sembravano intatte: il neurologo era convinto che sarebbe stata in grado di camminare, sedersi e alzarsi in piedi, quando fosse stata in forze.

«Ricordi chi sono, Em?» le chiese la zia quando tornò da lei.

La bambina la guardò senza espressione.

«Sono Whitney. Sono tua zia. E tu ti chiami Emma.» Indicò se stessa dicendo il proprio nome, poi indicò lei.

Emma non sembrava comprendere e scuoteva la testa. Disse qualche altra parola nel suo linguaggio, ma non significava niente per nessuna delle due. Erano solo versi. All'improvviso strillò, come se provasse dolore. Arrivò l'infermiera, che le chiese se udiva le loro voci, ma Emma rimase ancora in silenzio. Probabilmente anche l'udito era danneggiato, cosa non insolita, considerata la natura del trauma. Whitney inorridì all'idea di quante facoltà potessero essere rimaste compromesse.

L'infermiera si offrì di portarla a fare una passeggiata sulla sedia a rotelle, ma la bambina si oppose con tutte le forze, terrorizzata. Era evidente che non capiva cosa stessero tentando di fare. Per lei era tutto nuovo, non c'era nulla di familiare o di logico: parole, gesti, le sue stesse parole quando parlava con loro, nemmeno il viso di Whitney.

A fine giornata, esausta, Emma si addormentò stringendo l'orsacchiotto, mentre la zia la guardava e si chiedeva come avrebbero comunicato con lei, e se quella situazione sarebbe durata per sempre. Era come una bambina selvaggia, che all'improvviso si trovasse nella civiltà, in mezzo a estranei. Non aveva chiesto della madre, almeno non in una lingua che qualcuno fosse in grado di comprendere.

Durante l'intera settimana successiva, Whitney e le infermiere fecero di tutto per capire cosa tentava di dire Emma, ma senza risultati.

Alcuni test rilevarono che la vista della piccola paziente era offuscata, e altri esami avevano determinato che fosse sorda. Viveva isolata, parlando una lingua che era chiara soltanto per lei.

Il neurologo del reparto suggerì di convocare due specialisti con cui collaborava spesso in caso di traumi che avevano causato danni cerebrali, Bailey Turner e Amy Clarke. Nulla di quello che stava succedendo a Emma era insolito o inaspettato, ma era necessario programmare un piano di recupero, soprattutto in previsione delle sue dimissioni. L'incidente aveva avuto conseguenze importanti, ed era ancora impossibile valutare il trauma psicologico, che era un fattore molto rilevante. Spiegò a Whitney che Turner era un neurologo pediatrico di grande esperienza, mentre la dottoressa Clarke si occupava più di pazienti adulti ma forniva sempre punti di vista utili, e i due specialisti lavoravano spesso in team.

Melvin Levy la chiamò per organizzare un servizio

fotografico e persino un'intervista, cosa inimmaginabile nelle condizioni in cui versava la piccola attrice. Whitney non voleva rivelargli l'entità dei danni che aveva riportato, ma gli disse che un'intervista era fuori questione. Benché fosse uscita dal coma, non era certo la bambina che era stata prima dell'incidente. Whitney era decisa a evitare che arrivasse alla stampa la notizia che aveva riportato danni cerebrali molto gravi e forse permanenti, perciò non disse nulla al produttore, anche in ragione del fatto che era troppo presto per stabilire come si sarebbe evoluto il quadro clinico.

I due specialisti, Turner e Clarke, arrivarono per visitare Emma. Avevano qualche anno più di Whitney, condividevano un ambulatorio e le parvero persone molto serie. Erano entrambi gentili e comprensivi: più pratica e concreta lei, più ottimista e positivo lui, oltre che affabile e cordiale. Le illustrarono gli effetti dell'incidente in modo dettagliato e la rassicurarono, confermando che tutto ciò che stava passando Emma era normale, per quanto potesse suscitare un certo turbamento. La domanda cruciale, per Whitney, era per quanto tempo sarebbe rimasta in quelle condizioni, e se avrebbe recuperato in pieno l'udito e la capacità di parlare. Le dissero che non era possibile dare risposte in tal senso, solo il tempo lo avrebbe rivelato. Intanto Emma era costantemente frustrata per il fatto di non essere compresa, lanciava oggetti e faceva capricci.

«Possiamo insegnarle a parlare di nuovo?» domandò Whitney in tono disperato, dopo avere ascoltato la valutazione iniziale di Turner.

Il medico rimase colpito nel constatare quanto fosse affezionata alla nipote.

«Sì, possiamo», la rassicurò. «Ma non così presto. Dobbiamo dare al suo cervello la possibilità di stabilizzarsi, prima di cominciare a stimolarlo. Se iniziamo troppo presto, rischiamo solo di confonderla di più.»

Era una persona intelligente, sensibile e cortese. Non c'era nulla nel caso di Emma che lo sorprendesse o gli indicasse che la paziente non sarebbe migliorata nel tempo. Tentò di comunicarlo a Whitney nella maniera più gentile possibile, mentre lei si sforzava di ignorare quanto fosse attraente. Non poteva pensare a una cosa del genere, in quel momento. Era un collega, e lei aveva bisogno del suo aiuto. Era alto, atletico, gli occhi scuri, moro come lei. Amy Clarke invece era minuta, bionda e graziosa.

«Pensa che sia in grado di leggere?» gli domandò.

Provarono a fare degli esperimenti con carta e penna, ed Emma sembrò non avere idea di cosa stessero facendo. Un nuovo esame confermò che la sua vista era offuscata, e chiaramente la memoria non conservava ricordo alcuno delle lettere o di come si leggesse. Emma era tornata nella terra dei vivi, ma era chiusa in un mondo sigillato ermeticamente, parlava un linguaggio che comprendeva solo lei, non sentiva, non sapeva leggere e non riconosceva Whitney. La sua mente era come una lavagna pulita, da cui era sparito tutto ciò che le era familiare. Se le sue condizioni fossero rimaste immutate, sarebbe stata una tragedia. La bambina prodigio, brillante, audace, precoce, che abbagliava tutti ed era stata la star di una serie tv, non esisteva più. Al suo posto c'era una bambina spaventata e sola, che viveva isolata nel suo mondo.

Whitney, preoccupata per il futuro della nipote, pianse al telefono quando Chad la richiamò. Era rientrato a San Francisco, e disse di essere affranto per entrambe. Si offrì di raggiungerla a Los Angeles, per trascorrere il weekend insieme. Lei gli spiegò che, per quanto lo desiderasse, non avrebbe avuto tempo da dedicargli perché non poteva lasciare la nipote nemmeno per un minuto. Non era ancora tornata al lavoro, viveva in un mare di TAC, risonanze ed elettroencefalogrammi, in cui aveva la sensazione di annegare. Non aveva tempo per altro. Qualunque cosa avesse fatto Paige quella sera le era costata la vita, e aveva cambiato per sempre quella di Emma. In alcuni momenti odiava la sorella, in altri piangeva per lei. Le sue emozioni sembravano confuse quanto quelle di Emma, e altrettanto conflittuali.

Si domandò se lei e Chad si sarebbero più rivisti. Lui si pose la stessa domanda, quando chiusero la telefonata. Whitney era diventata il tipo di persona che lui – come sapevano entrambi – non poteva gestire: una donna con impegni e obblighi famigliari. Passava tutto il suo tempo in ospedale, nella stanza singola in cui avevano trasferito Emma dalla terapia intensiva. Si sentiva imprigionata su un'isola deserta, e aveva il timore che lei ed Emma ci sarebbero rimaste per sempre. Era troppo presto perché la bambina fosse dimessa, e non era pronta per la riabilitazione.

Whitney provò ad abbracciare la nipote per confortarla, ma Emma la prese a schiaffi con tutta la forza che aveva e con gli occhi furiosi. Era l'unica cosa che sapesse fare. Le bruciava ancora la guancia quando uscì dalla stanza per sgranchirsi e prendere un po' d'aria, lasciando un'infermiera con Emma. Quando fosse tornata, avrebbero tentato ancora di stabilire qualche forma di comunicazione. Non poteva fare altro, e ricominciò a piangere per la frustrazione. All'orizzonte vedeva solo buio.

Emma si girò verso la parete e pianse, in preda alla rabbia. Whitney era stata avvertita che le conseguenze del trauma cranico avrebbero potuto renderla cattiva: era uno degli effetti tipici dei danni al lobo temporale. Le avevano spiegato che i comportamenti psicotici erano normali, a causa della perdita di inibizioni. Non era rimasto nulla della Emma di un tempo: al suo posto c'era un'estranea.

Whitney doveva reagire nel modo migliore possibile, per quanto ciò la spaventasse e la turbasse. Non sarebbe stata in grado di spiegarlo a Chad, e sapeva che lui non avrebbe nemmeno voluto ascoltare. Mai, in tutta la sua vita, si era sentita tanto sola.

4

QUATTRO settimane dopo, come aveva previsto, Whitney rientrò in studio, e fu un sollievo. L'unica differenza rispetto al passato era che avrebbe lavorato part-time. Ricominciò a seguire i pazienti più gravi e quelli a lungo termine, ma dovette passare gli altri al collega che l'aveva sostituita in agosto. Non voleva stare troppe ore lontana da Emma e faceva in modo di essere in ospedale nel primo pomeriggio. Inoltre, sapeva bene che prima o poi la bambina sarebbe stata dimessa, quando si fosse ripresa fisicamente, e da quel momento la sua vita sarebbe cambiata ancora.

Non poteva accettare nuovi pazienti. Dedicava ore a Emma ogni giorno, e continuava a passare le notti in ospedale. Non faceva un'intera notte di sonno da più di un mese, da quando era avvenuto l'incidente.

La stanza di Emma era adiacente al reparto di terapia intensiva pediatrica, ma il neurologo che la seguiva le disse che presto avrebbero dovuto trovarle un'altra sistemazione. Benché i danni fisici fossero importanti, non era in pericolo di vita; il battito occasionalmente era irregolare, ma comunque più controllato di prima. Non aveva recuperato il linguaggio, i vuoti di memoria erano evidenti ed enormi, non sentiva e non comunicava. Il braccio stava guarendo, i lividi sul viso erano quasi scomparsi, ma il cervello si rifiutava di riprendere le normali funzioni. Le sue reazioni erano ancora quelle di una bambina di tre anni. E non una bambina affettuosa che voleva le coccole, ma una bambina arrabbiata, aggressiva, dai comportamenti quasi sempre pessimi. Aveva accessi di rabbia, faceva capricci e aveva picchiato diverse infermiere. Era sorprendentemente forte per la sua corporatura e talvolta occorrevano due adulti per controllarla.

«Crede sia la frustrazione del non riuscire a parlare che la porta a questi attacchi?» chiese Whitney a Bailey Turner, quando passò per una visita. Era lui l'interprete fondamentale dei comportamenti cui assistevano, molti dei quali erano un mistero per lei. Dedicò ore a spiegarle cosa avveniva, con infinita pazienza. Le disse che le reazioni violente erano il risultato del danno al lobo frontale, tipiche in simili casi. Per questo, prendersi cura della bambina era tanto più difficile. Emma aveva ferito più volte la zia, che aveva lividi sul volto, tagli e graffi su mani e braccia. Tutte le volte che poteva, la bambina la colpiva con i pugni o con un oggetto a portata di mano, e ogni tanto la faceva sanguinare. Whitney portava pazienza, ma quella situazione la sconvolgeva e la scoraggiava, e la prospettiva di portarla a casa la inquietava. Era spaventata all'idea di trovarsi sola con la nipote. In ospedale le infermiere la aiutavano, ma una volta a casa sapeva perfettamente che Emma avrebbe potuto fare del male a lei o a se stessa. Non si sentiva in grado di opporsi a quel minuscolo elfo, quando dava in escandescenze.

«Non può farcela da sola», le disse Bailey Turner, in tono pacato. Le dava costantemente brutte notizie, ma in modo garbato ed empatico. La dottoressa Clarke invece tendeva a essere più dura e schietta: non le indorava la pillola quando doveva dirle qualcosa, limitandosi alla cruda verità.

I medici stavano ricorrendo a sedazioni diverse, per tenere calma Emma, ma non volevano trasformarla in uno zombie, né in ospedale né dopo la dimissione; però non avevano ancora trovato il giusto dosaggio.

«Non può tenerla in ospedale per sempre. Questo non è un posto per bambini con danni cerebrali. Potrebbe inserirla in una struttura riabilitativa, per un periodo.» Mentre pronunciava quelle parole, Bailey osservò la disperazione negli occhi di Whitney. Lei voleva esserci per Emma, ma quello che poteva fare aveva un limite. Certi giorni, malgrado la sua esperienza di medico, si sentiva sopraffatta. Considerava un fallimento collocarla in una struttura, inoltre c'era sempre il rischio di intromissioni della stampa.

Lo specialista voleva aiutarla a stabilire un piano di vita che potesse funzionare per lei. Doveva garantire la sicurezza di Emma, se intendeva portarla a casa, e la violenza espressa dalla bambina complicava il futuro fuori dall'ospedale.

«Possiamo continuare a sedarla, quando uscirà, ma credo che non vorrà vederla dormire tutto il tempo. Proviamo a stabilizzarla, prima di parlare delle dimissioni», suggerì.

Whitney annuì, lievemente sollevata all'idea di prolungare il ricovero. C'erano ancora diversi ostacoli da superare, come i problemi di udito e l'incapacità di articolare parole. Non poté evitare di immaginare cosa sarebbe successo se non fosse più tornata in possesso di quelle facoltà. A nove anni era molto più minuta di lei, ma Whitney considerò che in futuro, a dodici, quattordici o diciotto anni, se avesse avuto ancora quegli accessi di rabbia violenta sarebbe stata una minaccia reale.

«Non corriamo troppo», le diceva Bailey con semplicità, quando cominciava a spingersi troppo in là con le previsioni. «Non siamo ancora arrivati a quel momento. Adesso è una bambina di nove anni che ha avuto un incidente d'auto un mese fa. Possono cambiare molte cose nei prossimi mesi, forse addirittura prima.»

Amy Clarke concordava con lui, pur mostrandosi meno ottimista. Voleva che Whitney fosse preparata alla possibilità che la nipote non migliorasse affatto, che non recuperasse le facoltà e tanto meno la memoria. Entrambi, tuttavia, non erano portati a pensare che le sue condizioni sarebbe rimaste così gravi.

«Adesso sta vedendo il peggio. Tuttavia il recupero del linguaggio aiuterà parecchio.»

Bailey era molto paziente con Emma, inducendo Whitney a pensare che avesse dei figli. Una volta glielo chiese, e lui le disse di avere scoperto molti anni prima che i suoi sentimenti nei confronti dei bambini erano di natura clinica, non personale. Non aveva mai voluto diventare padre, ma amava il suo lavoro.

Emma non aveva ancora chiesto della madre o, se l'aveva fatto, nessuno l'aveva capito. Tutta la sua rabbia era concentrata sulla zia, come se la incolpasse del fatto che il suo linguaggio fosse indecifrabile.

Stava passando una giornata particolarmente difficile e aveva già morsicato un'infermiera, quando Whitney ricevette una telefonata di Melvin Levy. Uscì dalla stanza per rispondere. Presto avrebbero ripreso a girare le puntate, dopo la pausa estiva, e il produttore aveva bisogno di sapere come stesse procedendo il recupero di Emma, in modo da adattare la sceneggiatura una volta che avessero avuto un'idea riguardo alla data in cui Emma sarebbe potuta tornare sul set. Era convinto che ormai i medici dovessero avere un quadro abbastanza chiaro. Erano trascorse due settimane dalla loro ultima conversazione telefonica, ed Emma, recuperando le forze, era addirittura peggiorata. Stava regredendo a livello di età, e il cervello aveva ancora grossi problemi. Whitney cercò le parole giuste per rispondere, senza essere troppo esplicita.

«Adesso come sta?» chiese lui, il tono che tradiva una preoccupazione profonda. Erano tutti in pensiero per lei, straziati da quello che le era accaduto. Allo stesso tempo, però, la serie doveva andare in onda, inoltre c'erano indici d'ascolto, sponsor e network da soddisfare. «Possiamo girare le scene che non prevedono la sua presenza ancora per un po'», spiegò a Whitney. «Ma non possiamo andare avanti così per sempre. Dipende tutto da quando sarà dimessa. Possiamo accontentare i fan con qualche intervista e inserire la sua assenza nella sceneggiatura, ma non per una stagione intera.»

Emma aveva girato i primi episodi della nuova stagione, ma dopo quelli la produzione sarebbe rimasta bloccata, soprattutto se il suo ritorno era ancora lontano.

«Possiamo girare qualche video con lei?» domandò il produttore in tono speranzoso. «Per metterlo sui social in modo da fare contenti tutti...»

Whitney tentava di decidere quanto effettivamente dirgli. Non voleva che si convincesse che Emma aveva riportato danni cerebrali permanenti, soprattutto se c'era la possibilità che prima o poi avrebbe recuperato totalmente. Non c'era in ballo la sua carriera, ma la sua vita.

«Mi rincresce, Melvin, non potete riprenderla né fotografarla.» Emma non sembrava più lei, le sue espressioni erano cambiate, il viso era sempre arrabbiato oppure inespressivo, e questo alterava i suoi lineamenti. «Non può reggere a uno stress del genere. Non si è ancora ripresa dal trauma dell'incidente. La strada è lunga.»

«Temevo di sentirglielo dire», ammise lui, tristemente. «Speravo che il fatto che fosse così giovane avrebbe aiutato.»

«Infatti è così, ma il trauma cranico ha avuto conseguenze che hanno coinvolto alcune funzioni importanti. Nella migliore delle ipotesi, potrà tornare a lavorare tra alcuni mesi.» Ammesso che possa farlo, aggiunse tra sé. Anche se si fosse rimessa completamente, non riteneva saggio permettere che si sottoponesse a un tale sforzo. Non era nemmeno in grado di parlare in modo intellegibile, figurarsi recitare o sostenere un'intervista. Avrebbe dovuto imparare da capo e ci sarebbero potuti volere mesi, se non anni.

«Faremo una riunione domani», la informò Melvin a voce più bassa. «Le farò sapere cosa decide la rete. Ci farebbe piacere venire a trovarla: tutto il cast è affranto per quanto è successo.»

«Lo apprezzo», disse Whitney. «Però purtroppo al momento non può ricevere visite.» Non voleva che la vedessero nel suo stato e, oltretutto, non li avrebbe riconosciuti.

«Capisco», replicò lui.

In verità, nessuno di loro poteva immaginare quanto era cambiata la bambina che ricordavano da un mese prima. La realtà era scioccante.

«Non crede di essere un po' troppo protettiva nei suoi confronti?» aggiunse il produttore, aggrappandosi a un ultimo filo di speranza.

La voce di Whitney suonò rauca per l'emozione, quando gli rispose: «No... Vorrei che fosse così, ma non lo sono».

«Potremmo concederle orari ridotti, finché si sarà rimessa del tutto.»

«Il percorso è ancora lungo», ammise lei sommessamente.

Levy esitò un momento, poi, con cautela, le disse: «Mi parli sinceramente, resterà tra me e lei. Emma ce la farà? In futuro, intendo».

Whitney non sapeva come rispondere, la verità la terrorizzava.

«Non lo so. Voglio pensare che sia così. Nessuno può dirlo, al momento. Potrebbe farcela, ma potrebbe anche rimanere com'è ora. Il cervello è una macchina delicata: è impossibile prevedere quali progressi farà, se ne farà.»

«Sarà una tragedia... se quella bambina non tornerà come prima. Faccia tutto quello che può», le disse con voce spezzata. «Il pensiero di tutti è rivolto a lei.»

«Anche il mio... Mi creda, anche il mio.» Non era mai stata una grande sostenitrice della carriera della nipote, ma concordava con lui: se Emma fosse rimasta nello stato in cui versava, sarebbe stata una tragedia.

«La chiamo appena ho notizie», promise lui. «E mi

faccia sapere se c'è qualcosa che possiamo fare per Emma. Qualunque cosa.»

Quel pomeriggio arrivò un mazzo di palloncini a forma di cuore, con un enorme biglietto firmato da tutto il cast e dalla troupe, con le loro foto incollate sopra. Emma adorò i palloncini, ma quando Whitney le mostrò i nomi e le foto non ebbe alcuna reazione, come se non avesse mai visto nessuna di quelle persone. La zia legò il mazzo ai piedi del letto, ed Emma restò sdraiata a fissare i palloncini per ore. I suoi occhi non lasciavano trapelare cosa le passava nella testa.

Melvin si fece sentire solo dopo tre giorni. Riunioni e incontri, fatti per decidere come comportarsi nei confronti di Emma, erano stati ardui e dolorosi per tutti. La decisione finale, dietro insistenza del network, era stata di licenziarla. Non potevano più aspettare ed erano dispiaciuti. Melvin era affranto. Le offrivano una liquidazione che avrebbe fatto cadere dalla sedia Paige, se fosse stata lì a sentire. La somma sarebbe bastata a coprire più volte il college, garantendole una vita agiata. Era il modo della produzione di esprimere la gratitudine per il lavoro eccezionale e la sincera comprensione per tutto quello che Emma aveva perso.

«Quello che offrite è di una generosità straordinaria», disse Whitney, con gli occhi lucidi. «Mia sorella ve ne sarebbe profondamente grata.»

«Vorrei che fosse ancora con noi», replicò lui. «Vorrei che avessero indossato le cinture. Non so cosa sia successo, o perché non le avessero», aggiunse, sull'orlo del pianto.

«Non lo sapremo mai», dichiarò lei, calma. Aveva già le sue difficoltà al riguardo, e moti di rabbia nei confronti della sorella. Quel pensiero la ossessionava ogni notte.

«Emma non ha detto niente a proposito dell'incidente? Ricorda quello che è successo?» chiese lui, preoccupato.

«Non ne parla», si limitò a rispondere Whitney.

«Le faccio avere la documentazione», concluse lui, cupo. «I legali dello studio la redigeranno entro un paio di giorni. Detesto che vogliano licenziarla, ho provato a dire la mia adducendo valide ragioni, ma forse per lei è meglio così: avrà tempo di guarire e potrà ricominciare quando sarà pronta, tornando a lavorare per un altro programma. Ci mancherà molto. Le dica che le vogliamo bene.»

Whitney riagganciò e pensò alla somma spropositata che avrebbero versato a Emma per avere perso il suo posto nella serie *Il clan*. Paige era stata brava ad amministrare lo stipendio percepito dalla figlia, che veniva versato in un fondo a suo nome; inoltre, la bambina aveva ancora una parte dei soldi ereditati dai loro genitori, ma non era nulla in confronto a quello che avrebbe ricevuto dalla produzione. Quel denaro rappresentava la sicurezza, e Whitney si chiese se si sarebbe ripresa abbastanza da usarlo. Rimase profondamente commossa dalla generosità che avevano dimostrato. Lo sponsor principale, in segno di gratitudine, aveva addirittura aggiunto un bonus considerevole. Ci stava ancora pensando, quando le telefonò Chad per avere notizie. Era stato gentile, da quando era tornato, e aveva fatto lo sforzo di chiamarla. Disse che sarebbe andato a Los Angeles per delle riunioni e gli sarebbe piaciuto pranzare con lei.

«Non mi posso fermare, ma mi farebbe felice vederti prima di prendere il volo di ritorno.» Era serio, comprensivo. «Come vanno le cose?»

«Sto facendo quello che devo. Mi fermo ancora a dormire in ospedale, la notte.»

«Quando pensi che potrà tornare a casa? Immagino che stia meglio, ormai.»

Whitney fece un sospiro profondo. Non voleva mentirgli, né alimentare false speranze. «Purtroppo no. La situazione è grave. Non so quando vedremo un miglioramento, né se lo vedremo.»

«Allora suppongo che non potrai tenerla a casa con te, quando sarà dimessa. Ci saranno dei centri riabilitativi per bambini con danni cerebrali. Potrebbe essere trasferita direttamente in uno di quelli.» Stava parlando in modo pratico, senza considerare le implicazioni emotive del fatto che Emma avesse soltanto nove anni e avesse perso la madre, non avesse un padre e le fosse rimasta soltanto la zia. «Speravo potessimo organizzare un weekend a New York, tra qualche settimana, visto che con lo yacht è andata male... Che te ne pare?»

«Sembra meraviglioso, e sembra una pagina nella vita di qualcun altro. Non posso lasciarla, Chad. Sta ancora male e adesso è sotto la mia responsabilità. Non posso chiamarmi fuori.»

«Nemmeno per un weekend?» Era evidente che fosse sconcertato. «Non è tua figlia, Whitney. Nessuno si aspetta che rinunci alla tua vita per lei.»

«E se non lo faccio io, chi lo farà? Sono la sua famiglia, ora.»

«Quello che dici è folle, Whitney. È tua nipote... Perfino se fosse tua figlia, non puoi pensare di gettare via tutto per lei. Devi metterla in una buona struttura il prima possibile. Possiamo parlarne quando ci vedremo a Los Angeles, a pranzo.»

Era chiaro che Chad non capiva. Aveva già ammesso di non essere stato un padre attento e presente, interessato com'era a inseguire il suo straordinario successo. Non avrebbe mai compreso il suo senso del dovere nei confronti della nipote, soprattutto in quelle circostanze. Non poteva concepire il fatto che si sacrificasse per una bambina con dei danni cerebrali. E gli era sfuggito del tutto un elemento: che lei volesse bene a Emma. Tutti i suoi suggerimenti erano dettati da motivazioni pratiche, non dall'amore.

Whitney lo incontrò a pranzo due giorni dopo. Si diedero appuntamento a *La Scala*, ristorante che lei amava da sempre. Le piaceva l'atmosfera Old Hollywood, ed era felice di vedere Chad. La tenne fra le sue braccia per un minuto, poi si sedettero e lui le prese la mano.

«Mi sei mancata, Whitney. In Italia non è stato lo stesso, senza di te, e cominciavo a pensare che non ti avrei più rivista. Perché non vieni a San Francisco, il prossimo fine settimana? Possiamo andare nella Napa Valley o a Tahoe. Ti farebbe bene.»

Era rimasto sconcertato trovandola così pallida, magra e stanca. L'ultimo mese era stato difficile per lei, peggiore di quanto Chad avesse immaginato.

«Mi piacerebbe molto, ma non posso», gli disse in tono pacato.

«Perché no?» domandò lui, perplesso. «Ci sono ottimi medici al Cedars, sono certo che la bambina abbia tutto quello che le serve. Non devi rimanere con lei ogni minuto: ci sono le infermiere per questo. Quello che stai facendo è segno di enorme rispetto nei confronti di tua sorella, ma devi essere in grado di porre un limite.»

«E dove mettere questo limite?» chiese Whitney, guardandolo negli occhi. Erano freddi e calcolatori, e in quel momento lei si rese conto che lo erano sempre stati. Era dispiaciuto per lei e per Emma, ma voleva del tempo con la sua donna. Riteneva di essere già stato abbastanza paziente.

«Alla fine, non è tua figlia. È figlia di un'altra persona.»

«E se quella persona non ci fosse più? In quel caso...»

«Stacchi un assegno per una buona clinica riabilitativa, una volta al mese», dichiarò senza remore. Era un brillante uomo d'affari, ma non un padre affettuoso. «Non te ne prendi cura di persona. Va al di là delle tue responsabilità.» Il suo tono non lasciava spazio a discussioni.

«E se invece decido di prendermene cura io?» Lo guardò dritto negli occhi, e Chad si prese un minuto prima di rispondere.

«Allora ti perderai l'opportunità di avere una vita. Non devi farlo. Non lo devi a tua sorella, né a Emma. Non hai mai voluto dei figli tuoi. Perché metterti in un casino del genere, adesso? Avevi una vita fantastica prima che accadesse tutto questo, esattamente la vita che volevi. Perché rinunciare a tutto?» Non capiva la scelta che stava facendo, né il fatto che sentisse di non avere avuto scelta.

«Non credo di avere altre opzioni, Chad. A volte accadono cose che non ci saremmo mai aspettati, e non ci resta che affrontarle.»

«Oppure puoi usare il denaro per mettere a tacere la coscienza, se serve. Si prenderanno cura di lei. Presumo che tua sorella avesse un'assicurazione valida e probabilmente dei risparmi.»

«Non è questo il punto. Non si tratta di soldi.»

«Mi hai sempre detto di non avere l'istinto materno. Amo questo di te, Whit: rende tutto semplice. Non vorrei proprio vederti rovinare quello che c'è tra noi.»

«Lo ha fatto mia sorella quando non si è messa la cintura, per chissà quale motivo, e non si è accorta del camion che arrivava da sinistra. E adesso, eccoci qui.» I suoi occhi erano pozze di tristezza senza fondo. Non era mai stata così bella, e nemmeno lo sapeva.

«Non per forza deve essere così», le rammentò lui. «E, in tutta onestà, non può essere così per me, Whitney. Non posso restare ad aspettare che giochi a fare Florence Nightingale con una nipote che ha subìto danni al cervello. A me serve più di questo. I miei figli sono cresciuti, tu non ne hai, siamo due adulti senza complicazioni. Non può funzionare tra noi, se ti fai carico di una cosa del genere.» Era onesto e non tentava di nascondere quanto fosse contrariato.

«Sei venuto a Los Angeles per dirmi questo?» Era triste, ma in effetti non troppo sorpresa. Dopo cinque anni lo conosceva bene, inoltre le aveva detto fin dall'inizio che non frequentava donne single con figli. Adesso lei aveva passato quella linea, per giunta con una bambina che aveva serissimi problemi di salute. Ma quello le aveva riservato il destino, e lei non aveva intenzione di tirarsi indietro: non avrebbe abbandonato Emma alle cure di estranei.

«Credo di sì», rispose lui, semplicemente. «Volevo farti conoscere la mia posizione. Non sono bravo ad aspettare dietro le quinte. Ho bisogno che tu sia disponibile quando ho tempo. Finora ha funzionato piuttosto bene tra noi, ma non andrà più in questo modo se ti assumi questa responsabilità così gravosa. Saresti potuta tornare sullo yacht. Non era necessario che rimanessi qui con lei tutto il tempo», le disse in tono di rimprovero.

«Invece era necessario», replicò lei, pacata. «È rimasta in coma per le prime due settimane.»

«Allora saresti potuta tornare quando si è svegliata. Non mandare a monte quello che abbiamo, Whit. Funziona benissimo per tutti e due.»

«Funzionava, finché tutto è andato bene. Adesso mi trovo in una situazione difficile, e non intendo mollarla solo per poter fare un weekend da qualche parte con te, una volta al mese. Ho una responsabilità, Chad, e non intendo sottrarmi. Mi è chiaro il tuo messaggio: se decido di occuparmi di mia nipote, da questo momento tu esci di scena. Ho interpretato bene?» domandò in tono freddo.

Lui annuì. «Credo di sì», le disse, guardandola con aria dispiaciuta. «Non posso farmene carico, Whitney, e nemmeno lo voglio. Non posso esserci per te, se vuoi fare la madre surrogata per una bambina con il cervello danneggiato. Hai bisogno di un altro tipo di uomo. Noi siamo amanti, Whit, è quello che abbiamo sempre voluto. Non ti ho sposata. Non puoi aspettarti che condivida questa responsabilità con te, dal momento che sono convinto che nemmeno tu dovresti assumertela. Sei una psichiatra, hai una carriera magnifica. Non hai bisogno di sobbarcarti quest'agonia. Chiamati fuori prima che sia troppo tardi, prima di rimanere ulteriormente coinvolta.»

«Sono già coinvolta, Chad.» Era delusa, più che arrabbiata. Lui aveva meno umanità di quanto avesse sperato.

Whitney lo fissò negli occhi mentre si alzava. Avevano passato dei bei momenti insieme, ma non era sufficiente. Dopo cinque anni lei aveva bisogno di qualcosa di più, soprattutto in quel periodo. E lui non era disposto a darglielo.

«La vita è un caos, ogni tanto. L'amore è un caos», gli disse. «Le persone restano ferite, muoiono, si lasciano dietro una scia di problemi. E io non intendo mollare i problemi che si è lasciata dietro mia sorella solo perché tu lo trovi scomodo.»

Gli toccò la spalla e lui la guardò con freddezza, senza nemmeno provare a toccarle la mano. Era gelido, più di quanto lei avesse mai notato.

«Abbi cura di te», concluse prima di lasciare il tavolo.

Lui rivolse un cenno al cameriere per farsi portare il conto. Aveva fatto quello per cui era venuto a Los Angeles. Aveva voluto metterla in guardia: se non avesse fatto un passo indietro nella vicenda di Emma, nella sua vita non ci sarebbe stato posto per lei.

Whitney aveva recepito il messaggio e, anziché avvicinarsi a lui, aveva reciso il sottile legame che c'era tra loro. Uscì, sotto il sole del tardo pomeriggio, con la sensazione che una porta si fosse chiusa alle sue spalle. Era la porta della sua vecchia vita e del divertimento che aveva condiviso con lui. Ma ne aveva una nuova: aveva Emma di cui occuparsi e, anche se a Chad sfuggiva, lei a un tratto lo capì benissimo. Amava Emma con tutto il cuore e, in qualche modo, avrebbero superato quella tragedia, indipendentemente da quanto potesse essere dura. Aveva cominciato un capitolo nuovo della sua esistenza. Lo doveva alla sorella e a Emma, e non aveva intenzione di deludere né l'una né l'altra.

Chad l'aveva tagliata fuori. Faceva male, ma non si amavano. La loro era stata una relazione disinvolta e leggera, ma attualmente nella sua vita non c'era nulla di disinvolto e leggero. Si rese conto di non essere innamorata di Chad, non più di quanto lo fosse lui di lei. Amava Emma, e le bastava. Alla fine era praticamente una madre. Fu una presa di coscienza importante, che la fece sorridere mentre saliva in macchina.

Avrebbe avuto meno divertimento e lussi, senza Chad e la sua vita ricca, ma avrebbe avuto qualcosa di autentico e reale, ed era esattamente ciò che desiderava. L'aveva costretta a scegliere tra lui e le nipote, e lei lo aveva fatto: aveva scelto senza nemmeno pensarci. Non aveva rimpianti e non si sarebbe mai guardata indietro. Il presente erano lei ed Emma. Chad apparteneva al passato.

5

L'ANNUNCIO dell'abbandono di Emma della serie tv fu dato con tutta la discrezione e l'intensità che Levy aveva promesso, e fu accolto con sofferenza e dimostrazioni di affetto da parte dei milioni di fan della piccola attrice. Spiegarono che aveva bisogno di tempo per rimettersi in forze, dopo l'incidente in cui aveva rischiato la vita e che le aveva portato via la madre. Tutte le maggiori fan magazine le dedicarono articoli, corredati da fotografie dei due anni in cui Emma aveva fatto parte del cast. Gli autori fecero morire il suo personaggio in un incidente a cavallo, accaduto lontano dalle telecamere, e la sera in cui andò in onda l'episodio gli spettatori piansero la giovane protagonista. Whitney era incerta se far vedere o meno i giornali alla bambina, e alla fine decise che era troppo presto. Voleva però provare a dare uno scossone alla sua memoria facendole vedere

i DVD delle puntate girate. Un giorno avrebbe dovuto iniziare a sforzarsi di ricordare.

Scrissero un'infinità di articoli su di lei, sull'incidente che aveva avuto fuori dal set e su quanto mancasse al suo pubblico. La casa di produzione aveva già fatto pervenire i documenti, unitamente alla stratosferica liquidazione, che Whitney mise in un fondo fiduciario e investì affidandosi a una nota società di broker. Le avrebbe offerto un rifugio sicuro, che le sarebbe stato utile se non avesse potuto tornare a lavorare nemmeno da adulta, cosa che non era ancora da escludere.

A metà settembre, Emma era ricoverata da sei settimane. I miglioramenti erano stati minimi, i progressi lenti. Si reggeva sulle gambe e aveva recuperato in parte le funzioni motorie. Quanto a udito e parola, era ferma al giorno dell'incidente. La frustrazione per l'impossibilità di comunicare sembrava aggravarsi e generava comportamenti ancora più violenti verso Whitney e le infermiere. Cominciò a soffrire di *pavor nocturnus*, il terrore notturno che la faceva strillare per ore nel cuore della notte; tutto ciò che Whitney poteva fare era stringerla forte e aspettare che passassero. In quei momenti, tranquillizzarla o farla ragionare era impossibile. Si domandava se rivivesse l'incidente, o fosse in pena per la madre, dato che non aveva modo di chiedere di lei. Whitney non le aveva ancora detto che era morta. Le sembrava troppo crudele, visto che la bambina non poteva parlarne o esprimere quello che provava.

Chad non si era più fatto sentire, dopo il pranzo a *La Scala*. Whitney non aveva rimpianti, non si era pentita della propria scelta e aveva perduto stima e affetto nei suoi confronti, il che rendeva più facile il fatto di non averlo più nella sua vita. Nemmeno lui sembrava sentire la sua mancanza. L'unico sostegno veniva dai due neurologi, Bailey Turner e Amy Clarke, che la stavano guidando nell'arduo compito di accompagnare la nipote lungo il percorso di guarigione. Oltre all'incapacità di comunicare, c'era il problema alla vista, che le impediva di concentrarsi e provare a leggere i libri che le venivano mostrati, anche quelli per bambini piccoli. Erano tante le cose che non era più in grado di fare, e che prima le venivano naturali. Il contrasto tra la Emma di prima e quella attuale era avvilente.

Alla fine di settembre, il neurologo che aveva seguito Emma dal giorno del ricovero dichiarò che era giunto il momento di trasferirla in una struttura riabilitativa o portarla a casa. Il resto del lavoro di recupero avrebbe richiesto mesi, se non anni, e non poteva rimanere in ospedale tanto a lungo. Un pomeriggio, Whitney ne discusse con Bailey. Passava a visitare la paziente quasi ogni giorno, e Whitney ne traeva conforto; persino la bambina sembrava rallegrarsi un po', quando lo vedeva.

«Come posso gestirla, a casa?» gli domandò, uscendo con lui nel corridoio. A volte la assaliva il panico, al pensiero della situazione a cui avrebbe dovuto far fronte da sola.

«Non deve portarla a casa», le disse lui, gentile.

Aveva tre anni più di lei, e come lei aveva studiato Medicina alla UCLA. La stimava per il suo coraggio e la ragionevolezza con cui prendeva le decisioni. Qualche settimana prima, le aveva mandato un paziente per una valutazione psichiatrica, ed era rimasto impressionato dalla sua relazione. Riusciva a impegnarsi nella professione con determinazione ed efficacia, nonostante la tensione cui era sottoposta.

«Potrebbe trovarle una struttura», continuò il medico. «Ce n'è una che mi sentirei di consigliare per una bambina della sua età, anche se ammetto che non è la condizione ideale. Potrebbe progredire in modo più significativo a casa, con terapisti individuali e con le sue cure, ma mi rendo conto che non è sua figlia e, da quanto mi ha detto, la casa in cui vive non è pensata per accogliere dei bambini.»

«Non può sentirmi, non ha recuperato la parola, soffre di terrore notturno e diventa violenta quando non riesce a farsi capire. Non ho nessuno che possa prendersi cura di lei mentre sono al lavoro. È un impegno gravoso», disse lei, manifestando tutta la sua preoccupazione.

«Capisco.» Le sorrise, come per rassicurarla. «Nessuno la sta mettendo alla porta. L'équipe medica però ritiene di avere fatto tutto il possibile, e che il periodo di riposo debba avvenire a casa. Per cominciare dovrebbe assumere delle infermiere esperte che si occupino di lei. Due o tre, in modo che possano alternarsi. Non credo che dovrebbe prendersene cura da sola. E poi, ha il suo studio da seguire.»

Era sempre stato schietto, e Whitney gliene era grata. «Perché non inizia con il fare qualche colloquio, attraverso un'agenzia? Per vedere come va.»

Le sembrò un consiglio sensato, e già l'indomani Whitney lo mise in pratica.

Dall'agenzia che aveva contattato mandarono nel suo studio sei candidate: Whitney le odiò dalla prima all'ultima. Avevano lavorato tutte con pazienti che avevano riportato danni cerebrali, ma nessuna possedeva un minimo di esperienza con bambini che avevano subìto traumi, inoltre le trovò tutte troppo anziane e cupe. Per certi versi, prendersi cura di Emma era come badare a una bimba ai primi passi, con le sue limitate abilità. Non era la bambina disinvolta e solare che era stata soltanto due mesi prima, capace di stare da sola, come una piccola adulta. Aveva l'indipendenza fisica di una bambina di nove anni e il cervello di una di tre, ed era possibile che la situazione sarebbe rimasta invariata anche una volta adulta. La maggior parte del tempo, quando tentava di capire come occuparsi di lei, Whitney aveva la sensazione di brancolare nel buio.

La settimana seguente l'agenzia le propose altre

quattro candidate, due delle quali le parvero adatte. Ne parlò con Bailey. Una era più anziana di lei e si era occupata di una ragazza con danni cerebrali per sette anni, finché la famiglia aveva deciso di ricoverarla in un istituto quando era diventata troppo aggressiva, verso i trent'anni. Le era parsa entusiasta all'idea di lavorare con Emma. L'altra persona aveva terminato la scuola per infermiere da quattro anni, e per due aveva lavorato in una struttura con bambini che avevano ritardi nell'apprendimento; aveva un modo di vedere le cose molto positivo, che le piacque parecchio. Non si lasciò scoraggiare dalla descrizione che Whitney fece degli accessi di violenza manifestati dalla bambina quando le persone intorno a lei non riuscivano a comprenderla.

Stava ancora decidendo se assumerle entrambe, quando un pomeriggio andò in ospedale e trovò un'infermiera che non aveva mai visto che si stava facendo un selfie con Emma da mostrare alle amiche. La scusa che addusse, quando la vide entrare, fu che lei e la madre erano fan della serie *Il clan*, e che la foto fosse per lei. Ma una fotografia violava la privacy della giovane paziente e la rendeva oggetto di sfruttamento, nella sua situazione indifesa. Proprio quello che Whitney aveva sempre voluto evitare. Denunciò l'episodio al responsabile del reparto, e quella sera stessa si rese conto che era giunto il momento di portare a casa Emma, per quanto la prospettiva la spaventasse e indipendentemente dal fatto che si sentisse preparata o meno. Stava per avventurarsi in un territorio nuovo e sconosciuto.

Erano rimaste al Cedars per diverso tempo, e dal punto di vista terapeutico non aveva senso prolungare il ricovero. Emma aveva bisogno di un ambiente domestico. Aveva bisogno di uscire, vivere un'esistenza più normale, prendere aria.

L'indomani assunse le due infermiere che l'avevano convinta, poi trascorse il weekend a studiare come adattare la casa alle esigenze della nipote. Le assegnò la camera degli ospiti. Andò a casa di Paige per decidere cosa portare via: c'erano libri che non era più in grado di leggere, giochi e giocattoli che non sapeva più come usare, tipo Cluedo e Monopoli, la scacchiera e il backgammon a cui stava imparando a giocare e nel quale era stata piuttosto brava. C'erano decine di bambole tutte in fila su una mensola. Fotografie di lei con il cast e con la madre, dei poster che le aveva regalato lei dei suoi attori preferiti, del cinema e di altre serie tv.

Mise tutto quello che poté in alcuni scatoloni e li portò a casa sua, insieme con il copriletto di Emma. Comprò una libreria all'Ikea e, entro la domenica sera, la bambina aveva una camera che l'aspettava a casa sua. Per un momento aveva considerato l'ipotesi di trasferirsi nella casa di Paige, ma si era resa conto che per Emma rappresentava il passato, mentre la casa della zia era il futuro. Prese le cose che aveva amato di più e si preparò a cominciare una nuova vita con lei.

Si rese conto anche di quello che doveva fare a casa della sorella: doveva far portare via mobili e vestiti e metterla in vendita. Non aveva ancora avuto il tempo di pensarci, ma ormai era tempo di occuparsene. Tenerla non aveva senso. Se anche Emma si fosse ripresa completamente, non avrebbe potuto abitare da sola ancora per diversi anni.

Ebbe un incontro con il neurologo dell'ospedale e con Bailey per stabilire come gestire le terapie da seguire e quando organizzare il trasferimento. Decisero che il weekend successivo sarebbe stato un buon momento; per il resto della settimana Whitney rimase accanto alla bambina, sveglia, tormentata dalle preoccupazioni.

Eileen, l'infermiera più anziana ed esperta, avrebbe preso servizio per prima. Aveva accettato di lavorare quattro giorni alla settimana, fermandosi per la notte: non la spaventava l'idea di lavorare ventiquattr'ore su ventiquattro. E la notte ci sarebbe stata Whitney a darle una mano. Brett, la più giovane, avrebbe coperto il weekend. Aveva già dei progetti su dove portare Emma: al parco, allo zoo, inoltre avrebbe provato a stimolarla con il disegno. Whitney aveva acquistato una station wagon, in modo che le infermiere potessero portarla in giro, se Emma ci fosse andata volentieri e non avesse dato in escandescenze in pubblico. Non si era ancora avventurata al di fuori dei confini del reparto, e Whitney non voleva che andasse da nessuna parte senza di lei, finché non avesse visto come le infermiere interagivano con la bambina e come lei rispondeva.

Aveva consultato Bailey in merito alle fotografie di Paige che aveva in casa. Non voleva turbare Emma, ma concordarono che potevano rappresentare uno stimolo alla sua memoria. A un certo punto Whitney avrebbe dovuto darle la terribile notizia, che fosse pronta a sentirla o meno. Bailey pertanto ritenne fosse una buona idea lasciare le fotografie dov'erano. La nuova camera di Emma era piena di cose a lei familiari che, come le foto di Paige, avrebbero potuto contribuire a farle tornare dei ricordi. La zia aveva riempito la stanza dei suoi oggetti preferiti per farla sentire a casa.

Eileen le raggiunse in ospedale la mattina delle dimissioni. Emma capiva che stava accadendo qualcosa, ma Whitney non poteva spiegarle, tantomeno rassicurarla. Le fece indossare un paio di leggings che aveva portato da casa e un maglione rosa, ed Emma li fissò come se le ricordassero qualcosa. Si fece vestire, sotto lo sguardo incoraggiante di Eileen, che le sorrise. Tre infermiere del reparto arrivarono e se ne andarono, mentre Whitney le intrecciava i lunghi capelli biondi, con le mani che le tremavano. Poi raccolsero i peluche e le coperte morbide che Whitney le aveva portato in tutto quel periodo, insieme con i biglietti del cast e dei fan. Non si era resa conto che si fosse accumulata così tanta roba, ed Eileen dovette darle una mano a caricarla in macchina. Poi tornarono di sopra a prendere

Emma. Whitney provò a farla mettere su una sedia a rotelle, ma Emma sfrecciò dall'altra parte della stanza e si nascose dietro al letto, terrorizzata. Negli ultimi due mesi e mezzo era rimasta sempre in ospedale, quindi non aveva idea di dove stesse andando né del perché. Whitney non aveva mai capito se la nipote l'avesse riconosciuta, ma ormai era una figura familiare, dato che dormiva nella sua camera ogni notte.

Le parlò in tono dolce, anche se non poteva sentirla, ma le carezze su viso e capelli le comprendeva; abbracciandola, la sentì tremare di paura. L'ospedale era l'unica casa che Emma ricordasse. Tutto quello che apparteneva alla sua vita precedente era svanito dalla sua mente. Quando la zia riprovò a farla sedere sulla sedia a rotelle, Emma si trascinò via e le diede uno schiaffo. Lei si impose di non reagire e lanciò un'occhiata alle infermiere, che suggerirono di farla scendere a piedi. Portava un paio di ballerine rosa con dei cuoricini brillanti, e stringeva al petto l'orsacchiotto con cui dormiva. Whitney le prese la mano libera e l'accompagnò fuori dalla stanza. Oltrepassarono il banco delle infermiere, che le salutarono con la mano, e gli occhi della bambina si colmarono di lacrime mentre guardava Whitney e le parlava rapidamente in quel linguaggio ormai familiare ma dalle parole incomprensibili.

«Andiamo a casa», le sussurrò Whitney. Continuò a ripeterglielo mentre raggiungevano l'ascensore e le indicò il pulsante in modo che fosse lei a premerlo, ma non volle farlo. La guardia era ancora lì per proteggerla dai fan, anche se la folla era diminuita da quando era stato dato l'annuncio che avrebbe abbandonato la serie.

Emma esitò a lungo prima di entrare nell'ascensore e le strinse forte la mano. Ebbe un sussulto quando le porte si chiusero; un istante dopo erano arrivate al piano dell'entrata del pronto soccorso, dove Whitney aveva lasciato l'auto con le cose di Emma già caricate. La bambina le vide sul sedile posteriore e si voltò a guardarla in preda al panico, poi si addossò al muro dell'ospedale, come se fosse sul punto di fare uno scatto e scappare via. La vista di un'automobile doveva averle fatto tornare qualche ricordo subliminale dell'incidente, e stava provando con tutte le sue forze ad allontanare Whitney.

Lei la circondò con le braccia per confortarla e provò ad accompagnarla alla station wagon, mentre la nipote nascondeva il viso, la prendeva a pugni e urlava, attirando l'attenzione delle persone nel parcheggio.

«Vuole che la faccia salire io, signora?» si offrì la guardia. Whitney fece cenno di no. Non voleva forzare nulla.

«Preferisco che salga da sola», gli rispose, prima di consegnare le chiavi dell'auto a Eileen, che stava aspettando con pazienza che risolvesse la situazione.

«Mi siedo dietro con lei», disse Whitney all'infermiera, mentre Emma continuava a lottare e a provare a colpirla in faccia. Questa volta però Whitney se ne accorse e schivò gli schiaffi. Rimasero lì quasi un'ora, con la zia che tentava di far avvicinare la bambina all'auto, un centimetro alla volta; infine la tirò dentro con sé, la fece sedere e le allacciò la cintura, mentre Emma urlava con tutto il fiato che aveva in corpo. La guardia richiuse la portiera. Whitney tenne stretta a sé la nipote, che continuava a gridare. Eileen uscì dal parcheggio e si avviarono verso casa. Whitney era esausta per gli strepiti, che erano durati per tutto il viaggio, quando imboccarono il suo vialetto a Beverly Hills. Eileen parcheggiò e spense il motore, ed Emma smise di urlare per un istante e si guardò intorno. Era chiaro che qualcosa le fosse familiare. Guardò la zia con un'espressione confusa, il viso rosso per il pianto. Con delicatezza, Whitney le slacciò la cintura.

Il primo tragitto in automobile dopo l'incidente era stato traumatico per tutte, ma erano arrivate a casa. Eileen aprì la portiera e fece scendere Emma. Whitney scese subito dopo di lei, andò alla porta d'ingresso, la aprì e disattivò l'allarme.

La bambina era chiaramente confusa, come se qualcosa intorno a lei avesse toccato una corda nella sua memoria. La zia la prese per mano e la condusse dentro, e lei osservò il soggiorno in cui era stata decine di volte e aveva trascorso diversi Natali. Passò da una stanza all'altra, come se volesse controllare ogni cosa, guardò le fotografie, prese in mano alcuni oggetti per poi posarli. Andò in cucina e si fermò un minuto. Whitney la invitò con un cenno a salire al piano superiore e la condusse nella camera che aveva preparato per lei, accanto alla sua. Emma si guardò intorno e sorrise, lasciandole intendere che aveva riconosciuto le sue cose: fissò i poster alle pareti, toccò le bambole e i peluche, strofinò il viso contro il copriletto morbido e si sdraiò sul letto, lo sguardo rivolto verso Whitney.

«Benvenuta a casa, Em», disse la zia, sollevata nel vederla felice e sorridente anziché terrorizzata come poco prima, in auto. Eileen andò in cucina a preparare il pranzo. Whitney apprezzò molto il fatto che ci fosse la quiete dopo la tempesta: lasciare l'ospedale si era rivelato più traumatico di quanto si fosse aspettata.

Emma uscì dalla camera per andare a vedere quella di Whitney, poi tornò nella propria e si distese ancora sul letto, finché Eileen chiamò dal piano di sotto per avvisare che era pronto in tavola. Whitney la prese per mano e la portò giù, la fece sedere al tavolo della cucina e insieme mangiarono i sandwich che l'infermiera aveva preparato. Emma mangiò anche qualche patatina, mentre con sguardo pensieroso percorreva la stanza, come se stesse ancora tentando di ricordare. Terminato il pranzo, andò in soggiorno e continuò a guardarsi intorno.

Si fermò davanti a una fotografia di sua madre e la fissò a lungo; non si voltò mai a cercare gli occhi della zia, né sembrò chiedersi chi fosse. La prese, la rimise al suo posto e si allontanò. Data la mancanza di reazioni, era evidente che ancora non si ricordasse di lei, rifletté Whitney delusa, ma per certi versi anche sollevata: almeno, non avrebbe avuto presto un'altra crisi.

Emma si rannicchiò sul divano sotto una coperta di cachemire e si addormentò, sfinita dopo tutte le emozioni di quella mattinata. Eileen andò a controllarla e disse a Whitney che sarebbe rimasta con la bambina mentre lei andava di sopra.

La zia si era resa conto che sarebbe stato molto più difficile tenerla d'occhio rispetto a quando era in ospedale. C'erano più stanze in cui poteva girare, luoghi in cui nascondersi, un giardino e una piscina, che poteva rappresentare un pericolo poiché probabilmente non sapeva nemmeno più nuotare. Stava pensando che non dovevano perderla di vista, per evitare che uscisse di casa e potesse perdersi, quando squillò il telefono: era Bailey, che voleva sapere com'era andato il tragitto.

«Credo di poterlo definire un evento», gli disse, esausta. «Si è spaventata appena ha visto l'auto. Ci è voluta un'ora per farla salire, poi ha strillato fino a quando siamo arrivate. Non so se abbia ricordato l'incidente o sia stata solo una sensazione vedendo la macchina.»

«E a casa cos'è successo?»

«Credo che qualcosa le sia familiare, ma non sa bene cosa. Ha guardato una fotografia di sua mamma e non ha avuto alcuna reazione. L'ha fissata un momento poi è andata via. Però ha riconosciuto i suoi giocattoli nella camera che le ho preparato. Le è piaciuta moltissimo», concluse sorridendo.

«Un buon inizio, direi.» Erano cose di cui avevano discusso insieme, e il neurologo era favorevole al fatto di stimolare la memoria di Emma in modo delicato, per mezzo di oggetti familiari, comprese le fotografie della madre. Era preferibile che ricordasse, prima o poi, piuttosto che dimenticare per sempre, anche se guardare al passato sarebbe stato doloroso. «L'infermiera come se la cava?»

«Direi bene. Non si è lasciata spaventare quando Emma si è messa a urlare. Mi sembra competente e professionale, oltre che molto simpatica. A Emma non pare suscitare sentimenti nell'uno o nell'altro senso.»

«Adesso la bambina dov'è?»

«Sta dormendo sul divano. Dovremo tenerla d'occhio. Non voglio che si perda o, peggio, finisca in piscina.»

«Certo, bisogna stare attenti. Mi telefoni se ha bisogno di qualcosa.»

Whitney aveva i sedativi che le somministravano in ospedale quando diventava troppo aggressiva, ma sperava di non doverglieli dare. Si augurava anche che Emma si adattasse al nuovo ambiente e si sentisse a suo agio. Solo in quel modo avrebbe potuto affrontare i problemi che si sarebbero presentati nella fase della ripresa.

«Chiamo domani, per vedere come va», le promise Bailey prima di salutarla.

Quando Whitney scese al piano di sotto, Emma dormiva ancora, e lei ne approfittò per richiamare chi l'aveva cercata e rispondere alle e-mail, seduta sul divano accanto alla bambina.

Quando Emma aprì gli occhi e si guardò intorno, la zia le sorrise. L'espressione confusa le fece intuire che stava ricordando qualcosa. La bambina tornò di sopra, in camera sua, trovò il bagno e lo usò. Stava giocando con le sue vecchie bambole, quando Whitney salì a controllare. Emma la guardò con il sorriso di sempre, riempiendola di gioia. Aveva un aspetto più sereno.

Cenarono in cucina con Eileen, poi Whitney le fece il bagno nella sua grande vasca di marmo, dove Emma si divertì a schizzare ovunque, chiacchierando nella sua lingua priva di senso, apparentemente senza aspettarsi che lei rispondesse. Infine, la mise a letto.

Era stata tesa per tutto il giorno per il timore che qualcosa andasse storto, ma nel complesso le parve che non fosse andata male. Era uno stress notevole avere Emma a casa ed esserne totalmente responsabile, ma la situazione cominciava a sembrarle più naturale.

Fu tutto tranquillo fino alle due del mattino, quando uno strillo svegliò Whitney e l'infermiera. Con il cuore in gola, la zia raggiunse per prima la stanza e trovò la bambina in preda a un attacco isterico, a causa dei terrori notturni. Non c'era niente che lei potesse fare per consolarla. Emma continuò a urlare, con gli occhi sgranati, finché due ore dopo, sfinita, si rannicchiò sotto le coperte e si addormentò di nuovo. Una volta tornata nella propria camera Whitney rimase sveglia a lungo, a domandarsi se la vita sarebbe mai tornata normale e se Emma sarebbe guarita, tornando a essere la meravigliosa e brillante bambina di un tempo. Non aveva risposte, doveva solo aspettare e pregare.

6

L'INDOMANI mattina, mentre scendeva a fare colazione in camicia da notte, Emma si fermò in soggiorno, davanti alla fotografia della madre. La prese, raggiunse la cucina e la posò davanti al suo piatto, in modo da poterla osservare con attenzione. Non disse nulla e non guardò Whitney. Tenne sempre lo sguardo fisso sul ritratto di Paige in costume da bagno e con un grande cappello da sole, sulla spiaggia di Malibù, dove aveva preso una casa in affitto l'estate di due anni prima.

Mangiò tutto, seduta accanto alla zia, e quando si alzò per tornare in camera sua portò con sé la cornice. Eileen sistemò la cucina e Whitney andò di sopra a vestirsi e a dare un'occhiata alla nipote. Era in piedi in mezzo alla stanza e stava ancora fissando la foto; a un tratto spalancò gli occhi e guardò Whitney, indicando Paige con un'espressione disperata che lasciava trapelare tutto il suo dolore. Lei capì subito che si era ricordata della madre e voleva una risposta a quella domanda che la terrorizzava quasi da tre mesi. Indicò ancora la foto e gliela mise davanti agli occhi, accompagnando il gesto con i versi del suo linguaggio incomprensibile.

Whitney annuì per mostrarle che aveva capito.

«Lo so, tesoro, lo so... È la tua mamma.»

L'espressione sul suo volto lasciava intendere che sapeva, quando l'abbracciò e la tenne stretta, per darle tutto il conforto di cui aveva bisogno.

Emma si staccò da lei e le mise ancora la fotografia davanti agli occhi, con uno sguardo agitato, frenetico, che esprimeva tutto quello che voleva chiedere. Si era ricordata di Paige e voleva sapere dove si trovava. Whitney riusciva a sentire il suo dolore nel cuore. Nessuna delle due aveva bisogno di parole per comunicare quello che provava. Emma stava cominciando a emettere dei versi striduli e sommessi, mentre lei annuiva. I versi divennero più forti e insistenti e i loro occhi si incontrarono: Whitney scosse il capo, dicendole quello che non era in grado di dire a parole. Continuò a fare no con la testa, mentre la teneva stretta, poi fece un gesto, come per dire che Paige si era addormentata. Emma allora lanciò un urlo carico di angoscia. Aveva compreso e si lasciò cadere a terra, ai piedi della zia, dondolando avanti e indietro e tenendo stretta al petto la fotografia, mentre piangeva inconsolabile. Whitney si sedette sul pavimento ed Emma si lasciò abbracciare; dondolarono avanti e indietro, insieme. Dopo un po', la bambina si sdraiò e continuò a piangere in silenzio, sfinita al punto da non riuscire a muoversi. Piangevano tutte e due, e per Whitney fu come se sua sorella fosse morta un'altra volta. La bambina rimase a lungo in quella posizione, con la fotografia ancora in mano.

Whitney era ancora con lei quando arrivò Eileen per informarla che c'era il dottor Turner al telefono. Le disse di farla richiamare sul cellulare. Non voleva lasciare Emma da sola, dopo che aveva saputo che sua madre se n'era andata. Un minuto dopo il suo cellulare squillò.

«Buongiorno, com'è andata la notte?» le chiese, con una voce allegra che le parve troppo squillante, anche se Emma non la sentiva. Stava mormorando una sua cantilena, mentre guardava la fotografia, ancora sdraiata sul pavimento.

«Ha avuto gli incubi», gli rispose. «E credo ci sia stato un passo avanti proprio adesso, non facile», gli rivelò, senza distogliere lo sguardo dalla bambina.

«Cos'è successo?» domandò un po' preoccupato, ma non allarmato, dal momento che Whitney gli sembrava calma.

«È andata in giro tutta la mattina con la foto di sua madre. L'ha portata a tavola, a colazione, e se l'è messa davanti al piatto. Non credo l'avesse riconosciuta, ma deve avere visto qualcosa di familiare in lei, e a un tratto, quando siamo andate in camera sua, è scattato qualcosa. Mi ha fissata con l'ansia negli occhi, allora ho capito e ho fatto cenno di no più volte, appoggiando la testa sulle mani per mimare il gesto di dormire. Emma ha lanciato un urlo terrificante e ha passato l'ultima mezz'ora a piangere. Ora sta meglio. È distesa sul pavimento, vicino a me, con la fotografia ancora in mano. Credo abbia compreso che Paige è morta.»

Era il momento che Whitney temeva dal giorno dell'incidente: Emma sapeva cos'era successo e che la sua mamma non sarebbe più tornata.

«Questo potrebbe sbloccare altre cose. Quello che è successo è importante. È un sollievo che sia avvenuto adesso che siete a casa. Credo che la bambina fosse pronta, e per questo la sua mente ha riconosciuto la madre. Come le sembra, adesso?»

«Sfinita. E, sinceramente, lo sono anch'io.»

«Vorrei passare a visitarla, oggi, se per lei va bene. Voglio verificare se l'avvenimento ha comportato un progresso anche negli altri comportamenti. È una svolta rilevante per lei: potremmo partire da qui e lavorarci su, in qualche modo.»

Whitney lo trovò sensato, ma dopo quel momento devastante si sentiva prosciugata.

«Venga quando vuole», gli disse, stanca.

«Vorrei capire se è possibile aprire qualche altra porta, anche se con la massima cautela. Oggi ha superato un ostacolo arduo. E mi sembra che lei l'abbia gestita perfettamente.» Era sempre generoso negli elogi e ammirava le capacità di Whitney, considerato che stava affrontando una situazione estremamente difficile.

«Non so cosa glielo faccia pensare... Per la maggior parte del tempo mi muovo alla cieca», replicò con umiltà.

«Fa molto più di quello che crede. Questo è un caso di trauma al lobo frontale da manuale, con quasi tutti i sintomi, e finora ha gestito benissimo ogni singola fase.»

Lei era avvantaggiata dal fatto di essere un medico, ma il dottor Turner capiva che l'attenzione con cui si stava occupando della nipote veniva dal cuore.

«Be', ancora non parla, se non nel suo linguaggio senza senso. Non è in grado di leggere e non mi sente, quindi non sono sicura di capire a quale parte si riferisca, dicendo che sto facendo bene.»

«Agli incubi notturni, agli scatti violenti. È appena riuscita a comunicarle che la madre è morta, nel momento in cui nella sua memoria si è aperto uno spiraglio. L'ha portata a casa senza danni. Ha tenuto duro per tre mesi in una situazione di stress elevatissimo, standо accanto a una bambina che non è sua figlia. Si prenda un po' di merito. Emma ha fatto molta strada, e lei anche.»

«Ho la sensazione che non sia nemmeno a metà del suo percorso, sono ancora tanti i progressi che deve fare», replicò lei, scoraggiata.

«Le dia tempo. Quando ricomincerà a parlare sarà tutto più facile.»

«Quanto pensa che ci vorrà?»

Whitney voleva delle risposte, ma non ce n'erano.

«Non lo sa nessuno. Dobbiamo solo aspettare. Se per lei va bene, vengo questo pomeriggio.»

«D'accordo. Non credo ci muoveremo. Non voglio traumatizzarla facendola salire di nuovo in auto.»

«Concordo. Sarò da voi verso le tre.»

Si salutarono e chiusero la comunicazione. Emma si era addormentata tenendo stretta la foto della madre, il viso di Paige vicino al suo. A Whitney si spezzò il cuore nel vederla così. La bambina si rendeva conto di quello che aveva perso e, per la millesima volta, lei provò un enorme dolore per la sua nipotina. Non aveva mai amato nessuno come amava Emma... nemmeno sua sorella Paige.

Emma stava giocando in camera sua, quando arrivò Bailey. Si fermò sulla soglia a guardarla, e lei lo ignorò. Era una figura familiare, faceva parte dell'arredamento dell'ospedale per quello che la riguardava, e non parve sorpresa di vederlo né sembrò preoccuparsene.

Whitney gli raccontò che era stata sempre sottotono, dopo la presa di coscienza della mattina. Era andata in giro per le stanze a guardare fotografie, e ne aveva trovate altre tre della madre, che aveva portato in camera sua e sistemato sul comodino. Era chiaro che ricordava chi fosse. L'aveva indicata, vedendola, e Whitney aveva annuito. Quel pomeriggio, Emma aveva parlato pochissimo, nella sua lingua. Era stata per lo più in silenzio e aveva spostato diverse volte gli scatti di Paige, finché le cornici furono sistemate in un modo che la soddisfaceva.

Whitney e Bailey stavano parlando sottovoce sulla soglia della stanza, quando la bambina si voltò e rivolse loro uno sguardo intenso, come se avesse qualcosa di molto importante da dire. Tacquero e aspettarono: lei strinse le labbra più forte che poté, come se le richiedesse una fatica sovrumana, e con tutta la forza che aveva in corpo buttò fuori un suono. Un suono che si avvicinava alla parola «Mamma», che poi ripeté, ancora e ancora... «Mamma... mamma!... Mamma!... Mammaaaaa!» Non smetteva di dirlo, una volta che ci era riuscita.

Whitney sentì le guance bagnate di lacrime. «Sì... quella è la tua mamma... mamma», le disse, mentre Emma continuava a ripetere quella parola. Poi, si voltò verso il neurologo. «Oddio, ha parlato... Ha pronunciato una parola.»

Bailey era raggiante, e lei rise tra le lacrime.

«Avete avuto due svolte importanti, oggi. Emma si è ricordata della madre e ha detto la sua prima parola. Credo debba considerarla una giornata molto positiva. Sta cominciando a fare progressi, Whitney. È solo l'inizio. Potrebbe regredire un po', dopo una cosa del genere, ma la direzione è quella giusta. È una strada sconnessa, ci saranno sobbalzi e scossoni, però è la via giusta.»

«Grazie», mormorò lei.

Era uno dei casi più interessanti che Bailey avesse seguito, e le vittorie non erano ancora finite.

Whitney invitò il medico a fermarsi per cena. Aveva passato diverse ore a osservare Emma giocare con le bambole e i giocattoli, e a guardare le foto della madre. Aveva pronunciato la parola «Mamma» ancora diverse volte, e ogni volta aveva avuto meno difficoltà. La pronunciava in modo più fluido quando scesero a mangiare.

Bailey accettò l'invito: era utile, per lui, poterla osservare anche a tavola. Non aveva ancora recuperato l'appetito, però mangiava in modo ordinato, piluccando quello che aveva nel piatto. In ospedale, il neurologo aveva avvisato Whitney che alcuni pazienti con traumi simili tendevano a mangiare in modo eccessivo oppure sporadicamente, altri chiedevano sempre lo stesso alimento, altri ancora si limitavano a quantità appena sufficienti per sopravvivere e non avevano alcun interesse per il cibo. Emma andava convinta, persuasa, e la zia l'aveva tentata con ogni genere di delizia durante i tre mesi trascorsi in terapia intensiva, eppure era ancora molto magra. Bailey aveva notato che anche Whitney aveva perso peso, ma non disse nulla.

A tavola, la bambina sembrava immersa nel proprio mondo, ma la sua memoria aveva subìto una scrollata e, dopo quell'«Ahi» pronunciato in ospedale, aveva parlato in modo intellegibile per la seconda volta. In quel momento sembrava essersi ritirata in uno spazio privato, come per trovare un po' di sollievo dopo lo sforzo fatto e la triste scoperta.

Bailey aveva suggerito di farle vedere un DVD della serie in cui aveva recitato, l'indomani, per dare più stimoli possibile al suo cervello. Naturalmente occorreva evitare di sovraccaricarla.

«Se non è ancora pronta, non si ritroverà nel personaggio», le disse. «Sarà interessante osservare come risponde. Ora che ha affrontato il ricordo della madre, sarà in grado di aprire altre porte. Tutti i pezzi si incastrano, come in un puzzle.»

Emma si alzò da tavola malgrado non avessero finito di cenare, e tornò nella sua stanza. Sembrava trovare conforto in quello spazio, al sicuro in mezzo a oggetti familiari. Eileen disse che l'avrebbe controllata lei, così Whitney e il dottor Turner rimasero a tavola per terminare la cena. Aveva preso per loro un pollo allo spiedo e preparato un'insalata. Per Whitney fu piacevole stare semplicemente seduta a parlare con un altro adulto. Negli ultimi tre mesi non aveva fatto altro che lavorare, trascorrendo ogni momento con Emma. E, da quando Chad era uscito dalla sua vita, non aveva nessuno con cui parlare, con cui potersi rilassare.

Bailey era interessato a sapere qualcosa di più su di lei.

«Cosa fa per svagarsi?» le chiese, mentre lei versava il caffè e gli porgeva una coppa di gelato.

Quella domanda la fece ridere. «Intende quando non vedo i miei pazienti e non seguo mia nipote?»

Lui annuì.

«Prima viaggiavo, ma credo non lo farò più, almeno per un po'. Amo le gallerie d'arte, i musei, il cinema, il teatro, il balletto. Mi piace andare al lago Tahoe. Avevo appena iniziato una vacanza in Italia, sulla barca di un amico, quando mia sorella ed Emma hanno avuto l'incidente. E qualcosa mi dice che non potrò lasciare Emma per parecchio tempo.»

Lui non si disse in disaccordo.

«Avrà bisogno di ricavare del tempo anche per lei stessa», le fece però notare. «Non deve ruotare tutto intorno a Emma, altrimenti si esaurirà.»

«Non ho nessuno a cui passare il testimone. Tocca a me», replicò semplicemente. «E lei, invece, cosa fa per divertirsi?» gli chiese, per distogliere l'attenzione da sé.

«Scrivo, leggo, vado a camminare. Corro, scio e gioco a tennis. Vado a cavallo, quando riesco. Scrivo parecchio sui traumi cerebrali, per alcune riviste scientifiche. C'è tanto da imparare, è un argomento affascinante.»

«Lo devo ammettere, se Emma non fosse mia nipote sarei affascinata anch'io. Ma il suo caso mi coinvolge troppo, è tutto molto pesante.»

«Dovremmo scrivere uno studio a quattro mani, quando tutto questo sarà finito», suggerì lui. «Come psichiatra darebbe un contributo prezioso. Ho sempre ritenuto che, di fronte ai traumi cerebrali, psichiatria e neurologia dovrebbero essere complementari.»

«È un punto di vista interessante», commentò lei.

Le piaceva parlare con lui. Era diverso trovarsi nella sua cucina, era tutto più rilassato rispetto a quando gli chiedeva un consulto in ospedale, dove avevano avuto sempre conversazioni strettamente professionali. Oltre a consideralo un medico estremamente competente, gradiva la sua compagnia.

«La dottoressa Clarke e io vogliamo scrivere un libro insieme, ma non abbiamo ancora trovato il tempo.»

«Io vorrei scrivere una guida per non addetti ai lavori alla terapia di famiglia, o magari una sulla sociopatia», gli confidò lei. «Stesso problema: non ho mai tempo.»

«Magari avrà modo di scrivere di Emma, quando ne sarete uscite», ipotizzò lui, pensieroso. «Crede che tornerà a recitare, quando si sarà ripresa?»

Whitney sembrò piuttosto scettica. «Quella era l'ossessione di sua madre. Non trovo che sia una bella vita, per una bambina. Emma non frequenta una scuola normale da due anni. Aveva un'insegnante privata sul set. Non è un modo sano di vivere l'infanzia. Per Paige era stupendo, per me non lo è mai stato. Siamo cresciute nell'ambiente di Hollywood, circondate da gente famosa. Io non vedevo l'ora di allontanarmi dal mondo dello spettacolo per fare qualcosa di completamente diverso. Paige invece desiderava disperatamente prendersene un pezzetto. Nostra madre era un'attrice, nostro padre un agente cinematografico. Quella vita finì per inghiottirsi mamma. Morì a soli cinquantaquattro anni.»

Bailey la guardò con aria sorpresa. «Mi dispiace. Di cosa morì?»

«Alzheimer precoce. Era Elizabeth Winston.»

«Oddio, era una star», esclamò lui.

Whitney annuì e sorrise, sempre orgogliosa della madre.

«Paige voleva che Emma fosse come lei. Non sarò io a fermarla, se è davvero quello che vuole. Ma preferirei vederla condurre una vita normale, quando starà meglio. Può sempre tornare sul set tra vent'anni. Vediamo come va... vediamo anche se ha in mente di riprendere.»

Bailey annuì, impressionato da quelle informazioni. Whitney era una persona estremamente umile, e nulla in lei aveva lasciato intuire che fosse figlia di una star di Hollywood, nonostante ne avesse ereditato la bellezza.

«Paige sognava che un giorno Emma arrivasse a vincere un Oscar», continuò lei. «È brava, ma credo che la pressione sia eccessiva per una bambina della sua età. Ho diversi pazienti che provengono da quell'ambiente, tutti infelici e con la vita rovinata.»

Lui la aiutò a sparecchiare e poco dopo disse che sarebbe tornato a casa, senza disturbare ancora Emma. La ringraziò della serata e promise di telefonarle entro un paio di giorni per avere notizie. Appena se ne fu andato, lei andò di sopra. Emma era sdraiata sul letto e stava giocando con le bambole. Pareva felice, tranquilla, e vederla così la indusse a desiderare che la loro vita potesse tornare normale.

Era stato piacevole cenare con Bailey. Sembrava una brava persona, e da sempre trovava il suo campo di specializzazione molto interessante.

Il giorno dopo seguì il consiglio del neurologo e fece partire un DVD con un episodio de *Il clan*. Emma passò diverse volte in soggiorno, mentre il suo personaggio appariva sullo schermo, ma non ebbe alcuna reazione.

Whitney ritentò qualche giorno più tardi. La bambina si fermò a guardare, confusa, e rimase così a lungo. Poi si voltò verso di lei con espressione interrogativa. Whitney indicò prima lei e poi lo schermo.

«Sei tu», disse.

Emma, che non aveva più parlato da quando aveva pronunciato la parola «Mamma», continuò a fissare lo schermo, come se volesse capire cosa ci facesse in quel programma. Poi alzò le spalle e se ne andò. Apparentemente, vedersi in tv non aveva sollecitato in alcun modo la sua memoria, né aveva destato il suo interesse. E, come aveva previsto Bailey, dopo il grande passo avanti riguardo alla madre, nei giorni successivi regredì. Parlava ancora nel suo personale linguaggio, e la notte aveva quasi sempre gli incubi.

Una notte Whitney la sentì, ma la bambina si calmò

prima che avesse avuto il tempo di raggiungere la sua camera. Pensò che si fosse riaddormentata, ma dieci minuti dopo volle comunque andare a controllare. Scalza, entrò nella camera e vide Eileen in piedi sul letto della bambina, che la teneva bloccata, premendole una mano sulla bocca per impedirle di urlare. Emma la fissava con occhi pieni di terrore. Whitney si precipitò accanto al letto, afferrò l'infermiera e con uno strattone la allontanò dalla nipote.

«Cosa sta facendo?» le urlò.

Eileen sembrò in preda al panico. «La sto calmando», rispose, lo sguardo colpevole.

«No, le sta impedendo di muoversi. Si allontani subito da mia nipote. È licenziata.»

«Questo è l'unico modo per trattare gli incubi», si difese Eileen, l'espressione cattiva, furente per essere stata colta sul fatto. Whitney tirò su Emma e la tenne abbracciata, e ripeté all'infermiera di preparare le sue cose, chiamare un taxi e andarsene.

Continuò a tenere la nipote stretta a sé, e si rese conto con sgomento che la bambina era alla mercé delle persone che si prendevano cura di lei.

«Mi dispiace», disse alla piccola, e glielo ripeté ancora e ancora, anche se non poteva sentirla. Vedeva il suo viso, però. «Scusa, tesoro», aggiunse, prima di rimetterla sdraiata, con delicatezza. Emma strinse le labbra di nuovo con quello sguardo intenso, come se si stesse sforzando di pronunciare una parola.

Whitney aspettò, e finalmente la voce esplose.

«Stronza!» urlò Emma. Poi si mise a sedere sul letto, con un ghigno soddisfatto sul viso. «Stronza! Stronza! Stronza! Stronza!» ripeté, determinata, e Whitney scoppiò a ridere.

Avevano appena avuto un altro momento di svolta, e qualunque parola sarebbe stata gradita! La zia le mostrò il pollice alzato, e la bambina le diede un cinque. Si era appena ricordata un'altra parola.

Una nuova vittoria per la loro squadra. Whitney non vedeva l'ora di dirlo a Bailey, l'indomani. Almeno si sarebbero fatti una risata insieme.

Emma la stava guardando con occhi colmi di gratitudine. Zia Whit l'aveva salvata di nuovo.

7

DOPO avere licenziato Eileen, Whitney contattò subito Brett, la giovane infermiera che aveva assunto per assistere la bambina nel weekend. Le propose cinque giorni alla settimana, spiegandole che durante il weekend avrebbe seguito lei stessa Emma. Brett accettò con grande entusiasmo e non aveva problemi a dormire da loro.

Il primo giorno, rientrando dal lavoro, Whitney le trovò che facevano i biscotti: Brett mostrava a Emma come spargere le codette colorate. Non aveva bisogno di parlare per farsi capire, ed era molto paziente; poi con un cenno indicò a Emma le teglie che aveva preparato sul piano di lavoro della cucina. La bambina pareva molto soddisfatta, quando ebbero finito. Come le aveva già accennato, Brett aveva un milione di idee riguardo a progetti che voleva fare con lei. Sembravano essere partite con il piede giusto.

Whitney raccontò a Bailey dell'increscioso episodio con Eileen e di averla licenziata in tronco. Gli riferì anche che la nipote era riuscita a pronunciare un'altra parola: «Stronza».

Il medico scoppiò a ridere. «Questa è una cosa molto comune, con traumi al lobo frontale», le disse. «Il paziente perde l'inibizione, e a livello linguistico si sentono cose molto interessanti, in alcuni casi anche dai bambini, a seconda di cosa hanno ascoltato a casa. Sentiamo di tutto, da insulti razziali ad avance. Tra gli anziani c'è chi diventa piuttosto mordace e si sfoga con le infermiere.»

«Emma era molto soddisfatta, dopo averlo detto. Mia sorella era piuttosto sboccata e tollerante. Potremmo sentire di peggio, se dovesse ricominciare a parlare veramente.»

Risero entrambi, poi lui la ringraziò dell'invito a cena della sera precedente.

«Sono stato bene, dobbiamo rifarlo. La prossima volta porto i viveri», si offrì.

Whitney fu felice che fosse nata un'amicizia. Da mesi, gli unici adulti con cui parlava erano i suoi pazienti, e con loro non poteva certo aprirsi.

Anche le visite della dottoressa Clarke erano sempre un momento piacevole, ma Bailey era più empatico e informale. Lui era impressionato dalla tenacia con cui Whitney si fosse fatta carico di tutto da quando Paige era scomparsa. Stava facendo un gran lavoro con la nipote, favorendo in ogni modo possibile il suo recupero. Era diventata la sua missione. Desiderava con tutta se stessa che Emma recuperasse la salute e tornasse in pieno possesso delle sue facoltà.

Aveva cominciato a leggere articoli scientifici sulle lesioni cerebrali traumatiche e si poneva delle domande su quale parte del danno fosse di natura psichiatrica e quale di natura puramente fisica. Gli specialisti avevano opinioni contrastanti, e lei aveva una sua teoria, cioè che l'incapacità di parlare fosse dovuta tanto al trauma psicologico quanto a quello riportato dal lobo frontale. Si chiedeva se Emma alla fine si sarebbe ricordata dell'incidente e, in quel caso, se avrebbe recuperato l'uso della parola. Era convinta che le due cose fossero correlate. Tuttavia, il fatto che la nipote ancora non ricordasse la induceva a ritenere che avesse perso conoscenza subito dopo avere battuto la testa. Perciò, era impossibile sapere quanto avesse visto dell'incidente, in che misura fosse stato traumatico e a cosa esattamente fosse dovuto il suo silenzio. Whitney stava ancora tentando di aprire quella porta, soprattutto da quando la bambina aveva pronunciato le prime due parole. Ma continuava a dire cose senza senso, come se fosse convinta di usare una lingua vera.

Appena le parve che Emma fosse a suo agio con Brett, decise di far fronte a un compito gravoso che aveva rimandato: svuotare la casa di Paige, e per farlo prese tre giorni di ferie. C'era parecchio disordine. Negli armadi trovò vecchi album, ritagli di articoli sulla madre, lettere dei fan di Emma e di vecchi amici, incluse alcune del padre biologico della bambina, che magari un giorno le avrebbe fatto piacere avere. Mise in una scatola tutte le carte e le fece portare in un magazzino che aveva preso subito dopo la morte del padre. Era pieno di scatole contenenti i contratti di Elizabeth e di altre celebrità che Bill Watts aveva rappresentato.

Impacchettò i vestiti di Paige e li fece consegnare in un negozio dell'usato; tra essi c'erano anche alcune vecchie pellicce della madre, molto glamour, che la sorella aveva conservato per le cerimonie di premiazione, e che difficilmente Whitney avrebbe indossato. Se mai un giorno Emma avesse ricevuto una nomination a un Emmy o addirittura a un Oscar, avrebbe indossato uno dei vecchi visoni bianchi di Elizabeth. Da quel punto di vista, Paige era sempre stata molto sentimentale. Lei, invece, non aveva le pretese della sorella minore, né aveva voluto reincarnare la Vecchia Hollywood. Paige aveva tenuto a far sapere al mondo che era figlia di Liz Winston; lei, data l'indole più discreta e riservata, tendeva a nasconderlo.

Chiamò una casa d'aste per fare valutare i mobili, ma non c'era nulla di valore. In fatto di arte, le sorelle non avevano gli stessi gusti, così Whitney fece portare via tutto, insieme con i giocattoli e altre cose di Emma, come un seggiolone rotto e il passeggino di quando era piccola. Infine, donò tutta l'attrezzatura della cucina.

Al termine dei tre giorni, la casa era stata svuotata e affidata a un agente immobiliare. Paige non aveva fatto testamento, ma Whitney avrebbe depositato i proventi della vendita della casa e degli altri beni di Paige nel fondo fiduciario di Emma, insieme con i compensi percepiti dal suo lavoro e la liquidazione ricevuta. Avrebbe avuto a disposizione una somma ingente, quando fosse stata abbastanza grande da accedervi, e grazie agli investimenti sarebbe divenuta ancora più consistente.

Di Paige tenne solo un braccialetto di zaffiri e un anello che erano appartenuti alla madre, e che un giorno avrebbe dato a Emma. Si guardò intorno e fu invasa da una profonda tristezza. Se soltanto Paige fosse stata più attenta, se avesse guidato con più attenzione, se avesse messo la cintura e controllato che anche Emma l'avesse, niente di tutto ciò sarebbe stato necessario. Pensando a quella vita stroncata e alle condizioni di Emma, che avrebbero potuto anche essere irreversibili, fu di nuovo sopraffatta dalla collera mentre lasciava la casa.

Il giorno seguente sarebbe venuta un'impresa di pulizie e poi un'esperta che l'avrebbe arredata con mobili a noleggio, in modo da assicurarsi un prezzo di vendita migliore di quello che avrebbe ottenuto con l'arredamento piuttosto raffazzonato scelto dalla sorella. Con l'agente immobiliare aveva stabilito una cifra. La casa era bella, aveva due camere da letto e una luminosa cucina. Sorgeva lungo una strada ai margini di Beverly Hills, e all'epoca era stata un affare, essendo parte della proprietà di un'anziana signora i cui figli non erano interessati a tenerla. Paige aveva espresso più volte l'intenzione di sistemarla, ma non lo aveva mai fatto. L'aveva acquistata alla morte del padre, due anni prima della nascita di Emma. Si domandò se alla nipote sarebbe mancata quella casa, se un giorno se ne sarebbe ricordata. In ogni caso, non aveva senso tenerla: per Emma sarebbe stato meglio avere a disposizione il denaro.

Al suo rientro, Whitney trovò Brett ed Emma al tavolo della sala da pranzo. Emma stava disegnando degli alberi alti con uccelli e farfalle tra i rami e bambini che giocavano sotto. Sembrava divertirsi. L'infermiera aveva molta inventiva e faceva utilizzare a Emma il suo tablet. La bambina fu esitante all'inizio, poi parve rammentare come si usava, guardando Brett che le mostrava come procedere passo dopo passo. A Whitney venne un'idea e ne parlò con la giovane, mentre ritirava tutto il materiale che aveva portato con sé.

«Perché non insegnarle la lingua dei segni? Potrebbe comunicare con noi in quel modo.»

Emma aveva ancora difficoltà a leggere e a ricordare i meccanismi della lettura. Doveva concentrarsi molto, a volte si spazientiva, metteva giù il tablet e se ne andava. Brett aveva utilizzato delle applicazioni per bambini che comprendevano soltanto illustrazioni, alcune dedicate al mondo della moda, con le quali Emma aveva preso subito la mano.

«C'è il rischio che la lingua dei segni stimoli eccessivamente il suo cervello, all'inizio, però possiamo tentare», concordò Brett. «Sarebbe fantastico trovare la strada per esprimersi e farsi comprendere.»

«Mi metterò in contatto con una scuola per non udenti che conosco», disse Whitney.

Andò a fare un bagno, esausta dopo quella giornata passata a casa di Paige. Si sentì meglio quando indossò dei jeans puliti e una maglietta. Scese per cenare con Emma e Brett, con la sensazione che quel giorno un capitolo si fosse chiuso, benché dovesse ancora fare interrare le ceneri della sorella nella tomba dei genitori. Brett andò a dormire dopo avere messo a letto Emma, e Whitney iniziò a leggere un libro che le aveva dato Bailey, uno studio sui traumi cranici nei bambini.

La casa era immersa nel silenzio, e lo squillo del telefono la fece sobbalzare.

Era Bailey, e lei gli disse che stava trovando il libro molto interessante.

«Stai facendo i compiti!» scherzò lui. Ormai erano entrati in confidenza e si davano del tu.

«Ci provo. Voglio che Emma abbia tutte le possibilità di riprendersi.»

«Gliele stai già assicurando», replicò lui, gentile. Nella sua esperienza, non aveva mai incontrato un genitore tanto impegnato a informarsi a fondo sui problemi del figlio.

«Come mai hai scelto Neurologia?» gli chiese Whitney.

Bailey esitò prima di rispondere. Non era solito parlare

della sua storia personale. Ma Whitney era un medico, stavano diventando amici, e voleva invitarla al successivo convegno sui traumi cranici organizzato dall'Università della California. «Mio fratello David, di cinque anni più piccolo di me, rischiò di morire nella piscina di un vicino, quando aveva tre anni», le confidò infine. «Riportò danni molto seri e non si riprese più. I miei genitori non superarono mai la tragedia, inoltre si accusavano a vicenda di non averlo sorvegliato. Perfino io diedi la colpa a me stesso e mi ripromisi di diventare medico, per aiutare i bambini come mio fratello. I miei genitori divorziarono due anni dopo, e lui fu messo in un istituto. A quattordici anni morì di polmonite. L'apparato respiratorio era rimasto gravemente compromesso insieme con il cervello. Né mia madre né mio padre si risposarono e non ebbero altri figli. Quell'incidente rovinò la vita di entrambi, oltre che quella di David. Mamma soffrì di depressione per tutta la vita, mentre papà divenne alcolista e infine morì. Non è una storia felice, e io volevo fare la differenza.» Dopo una breve pausa, continuò: «Non sono sicuro che sia andata così, però. Ho conosciuto Amy Clarke mentre lavoravo in ospedale, subito dopo l'internato: aveva una sorella morta per motivi simili. Era rimasta in coma per due anni, prima che la staccassero dalle macchine. Ci conoscemmo a un convegno dedicato a quel tema, poi ci consultammo in merito ad alcuni pazienti e decidemmo che ci sarebbe piaciuto lavorare insieme. Unimmo i nostri studi, e finora ha funzionato. Forse il fatto di avere una storia personale affine ci ha legati come amici e come medici. Non puoi immaginare quanto siano diffuse storie come questa. Un istante di distrazione, e la vita cambia per sempre. Almeno, nei confronti di Emma tu hai la coscienza a posto. Non hai fatto niente di sbagliato, non avresti potuto fare nulla di diverso. So che quello che accadde a mio fratello è stato il motivo per cui non ho mai voluto diventare padre, non volevo rischiare. Casi del genere distruggono la vita di tutti, non soltanto quella della vittima. Preferisco salvare persone, piuttosto che avere un figlio mio».

Whitney trovò molto triste il racconto.

«Io ho provato molta rabbia nei confronti di mia sorella», ammise, in tono duro. «Si comportava sempre da irresponsabile, quando eravamo bambine. Una volta lasciò uscire il nostro cane, che fu investito. Ebbe un paio di incidenti d'auto prima dei vent'anni, e non so cos'ha combinato questa volta, ma in parte la colpa deve essere stata sua. Se davvero stava mandando un messaggino, come ipotizza la polizia, è imperdonabile. Emma non merita di soffrire per la negligenza di sua madre.»

«Io credo che si riprenderà. Ci vorrà del tempo ma, quando avrà recuperato parte della memoria e le avremo insegnato di nuovo a parlare, ritengo che il quoziente intellettivo iniziale giocherà a suo favore. Magari non si rimetterà alla perfezione, ma raggiungerà comunque un alto livello.»

Whitney lo informò della sua idea di insegnarle la lingua dei segni.

«Vale la pena fare un tentativo», le disse, impressionato da quel suggerimento, allo stesso tempo semplice e rivoluzionario. Nessuno aveva mai preso in considerazione una simile ipotesi, ma poteva funzionare.

«Domani chiamo la scuola per avere il loro parere. Magari potrebbero mandare un insegnante, e potremmo impararla anche Brett e io.»

Poco dopo si salutarono e Whitney spense la luce, ma non riuscì a prendere sonno. Si girò e rigirò per un'ora, infine riaccese la luce. Stava pensando al fratellino di Bailey: un'altra tragedia che si sarebbe potuta evitare, che aveva distrutto la vita dei suoi genitori e colpito profondamente lui, ispirandolo però a intraprendere la carriera medica. Poi pensò alla vita sempre al massimo di sua madre, al padre che aveva gestito tutto, trattandola come una bella marionetta di cui manovrava i fili. Quelle circostanze avevano avuto lo stesso effetto su di lei, inducendola ad abbracciare Medicina per cercare una vita più densa di significato.

Accese il televisore, selezionò i canali di film per vedere i titoli e si imbatté in una vecchia pellicola di Anne Bancroft, *Anna dei miracoli*, in cui l'attrice interpretava il ruolo di Annie Sullivan, la donna che aveva insegnato a Helen Keller come comunicare. Quella storia l'aveva sempre affascinata, poiché in quel periodo nessuno si sforzava di salvare ragazzi con i problemi di Helen, e le persone come lei venivano rinchiuse in istituti per malati di mente. Si lasciò coinvolgere dalla trama. Alcuni dei comportamenti iniziali le rammentarono la condizione di Emma, soprattutto nelle scene in cui Helen attaccava fisicamente Annie. Quest'ultima la costringeva a imparare i segni tracciandoli sul palmo della sua mano, e grazie alla sua tenacia alla fine riusciva a riportarla nel mondo da persona sana, dotata di ragione, con un alto livello di autonomia. Whitney si scoprì ancora più convinta dell'idea di insegnare la lingua dei segni a Emma. La sua vista era tornata limpida dopo l'incidente, però non sentiva e non parlava, e la zia voleva insegnarle di nuovo a leggere.

Il film l'aveva fatta piangere, e quella notte dormì un sonno tranquillo.

L'indomani, quando incontrò la nipote a colazione, scorse un luccichio nei suoi occhi. Brett aveva preparato delle scodelle di cereali, e appena ebbero finito di mangiare Whitney telefonò alla scuola per non udenti. Accettarono di mandare uno dei loro docenti, il giorno seguente. Dissero di non avere mai insegnato la lingua dei segni a persone che avessero riportato traumi cranici, ma la trovavano un'idea coinvolgente, anche se volevano prima incontrare la bambina per valutare quanto sarebbe stata collaborativa e se possedesse le capacità necessarie per apprendere le basi di quel linguaggio.

Whitney stava aspettando da un po', quando Samuel Bond si presentò a casa sua. Era un uomo affascinante, intorno ai trentacinque anni, affabile e serio. Lo invitò a entrare e si accomodarono in soggiorno. Appena cominciò a parlare, si rese conto che aveva un problema di udito. Notò che portava l'apparecchio acustico, e lui spiegò di essere sordo praticamente da tutta la vita, a causa del morbillo contratto da bambino. Lavorava in quell'istituto da diversi anni, e riteneva che insegnare a Emma sarebbe stata una sfida stimolante. A Whitney piacque subito, e sperò che anche Emma lo avrebbe accolto favorevolmente.

Andò al piano di sopra a chiamarla, e con un cenno la invitò a seguirla, cosa che lei fece con atteggiamento sospettoso. Infatti si intimidì e mostrò disagio appena vide lo sconosciuto, che la salutò nella lingua dei segni. Lei spostò lo sguardo su Whitney, sconcertata. La zia spiegò al docente che anche lei e l'infermiera di Emma volevano imparare, poiché lo scopo finale era comunicare con la bambina, almeno finché avesse recuperato la parola, se mai fosse accaduto. Si accordarono per un ciclo di dodici lezioni, e Samuel Bond promise con un certo entusiasmo di tornare l'indomani con il materiale necessario. Emma non aveva idea di cosa avessero deciso, ma sembrò arrabbiata quando tornò in camera sua. Stava passando una brutta giornata, come le capitava di frequente, e non le piaceva avere intorno degli estranei.

Certe volte era solo annoiata e frustrata. Tentava di parlare con Brett nella sua lingua misteriosa. Inoltre capitava ancora che desse in escandescenze: quella sera a cena, quando Whitney le mise davanti un piatto che non gradiva, Emma le diede uno schiaffo sull'orecchio, facendoglielo fischiare a lungo. Allora la zia le afferrò il polso con decisione, come avrebbe fatto Annie Sullivan, la guardò negli occhi e fece cenno di no con la testa.

«No, non si fa. Fa male», disse, massaggiandosi l'orecchio. Emma corse fuori dalla cucina e andò in camera sua. Whitney la lasciò sola per un po', mettendole da parte la cena, poi la raggiunse e si sedette sul suo letto. Emma non voleva incrociare il suo sguardo, e a lei venne di nuovo in mente Helen Keller. Si chinò a darle un bacio, e la bambina le accarezzò l'orecchio come per scusarsi, dicendo qualcosa nel suo linguaggio. Whitney comprese che era dispiaciuta. Tornarono in cucina ed Emma finì la cena che la zia le aveva riscaldato. Fu molto dolce, e le diede un bacio sull'orecchio come per farle passare il dolore.

Il giorno seguente, quando Sam Bond si presentò per la lezione, Emma reagì di nuovo con rabbia. L'insegnante aveva sistemato i suoi schemi in cucina, e si sedettero tutti al tavolo, ma dopo due minuti Emma scappò via.

«Perché non cominciamo senza di lei?» suggerì Whitney. «Possiamo imparare prima Brett e io.» Sapeva che era inutile forzare le cose, se Emma era di cattivo umore. Per il momento, Sam accettò il suggerimento.

Whitney e Brett furono due allieve diligenti, anche se commettevano parecchi errori. Sam rise più di una volta, traducendo ciò che in realtà avevano detto. Era facile sbagliare, all'inizio, ma l'insegnante, da persona intelligente e paziente quale era, ammirava ciò che Whitney stava tentando di fare, e si augurava che la sua idea funzionasse.

La volta successiva, Brett convinse la bambina a unirsi a loro. Senza troppo entusiasmo, lei fece qualche segno, e Sam annuì per farle vedere che approvava. Subito dopo, però, lei se ne andò di nuovo. Mentre guardava Sam alle prese con la nipote, a Whitney venne un'idea.

Quella sera chiamò Belinda Marshall, l'insegnante che lavorava con i giovani attori della serie *Il clan*. La donna le domandò come stesse Emma, e lei le spiegò che faceva progressi ma la strada era ancora lunga.

«Manca a tutti noi... al cast, alla troupe», aggiunse Belinda con voce triste. Non l'avevano sostituita. I fan non avevano ancora accettato il suo abbandono e supplicavano i produttori di farla tornare.

«Belinda, mi è venuta un'idea, e ho bisogno del suo aiuto», disse Whitney, e le spiegò la sua intenzione di far imparare alla bambina la lingua dei segni.

«Non parla?» domandò Belinda, scioccata. I produttori erano stati molto riservati al riguardo, come previsto dal contratto, per evitare che la stampa si scatenasse, perciò Belinda era all'oscuro delle reali condizioni della sua ex allieva.

«Ha dimenticato completamente come si fa. Pronuncia suoni senza senso o che ne hanno solo per lei. La lingua dei segni potrebbe aiutarci a superare questo divario. Abbiamo un insegnante, ma non credo che le piaccia. Emma le vuole bene, Belinda, e se si ricorda di lei è possibile che accetti di lavorare. Anche la capacità di leggere è compromessa, ma pensavo che magari potrebbe tentare con un tablet... Ha un'applicazione con illustrazioni, ma per ora è intrappolata nel suo mondo silenzioso, e potrebbe occorrere parecchio tempo prima che impari di nuovo a parlare. Non vogliono spingere per una terapia troppo presto. Cosa ne pensa?»

Belinda era stupita e anche profondamente commossa per quella proposta.

«Ho appreso la lingua dei segni al college. La mia migliore amica era non udente. L'ho dimenticata quasi del tutto, ma posso riprenderla. Mi pare una buona idea fare un tentativo.»

Whitney le comunicò data e ora della lezione successiva. Belinda promise di esserci, e si impegnò a non farne parola sul set. Non vedeva l'ora di rendersi utile, avendo saputo con quali limiti Emma dovesse fare i conti.

Emma si presentò alla lezione nascondendosi dietro la zia, che le aprì la porta. Non vide chi c'era, ma appena notò Belinda, rimase immobile, come se stesse scavando tra i ricordi. A un tratto lanciò un urlo e si gettò tra le sue braccia. La donna l'abbracciò e ricacciò indietro le lacrime.

«Si ricorda di lei», mormorò Whitney, mentre guardava Belinda con espressione raggiante. Sam Bond arrivò qualche minuto dopo, e quella lezione andò molto meglio. Belinda rammentava quasi tutti i segni, e mostrò a Emma come farli. Sam rimase molto impressionato dalla giovane insegnante, intimidito davanti a quella bellezza elegante che proveniva dalle sue origini etiopi. Al termine della lezione, Belinda permise alla bambina di giocare con il tablet che aveva con sé. Aveva un'applicazione con lettere scritte in grande, per insegnare l'alfabeto ai bambini della scuola dell'infanzia, ed Emma iniziò a studiarlo con attenzione. Stavano aprendo diverse porte per la bambina, quella sera.

Prima di congedarsi, Belinda parlò con Whitney. «Non avevo idea che l'incidente avesse avuto conseguenze così gravi», disse commossa. «Avrei dovuto immaginarlo, quando ha lasciato la serie. Non volevo essere invadente, per questo non ho telefonato. Si riprenderà?»

«Lo spero», rispose Whitney, sommessamente. «Apprezzo davvero il suo aiuto.»

«Farò tutto quello che posso per agevolare la comunicazione e per insegnarle di nuovo a leggere.» Era rimasta sconvolta nel constatare che Emma era come una bambina di cinque anni, il che era già un miglioramento rispetto al momento in cui si era svegliata dal coma.

Sam si offrì di darle un passaggio, e in auto Belinda gli raccontò com'era la Emma che aveva conosciuto nei mesi precedenti: una bambina brillante, attenta e precoce. Spezzava il cuore vederla in quelle condizioni, tuttavia se la stava cavando sorprendentemente bene, e in qualche modo riusciva a farsi capire.

«Sua zia è una donna straordinaria», commentò Sam, mentre si dirigeva a West Hollywood, dove Belinda abitava. E pensava lo stesso della giovane insegnante, dato quello che aveva fatto durante la sua lezione. «Farà qualunque cosa pur di aiutare la nipote a parlare di nuovo. Se c'è una persona che può farlo, penso sia lei. E forse anche noi», aggiunse, speranzoso.

Poco dopo fece scendere Belinda davanti al suo appartamento. Si sarebbero rivisti alla lezione successiva. Lei lo salutò con la mano, e salì le scale pensando a Emma, a quanto fosse stata felice di rivederla. Le aveva fatto piacere anche conoscere Sam, che trovava molto affascinante.

Quella sera, quando si sedette a tavola, Emma sembrava esausta. La lezione l'aveva stancata molto, ed era arrabbiata con Whitney per il modo in cui aveva insistito. Non voleva imparare la loro stupida lingua, anche se significava poter rivedere Belinda, e poi aveva difficoltà a usare il tablet. Era troppo, per lei. Quando la zia si chinò per metterle il piatto davanti, la guardò con un luccichio maligno negli occhi e, senza preavviso, le sferrò un pugno sul mento. Whitney finì all'indietro e Brett scattò per aiutarla a rimanere in piedi. Poi corse a prendere un sacchetto di plastica che riempì con del ghiaccio. Whitney se lo mise sul mento e si sedette. Le tremavano le ginocchia.

Era la seconda volta in pochi giorni. Le facevano male persino gli occhi.

«Hai un destro bello cattivo, per una bambina di nove anni», disse alla nipote guardandola mestamente. Emma si alzò da tavola senza avere nemmeno toccato la cena e se ne andò in camera, in imbarazzo. Non aveva avuto l'intenzione di colpirla, ma certe volte non riusciva a trattenersi. Si distese sul letto, con gli occhi lucidi. Pochi minuti dopo arrivò Whitney che la circondò con le braccia e la tenne stretta, mentre le lacrime le bagnavano le guance.

«È tutto a posto, tesoro, non piangere», le sussurrò. «Andrà tutto bene.»

Le diede un bacio sulla testa, mentre le accarezzava i capelli. Finché le cose non avessero trovato un equilibrio, sarebbe stato come in *Anna dei miracoli.* Annie Sullivan era il suo nuovo modello. Se c'era riuscita lei, potevano riuscirci anche loro. Un giorno, quelle porte che erano ancora chiuse si sarebbero aperte, ed Emma sarebbe tornata.

Mentre la teneva stretta, Emma tirò su la testa e le diede un bacio sul mento, dove l'aveva colpita. Whitney le sorrise, e non si concesse di pensare a quanto fosse arrabbiata con Paige, né si domandò nuovamente perché avessero avuto l'incidente. Guardare indietro era inutile. Potevano solo andare avanti, in attesa di giorni migliori. Emma rimase aggrappata a lei come una bimba piccola.

Qualunque cosa Whitney avesse pianificato riguardo alla sua vita, che le piacesse o meno era diventata una madre... Sorrise, mentre Emma le accarezzava il livido che stava diventando evidente. Il prezzo della maternità era più alto di quanto si fosse aspettata, ma sentiva che ne sarebbe valsa la pena.

8

In poche settimane, con l'aiuto di Brett, Whitney aveva stabilito una routine. Dal lunedì al venerdì lei andava in studio vicino a Melrose Place per ricevere i pazienti, mentre Brett teneva impegnata Emma con dei progetti. Facevano i biscotti e lavoretti vari. La giovane le mostrò come realizzare una bambolina di stoffa con due bottoni al posto degli occhi e la bocca ricamata. La aiutava con il tablet e si esercitava nei segni. Emma commetteva ancora degli errori, ma era l'unico modo per comunicare, a parte indicare quello che voleva o respingerlo. Le capitavano ancora episodi di violenza, come testimoniavano i lividi delle due donne. Tuttavia, Bailey e Amy sostenevano che Emma si sarebbe calmata via via che il trauma fosse regredito.

Il linguaggio era sempre il suo, incomprensibile, e perduravano gli accessi di rabbia e frustrazione quando non la capivano. Era evidente che per Emma quei suoni avevano un significato. Al suo vocabolario non aveva aggiunto altre parole, tranne quelle semplici e basilari che aveva imparato a esprimere con i segni: cibo, pranzo, cena, vestito, scarpe, bagno, ora di dormire; un messaggio sempre sgradito, quest'ultimo.

Era novembre, erano passati tre mesi e mezzo dall'incidente. Bailey e Amy redigevano valutazioni settimanali e riferivano quanto osservato ai neurologi del Cedars-Sinai: tutti confidavano che ci si potessero aspettare ulteriori miglioramenti, ma non c'erano stati segni tangibili in quel senso.

Che Emma potesse tornare a scuola era da escludere, ma sembrava comunque contenta e in salute. Si fermava ancora a lungo a guardare le fotografie della madre, e quando la zia rientrava dal lavoro la seguiva per tutta la casa.

Whitney riceveva la metà dei suoi pazienti, e continuava a non accettarne di nuovi. D'altro canto era grata che le cose non andassero peggio. Brett era stata una benedizione: si era molto affezionata a Emma, ed era decisa ad aiutarla a reimparare da zero tutte le cose che aveva perso.

Whitney era in studio con un paziente quando vide lampeggiare la luce rossa del telefono. Significava che c'era un'emergenza, e che doveva interrompere la seduta. Il paziente, un ragazzo di diciassette anni con tendenze suicide, era appena stato dimesso dall'ospedale dove era rimasto per un mese. Stava facendo progressi e stavano parlando dei suoi progetti a breve termine, quando lei dovette scusarsi e telefonare alla segretaria lì fuori.

«Sì, Rosie?» disse, calma, immaginando dovesse dirle di un altro paziente che attendeva in ansia sulla linea esterna, cosa che ogni tanto accadeva. Ma Rosie sembrò agitata.

«Brett... da casa sua. Sarà meglio che prenda subito la chiamata.»

Senza chiedere altro, Whitney premette il pulsante per accettare la telefonata.

Brett piangeva. «Si tratta di Emma... non la trovo. Sono andata di sopra a prenderle un maglione per portarla fuori e quando sono scesa non c'era più. Non era agitata né arrabbiata, stava giocando. Quando sono scesa, la porta sul retro era aperta e il tablet era per terra. Non l'ho trovata da nessuna parte. È andata via... Ho fatto l'isolato di corsa, chiedendo a tutti, ma nessuno l'ha vista.»

«Hai controllato la piscina?» domandò Whitney, con il cuore in gola. Viveva nel terrore che Emma vi cadesse dentro e annegasse, poiché aveva l'equilibrio ancora instabile e non sapeva più nuotare. Aveva fatto installare una copertura automatica, ma era anche possibile che gli addetti alla pulizia si scordassero di chiuderla.

«Sì, è stato il primo posto in cui ho guardato», gemette Brett. «Chiamo la polizia?» Se qualcuno l'avesse fatta salire in macchina, Emma non sarebbe stata in grado di dire dove viveva né come si chiamava. Whitney aveva provato a metterle nelle tasche dei bigliettini con nome e indirizzo, ma lei li gettava sempre via.

«Dammi dieci minuti», disse a Brett, la voce tesa. «Cominciamo a fare il giro del vicinato in macchina.»

Rivolse uno sguardo di scuse al paziente. «Charlie, sono davvero dispiaciuta. Ho un'emergenza a casa.»

Il ragazzo sembrò sorpreso. La sua vita privata non interferiva mai con il lavoro, infatti lui non sapeva niente di personale su di lei, nemmeno se fosse sposata o avesse figli. Le sorrise, mentre si alzavano entrambi. Gli fece piacere sapere che, dopotutto, lui non era il solo ad avere dei problemi. La sua vita era una lotta costante con i genitori, e detestava la scuola. Diceva di non avere amici tra i compagni, ma ai genitori piaceva perché prestigiosa. Aveva fatto di tutto per farsi espellere, ma le donazioni dei suoi avevano fatto sì che non accadesse, almeno fino a quel momento.

«Se ho capito bene ha una figlia, che adesso è scappata», disse, incuriosito.

Whitney si lasciò sfuggire un sospiro. «In realtà no. Forse si è allontanata. Mia nipote vive con me. L'estate scorsa è rimasta coinvolta in un incidente e ha riportato danni cerebrali. Ha perso la memoria e non è più in grado di parlare», gli spiegò a grandi linee, sorvolando sui dettagli.

«Che cosa triste», commentò lui, in tono empatico. «Se la caverà?»

«Lo spero, ha solo nove anni. Probabilmente sta vagando per il quartiere. Devo andare a cercarla, sono desolata. Possiamo fissare un'altra seduta per domani?»

Lui annuì.

«Tua madre dovrebbe essere qui tra pochi minuti», aggiunse lei, mentre si metteva la giacca. Lo ringraziò per la comprensione e si affrettò alla porta.

«Spero che la trovi!» le urlò dietro il ragazzo, poi rimase alla finestra a guardare mentre la sua psichiatra saliva in auto. Lei gli piaceva, era molto più gradevole e ragionevole dei suoi genitori, con i quali aveva smesso di andare d'accordo a quattordici anni. Infrangeva tutte le regole e fumava canne nella sua stanza, e loro davano in escandescenza quando lo scoprivano. Guardò l'auto che partiva a razzo, e si sedette ad attendere la madre, mentre pensava alla nipote della sua dottoressa.

Dieci minuti dopo Whitney stava già imboccando il vialetto. Brett, agitatissima, la stava aspettando fuori.

«Ancora niente?» chiese alla giovane, tentando di tenere a bada il panico.

Brett fece cenno di no.

«Ho girato per tutto il quartiere, prima di chiamare in studio. Nessuno l'ha vista.»

La nuova station wagon di Whitney era parcheggiata accanto al marciapiede. La lasciava a Brett per fare commissioni o portare Emma dal dottore. La nipote odiava sempre andare in auto, quindi Whitney sapeva che non sarebbe salita facilmente su quella di un estraneo, ma era pur sempre una bambina, di conseguenza non sarebbe stato un problema per qualche malintenzionato caricarla di peso.

«Io vado verso nord, tu a sud», disse Whitney. «Chiamami, se trovi qualcosa. Telefoneremo alla polizia appena saremo tornate dal giro. Ci vediamo qui tra una ventina di minuti.»

«E se non la troviamo?» chiese Brett.

«Allora ci penserà la polizia», le rispose, con ferrea determinazione. «In casa hai guardato dappertutto?»

La giovane annuì, tuttavia Whitney entrò per fare un altro rapido controllo prima di risalire in macchina. Notò che mancava una fotografia di Paige dal comodino di Emma, e si chiese se la nipote fosse andata a cercarla. A quel punto uscì di corsa: le era venuta un'idea. Brett le aveva mostrato il tablet con cui la piccola stava giocando prima di scomparire. Sul display c'era l'immagine di una casa che ricordava molto quella di sua madre, a parte il fatto che aveva delle rose davanti, e una famiglia con due bambini e un cane. Sotto, c'era scritto HOME. Sapeva che la bambina non sarebbe mai riuscita a trovare la strada per tornare alla sua vecchia casa. Era a tre chilometri da lì, e per raggiungerla bisognava attraversare diverse vie molto trafficate.

Inoltre, era stata venduta quasi subito. Era arrivata un'offerta a una settimana dalla messa in vendita, grazie al prezzo ragionevole. Avevano già firmato il compromesso e avrebbero siglato l'atto due settimane più tardi. Dal momento che l'offerta era stata accettata, erano già stati rimossi gli arredi a noleggio. Gli acquirenti, entusiasti, avevano già fatto un sopralluogo con un architetto per apportare alcuni cambiamenti.

Whitney si domandò se l'immagine sul tablet avesse risvegliato la memoria di Emma, aprendo un'altra porta nel suo cervello, e se fosse andata alla ricerca della sua vecchia casa. Mentre era alla guida, percorse con lo sguardo tutte le strade: vide madri che spingevano passeggini, fattorini che facevano consegne, un bimbo di due anni su un triciclo di plastica con la mamma. Poi, all'improvviso, scorse Emma seduta nel giardino di una villetta, abbracciata a un Labrador nero, triste e sconsolata. Accostò al marciapiede, con il cuore che le martellava nel petto. Emma sembrava stare bene, e il cane scodinzolava quando Whitney si avvicinò e si sedette sul prato, accanto alla bambina, che aveva in mano la foto incorniciata della madre. Con delicatezza, si chinò e le diede un bacio. Emma distolse lo sguardo e parve delusa.

«Dove stai andando?» le chiese la zia nella lingua dei segni.

Emma non rispose per un lungo momento, lottando

per pronunciare una parola. Dovette fare uno sforzo enorme, ma alla fine ci riuscì.

«Casa...» disse, in modo chiaro, poi aggiunse un'altra parola che riusciva a padroneggiare di nuovo. «Mammmmmmma... casa... mamma...» ripeté diverse volte.

Whitney sentì uno strappo al cuore, incapace di spiegarle che non c'erano più. Emma sapeva di Paige, ma era troppo complicato dirle che la casa era stata venduta, ed elencarle tutte le ragioni. Invece, si sedette mettendole un braccio intorno alle spalle, annuì, poi lentamente si alzò e fece alzare anche la nipote. Si avviarono alla macchina, e il Labrador provò a seguirle. Whitney aprì la portiera posteriore, ed Emma scivolò sul sedile. Non oppose resistenza, e la zia capì subito cosa fare. La bambina stringeva ancora la fotografia della madre, mentre le allacciava la cintura. Si mise al volante e avviò il motore. Inviò un messaggio a Brett per informarla, poi ingranò la marcia. Non aveva con sé le chiavi della casa di Emma, ma potevano guardarla da fuori. E magari avrebbe suscitato nella piccola dei ricordi che avrebbero aperto altre porte, facendole recuperare tutto quello che stava tentando di ritrovare, tutti i vecchi ricordi ancora al di fuori della sua portata.

Pochi minuti dopo giunsero in vista dell'abitazione. Il cartello VENDESI era stato rimosso, e Whitney, come gli acquirenti, notò che, sebbene avesse bisogno di una mano di pittura, era graziosa. Emma balzò fuori dall'auto appena la vide, annuendo frenetica verso la zia e battendole sulla spalla. La sua intuizione era giusta: la nipote era uscita per andare a cercare casa sua.

«Casa!» gridò. «Casa! Mamma!» Le parole le costarono uno sforzo notevole.

«Lo so, tesoro... lo so...» le disse sommessamente la zia, domandandosi se pensasse di trovare la madre.

Emma corse alla porta e provò ad aprire, poi guardò la zia con occhi colmi di attesa. Lei la raggiunse e scosse il capo, facendole capire che non poteva aprire. Emma annuì, frenetica, batté sulla porta, suonò il campanello.

Whitney le parlò con i segni: «La mamma non è più qui». Fu tutto ciò che riuscì a dirle, mentre Emma cominciava a piangere, lasciandosi cadere sui gradini davanti all'ingresso, abbattuta. La zia si sedette accanto a lei e le disse: «Mi dispiace».

Rimasero a lungo in quella posizione, come se stessero aspettando qualcuno. Infine, Emma si alzò e provò a guardare dentro attraverso le finestre. Piena di tristezza, Whitney la prese in braccio, in modo che potesse vedere che la casa era vuota. La nipote le rivolse uno sguardo colmo di disperazione. Si stava domandando dove fossero finite tutte le cose, ma non era in grado di chiederglielo. Whitney scosse la testa, e la bambina iniziò a singhiozzare, mentre si lasciava ricondurre alla macchina. Sarebbero andate a casa, ma non in quella che Emma ricordava: quella era persa per sempre, però almeno era tornata a galla nella sua mente. Pian piano, le porte del passato si stavano aprendo; affrontare i ricordi era doloroso per la bambina, ma era pur sempre un segnale positivo.

Brett le stava aspettando con ansia e camminava avanti e indietro nel prato davanti a casa. Appena Emma scese dall'auto la giovane la strinse in un abbraccio.

«Dov'era?» chiese a Whitney.

«Voleva trovare casa sua», le spiegò. «La direzione era giusta, ma avrebbe dovuto camminare parecchio.»

Demoralizzata, Emma, con la foto della madre ancora tra le mani, salì in camera sua e posò la cornice sul comodino vicino alle altre, poi si sedette sul letto con lo sguardo fisso nel vuoto. Whitney presumeva che sapesse che la mamma non sarebbe più tornata, ma dopo essere stata alla casa in cui avevano vissuto insieme era come se l'avesse persa un'altra volta.

Più tardi Whitney chiamò Bailey e la dottoressa Clarke, e raccontò loro l'accaduto.

«Straordinario», commentò lui. «Si è ricordata della casa e ha tentato di ritrovarla. Magari ha pensato che lì ci sarebbe stata sua mamma. È stata intraprendente, si è addirittura rammentata di quale direzione prendere. Ha compiuto un altro passo avanti.»

Inoltre, la bambina aveva recuperato un'altra parola, «casa».

«Sarà dura per lei via via che le tornerà la memoria», argomentò Amy. «Ha perduto la madre, il luogo in cui vivevano, il suo lavoro in tv, tutti gli amici che aveva nella serie. Dovrà far fronte a parecchie cose, man mano che i ricordi riaffioreranno, perché saranno tutti ricordi spiacevoli. Quando rammenterà l'incidente, sarà il momento più difficile. Ma non può guarire completamente finché non ricorda tutto, e non lo affronta. Soltanto dopo potrà andare avanti. Per ora sta ancora scavando nel passato per avere delle risposte, e oggi ha tentato di trovarne una.»

I due medici e Whitney concordarono sul fatto che l'episodio rappresentasse un progresso importante, benché doloroso.

Più tardi Bailey passò da casa loro. Trovò Emma molto poco comunicativa, e Whitney piuttosto preoccupata.

«Pensi che stia sbagliando a volerla tenere a casa?» gli chiese. «Non mi era mai venuto in mente che sarebbe potuta scappare. O essere rapita... È troppo pericoloso, non posso proteggerla, qui.» Era tormentata da quel pensiero da tutto il giorno.

«Stai ipotizzando di metterla in una struttura specializzata?»

Whitney esitò, poi annuì.

Bailey rimase sconcertato, perché mai prima di quel momento Whitney era sembrata prendere in considerazione quell'opzione. «Emma non ha tentato di fuggire», le fece notare. «Voleva cercare la casa in cui viveva con sua madre: un progetto ambizioso. Lo considererei un episodio positivo, che dimostra che sta lottando per tornare la persona che era.»

«E se io non fossi abbastanza competente per affrontare questo percorso in modo sicuro?» disse lei, preoccupata. «Vado avanti a tentoni, provando a trovare delle risposte, ma forse per mia nipote sarebbe meglio avere accanto delle persone che si occupano di recuperi del genere per professione e a tempo pieno. Oggi ha rischiato di farsi del male, di essere rapita, di rimanere ferita o di essere investita da un'auto. È troppo vulnerabile, nelle sue condizioni.»

«Ma è piena di risorse, se vuoi la mia opinione», replicò lui, convinto. «E, per rispondere alla tua domanda, no, non credo che starebbe meglio in un istituto. Il personale non si dedicherebbe a lei come fai tu. Potrebbe addirittura non avere alcun miglioramento.»

«Anche qui potrebbe non fare progressi. Forse devo accettare la realtà.» Era un'eventualità a cui aveva sempre evitato di pensare, ma forse era giunto il momento di farlo.

«Sta già facendo progressi», la contraddì lui, con gentilezza. «Ha tanta strada da fare, e non ha ancora recuperato l'uso della parola, ma è evidente che la sua memoria si sta risvegliando. Ne abbiamo avuto la prova oggi. Quindi, se vuoi il mio parere, non credo sia il momento di metterla in una struttura. Potremo fare una nuova valutazione più avanti, ma per adesso c'è ancora speranza. Penso che prima o poi riuscirà ad aprire tutte le porte.»

Bailey notò quanto Whitney fosse scossa, e volle rassicurare anche Brett. Inoltre, dal giorno successivo, prese l'abitudine di passare quotidianamente da loro per vedere come stavano.

Solo diversi giorni dopo Whitney ritrovò la calma, e lo stesso fu per l'infermiera.

Nel weekend, Bailey passò a trovarle mentre andava a giocare a tennis con un amico.

«Stai meglio?» le chiese. Era stata una settimana pesante, come sempre, d'altra parte. Ogni piccola cosa andava conquistata con grande sforzo.

«Sì, un po' meglio.» Gli sorrise. «Mi ha spaventata a morte, quando si è allontanata. Credo abbia capito che la casa non c'è più, e per lei è un'altra perdita...»

«Ci sono stati anche risvolti positivi», le rammentò lui.

«Per esempio?» domandò, abbattuta.

«Per esempio te. Lei ha perso la madre, ma tu hai preso il suo posto. Non è la stessa cosa, però non l'hai abbandonata neppure un minuto negli ultimi quattro mesi. E, da quanto mi hai detto, non sono nemmeno sicuro che sua madre le sarebbe stata accanto come fai tu. Non è facile la strada che hai imboccato, non è per tutti.»

«Cominciavo a pensare che non lo fosse neanche per

me. Non voglio rischiare di rallentare i suoi progressi tenendola qui.»

«Non lo stai facendo», la rassicurò in tono deciso. «Come procedono le lezioni sui segni?»

Belinda e Sam continuavano a presentarsi con cadenza settimanale, e Bailey lo considerava un esperimento interessante.

«Dipende dalla giornata», gli rispose. «A volte non fa neanche un errore, altre volte non ricorda nemmeno un segno. E questo succede anche con la lettura. In alcuni momenti non sembra interessata, come se nulla avesse senso, poi a un tratto si mostra affascinata e trascorre un po' di tempo a leggere cose semplici. È una continua altalena.»

«Nei casi di traumi encefalici succede», spiegò. «Il paziente può fare progressi significativi, poi regredire e perdere terreno. Ce la farà, ma ci vuole tempo. L'aggressività si manifesta ancora?»

«A volte sì. Quando è frustrata se la prende con me, ma almeno adesso ci rimane male quando mi ferisce. Non riesce a controllarsi se si innervosisce.»

Bailey annuì, e a Whitney venne in mente una cosa che voleva chiedergli da tempo. Non era sicura che fosse il caso, sapeva che lui non aveva famiglia e non pareva che avesse un'intensa vita sociale. Le dava l'impressione di essere un tipo piuttosto solitario. Amy invece sembrava più impegnata, e aveva un fidanzato, oltre a una famiglia, che ogni tanto andava a trovare in Colorado.

«Che programmi hai per il giorno del Ringraziamento?» si decise a domandargli. «Noi prepariamo il tacchino. Mia sorella non era una bravissima cuoca e, dalla morte di nostro padre, siamo sempre state soltanto noi tre. Se non hai impegni, potresti venire a mangiare da noi. Ci sarà anche Brett: non se la sente di andare dai suoi a Salt Lake.»

Pur sapendo che era solo, Whitney non era certa che volesse trascorrere il Ringraziamento con lei ed Emma. La bambina era una sua paziente, ma era pur vero che tra loro si stava instaurando un'amicizia. Se Amy andava dai futuri suoceri a San Francisco, forse lui sarebbe rimasto da solo, oppure era stato invitato da amici, rifletté.

«Mi farebbe molto piacere», le rispose, fugando i suoi dubbi. «Non amo le feste che prevedono riunioni di famiglia, dal momento che non ho più i genitori. In genere mi offro come volontario in una mensa o in rifugio per senzatetto, ma sarei felicissimo di stare con te ed Emma.»

Sapeva che quella ricorrenza sarebbe stata dura per entrambe, e sembrò commosso dall'invito, oltre che felice.

«Sarà un pranzo semplice, niente di elaborato.»

«Sembra perfetto. Feste come il Ringraziamento o

Natale ti fanno sentire solo, quando non sei sposato e non hai figli», ammise.

Whitney rise. «A dire la verità io sono sempre stata grata di essere nubile e senza figli», gli confidò. «Non aveva mai immaginato di diventare mamma, e non mi sono mai sentita pronta a esserlo... e ora ho Emma. Ho fatto un passo indietro, verso il passato. Vorrei renderla una festa il più possibile piacevole, per Emma. Le mancherà la madre, ora che si è ricordata di lei. Sarà bello averti qui», aggiunse, affettuosa.

Per un attimo il suo pensiero andò a Chad, ma sapeva che ormai non si sarebbero più sentiti. Le mancavano i viaggi con lui, ma non l'uomo che aveva dimostrato di essere, freddo ed egoista.

Bailey la ringraziò ancora dell'invito e, prima di congedarsi per andare a giocare a tennis, le propose di tornare l'indomani con del cibo thailandese. Whitney aveva intenzione di trascorrere un weekend tranquillo con Emma. Stava provando a insegnarle di nuovo a giocare a scacchi, ma la bambina non aveva recuperato le sue abilità e se la cavava meglio a Monopoli e a Cluedo; giocavano senza badare alle regole, affinché fosse più facile per lei. Belinda le aveva scaricato alcuni giochi nuovi, che la tenevano impegnata per ore nel tentativo di padroneggiarli. Fece molti giochi con Bailey, quando tornò domenica sera con la cena, poi lo batté a gin. Le sue abilità erano irregolari e casuali, alcune più spiccate di altre, e il medico ne rimase impressionato.

«Per caso ha fatto la croupier di blackjack a Las Vegas, in una vita passata?» scherzò lui con Whitney, dopo che la bambina lo ebbe battuto diverse volte. «Secondo me ha barato, in ogni caso ha vinto. E bisogna essere in gamba anche per barare. È sveglia la piccola», concluse ridendo.

Rise anche Whitney, ed Emma sembrò compiaciuta. Bailey era stato un'aggiunta piacevole alla loro vita, come medico e come amico.

Dopo, disse a Whitney del convegno sui traumi cranici che avrebbe presieduto qualche settimana più tardi. Voleva ancora che partecipasse come relatrice, ma lei non era affatto sicura, anche se trovava interessante il tema.

«Non credo di essere all'altezza», disse. «Si tratta di un campo nuovo per me.»

«Come per alcuni neurologi. Ogni anno vengono pubblicate nuove informazioni. Pensaci. Ti vorrei come relatrice ospite. Puoi parlare della tua esperienza con Emma. Tua nipote ha insegnato tanto anche a me, inoltre ogni caso è diverso dagli altri. Deve avere avuto un quoziente intellettivo molto elevato, prima dell'incidente.»

Whitney gli aveva prestato alcuni DVD con gli episodi della serie *Il clan*, e lui era rimasto impressionato dalle performance di Emma, dalla potenza con cui pronunciava le battute di quella storia emotivamente drammatica. Whitney ne aveva mostrati alcuni anche a Emma, che tuttavia non sembrava minimamente interessata, e non riconosceva se stessa. Il suo ruolo nella serie non era emerso dalla sua memoria dormiente, e non c'era modo di sapere se sarebbe mai successo. C'erano altre cose che doveva ricordare, *in primis* l'incidente: era il nucleo del trauma, e con ogni probabilità quel ricordo avrebbe aperto la strada anche al resto. Emma non aveva avuto ulteriori progressi dopo essersi allontanata per cercare la casa in cui aveva vissuto con la madre: giocava con il tablet e provava nuove applicazioni, e ciò sembrava bastarle.

Belinda e Sam si unirono a loro per il Ringraziamento, poiché nessuno dei due aveva famigliari vicini. Whitney preparò un pasto delizioso, Bailey diede una mano a tagliare il tacchino, Brett ed Emma invece avevano preparato le torte di cui l'infermiera si era fatta dare le ricette dalla madre. Whitney aveva scoperto che Brett era l'ultima di nove fratelli e aveva ventinove nipoti, il che spiegava come mai fosse così abile con i bambini, a parte la sua esperienza di infermiera.

Durante il pranzo, Emma utilizzò i segni diverse volte per partecipare alla conversazione, e subito dopo mangiato andò in camera sua per riposare. Whitney era certa che stesse pensando alla madre, e si rattristò.

«Sta bene?» le chiese Bailey quando tornò di sotto, dopo avere controllato la nipote.

Lei annuì. «Credo le manchi la sua mamma. Presumo che i ricordi che riaffiorano siano dolorosi per lei. Forse il fatto di avere dimenticato tanto è una benedizione. Non può mancarti qualcosa che non rammenti», osservò con un sospiro.

«Tu stai bene?» aggiunse lui, in tono gentile.

«Penso di essere come Emma, da questo punto di vista», rispose, con un sorriso. «A seconda dei giorni.»

«Hai pensato al convegno?»

Whitney esitò.

«Hai ancora tempo per decidere», aggiunse allora lui. «Hai molte informazioni di prima mano da condividere, puoi descrivere la vita di una bambina vittima di un trauma cranico, e spiegare gli aspetti psichiatrici connessi.»

«Forse», disse, non ancora convinta. La sua esperienza personale la coinvolgeva troppo, inoltre non voleva violare la privacy di Emma.

Il giorno del Ringraziamento trascorse in modo sorprendentemente piacevole, migliore di quanto si fosse aspettata.

L'indomani, le telefonò l'agente di Emma, Robert Jones. «Come sta la nostra ragazza?» chiese, interessato.

A Whitney non piaceva particolarmente quell'uomo, anche se sapeva che la sorella aveva apprezzato il suo lavoro, che era stato determinante per la carriera di Emma.

«Ho ricevuto un sacco di telefonate, di recente, da persone che mi chiedono quando ricomincerà a lavorare», continuò Jones. «Mi hanno contattato per altre serie televisive, per un film Disney e per degli spot pubblicitari. Quando pensa che sarà pronta, lavoro ce n'è. Emma è ancora molto ambita, addirittura più di prima, dopo quello che ha passato. Nessuno l'ha dimenticata.»

«Non è pronta», disse Whitney, in tono fermo e senza entrare nei dettagli. Era furente per i commenti dell'agente, che sapevano di sfruttamento.

«Non lasci passare troppo tempo», la avvertì. «Non vogliamo che i produttori perdano interesse. È ancora un bene prezioso.»

«Emma è molto piccola, Robert», ribatté Whitney. «Ha tutta la vita per lavorare nello show business, se è quella la strada che vuole intraprendere.»

«Le mancherà il mondo dello spettacolo», replicò lui, con un tono viscido. Era la personificazione di tutto quello che lei odiava, a Hollywood. Suo padre era di un calibro molto più elevato come agente, ma le teorie erano le stesse, e lei non aveva alcuna intenzione di permettere a quell'uomo di sfruttare Emma. Non si fidava di lui, perciò non lo avrebbe messo al corrente delle attuali condizioni della nipote.

«D'accordo, teniamoci in contatto», concluse Jones. «Le farò avere alcuni copioni, dopo le vacanze.»

Qualunque fosse stata l'opinione di Paige in merito, lei non avrebbe più permesso a nessuno di sfruttare la bambina. Sua madre le aveva dato una carriera da attrice, lei voleva darle una vita adatta alla sua età. Una volta che si fosse ripresa, Emma avrebbe deciso da sé: nessun altro lo avrebbe fatto al posto suo.

9

MALGRADO gli interessi differenti e la diversa filosofia di vita, su una cosa Paige e Whitney si erano sempre trovate d'accordo: amavano le festività. Nella loro famiglia il Natale era sempre stato un evento importante, ricco di decorazioni sofisticate e regali, con un enorme abete addobbato nel giardino e un altro in soggiorno. Da bambine, avevano festeggiato la Vigilia con una cena elegante; la loro madre si presentava immancabilmente con un magnifico abito all'ultima moda e un gioiello nuovo ricevuto in dono dal marito. Anche dopo la sua scomparsa, le figlie avevano aiutato il papà a mantenere viva la tradizione. Quando anche lui era morto, Whitney aveva continuato a fare l'albero ogni anno: Paige ed Emma erano sempre andate a cena da lei la Vigilia, e a pranzo il giorno successivo. Era diventato tutto meno formale, ma le due sorelle non avevano trascorso un solo Natale separate.

Whitney prendeva sempre un albero così grande che a malapena entrava in casa. Dedicava giornate intere a addobbarlo con raffinate decorazioni collezionate nel corso degli anni e un angelo decorato sulla punta. Era determinata a far sì che quell'anno non fosse diverso ed Emma avesse un Natale stupendo. Le comprò un abito di velluto rosso per la cena della Vigilia: quando lo vide, la bambina batté le mani. Le stava alla perfezione. Quattro giorni prima di Natale, portò la nipote a scegliere un abete, se lo fece recapitare a casa e lo sistemò in soggiorno, come sempre.

Whitney aveva portato diverse scatole di decorazioni da casa di Paige e intendeva usarle, in modo che la casa avesse un'aria familiare per Emma. Aveva preso anche la collezione di carillon che sua sorella sistemava sulla mensola del camino ogni anno. Il suo preferito era antico e aveva sopra un angelo e un presepe con Gesù Bambino. Quando lo si apriva, partivano le note di *Bianco Natale*. Li mise tutti in fila, con cura, ma la bambina non ci fece caso, come se non le ricordassero nulla. Affascinata, guardò la zia che saliva su una scala per posizionare le decorazioni sui rami più alti. Brett la aiutò a metterne qualcuna su quelli bassi, ed Emma sorrise e chiacchierò nella sua lingua. Che ricordasse i Natali passati o meno, si divertì moltissimo e rimase ammirata dall'aspetto che aveva assunto la casa. Whitney spense tutte le luci e accese l'albero: l'effetto fu magico. Si sedette sul divano con Emma, e si godettero il risultato.

Alla cena della Vigilia Emma indossò il vestito nuovo, e Whitney le regalò un bellissimo bracciale d'oro e un paio di Converse alte rosa, che la bambina volle provare subito. Terminata la cena, la accompagnò a letto presto, per avere il tempo di sistemare i regali di Babbo Natale che aveva nascosto al pianoterra. Emma credeva a Babbo Natale, almeno fino all'anno precedente, e presumibilmente era ancora così.

Whitney si spogliò e si infilò una vestaglia di cachemire rosa. Non vedeva l'ora che la nipote aprisse i doni, la mattina seguente. Quando fu tutto pronto, si sedette sul divano a godersi il lavoro fatto. In un impeto di nostalgia, si alzò per prendere il carillon preferito di Paige. Sollevò il coperchio, e partì la melodia che ricordava. Si sedette ad ascoltare, al buio, con gli occhi colmi di lacrime. A un tratto udì uno strillo e vide qualcosa passarle davanti, urlando. Era Emma, che attaccò l'albero di Natale, e provò a tirarlo giù con tutte le sue forze. «No!» gridò, disperatamente.

Whitney non capì cosa stava succedendo. Corse a fermarla, prima che facesse cadere il grande albero che già pendeva da un lato, rischiando di ferirsi. Emma urlava e agitava selvaggiamente le braccia, colpendo la zia, mentre dal carillon continuava a uscire la musica. Emma rimase immobile, sconvolta, le mani sulle orecchie, finché Whitney, trafelata, riuscì a trascinarla via e farla sedere sul divano. Ma subito la bambina corse al camino, afferrò il carillon e lo scagliò a terra. Andò in mille pezzi, e quella melodia familiare si fermò per sempre. Mentre Whitney tentava di capire cosa avesse fatto scattare Emma, si guardò intorno sconcertata nel soggiorno devastato: alcuni regali erano stati schiacciati da Emma e l'enorme albero pendeva da un lato.

Di colpo si rese conto che la piccola era arrivata dal piano di sopra e aveva sentito la musica del carillon. Tremava, mentre la guardava fissa.

«No musica! No musica!» strillò la bambina. Emma aveva recuperato l'udito, realizzò Whitney: la sua non era più una notte silenziosa. Aveva sentito le note di *Bianco Natale*, che le avevano riportato alla mente troppi ricordi, troppo dolore. La nube che le aveva impedito di udire si era sollevata, ed era un enorme progresso, il più grande che avesse compiuto fino a quel momento.

«Hai sentito il carillon?» le chiese, con trepidazione.

Emma annuì, poi parlò. «No canzone... no mamma...» disse sommessamente.

«Era la preferita della mamma, vero?» le chiese, in tono triste.

La bambina fece cenno di sì. «No canzone... no mamma.»

«Emma, mi senti, vero?»

Di nuovo lei fece sì con la testa.

Whitney si domandò se l'udito le fosse tornato già da qualche tempo o fosse una cosa nuova. Cinque mesi dopo l'incidente, aveva ricominciato a sentire. Era straordinario.

Con gentilezza, la zia la riportò nella sua camera, le rimboccò le coperte, poi scese a riordinare il soggiorno. Il carillon era irrecuperabile, e buttò i pezzi nella spazzatura, poi a fatica raddrizzò l'albero, infine riordinò la stanza. Se Emma avesse chiesto come mai c'erano già i regali, le avrebbe detto che Babbo Natale era passato prima, mentre lei dormiva. Ma era a tal punto sconvolta dal carillon che era certa non li avesse nemmeno notati.

Con il recupero dell'udito, Emma avrebbe potuto comunicare con lei più agevolmente. Quando tornò di sopra, si fermò a guardare la bambina che dormiva. Sembrava tranquilla, e quella notte non ebbe incubi. Whitney rimase a lungo sveglia, chiedendosi se Emma avrebbe recuperato anche l'uso della parola. La mattina seguente, però, la bambina non disse nulla. Usò i segni, come se nulla fosse cambiato. La zia, invece, le parlò.

Aprirono i regali. Emma era sottotono e tornò subito in camera, portando con sé tutti i regali che riuscì a prendere. Lei ne approfittò per telefonare a Bailey, che era andato a sciare con gli amici, per Natale. Era impaziente di condividere quella notizia così importante con lui.

Ancora meravigliata, gli descrisse quello che era accaduto la notte precedente. «Non so se abbia recuperato l'udito proprio ieri, quando ha sentito la musica, oppure già da un po'. Oggi non dà cenno di sentirmi, ma so che invece può farlo.»

Bailey si dichiarò d'accordo con lei: una volta recuperato l'udito, il miglioramento era permanente.

«Probabilmente si è spaventata. Quella canzone aveva un significato particolare per lei?» le domandò.

«Era il canto natalizio preferito di Paige, *Bianco Natale*... amava quel carillon. Forse Emma ha provato rabbia per il fatto che non sia qui a festeggiare con noi. Oggi è stata molto chiusa.»

«Ha bisogno di tempo per adattarsi, ed è evidente che si è ricordata di quell'oggetto amato da sua madre; quindi, insieme all'udito sta tornando anche la memoria. Il passo successivo potrebbe essere il recupero della parola. Facciamole fare quello che vuole, oggi. Dopo le feste, la sottoporremo a un esame dell'udito. Siamo sulla buona strada, Whitney.»

«Ne sono consapevole», ammise, benché ancora scossa dall'episodio della notte precedente. «So che sembra folle, ma è il primo segnale rilevante di un cambiamento delle sue condizioni.»

«Infatti. Può darsi che ora regredisca un po'. Queste conquiste la spaventano. È come essere trascinati da un fiume in piena. Non ha il controllo sui ricordi che riaffiorano, ha bisogno di muoversi al suo ritmo», le spiegò. «A parte questo, come state trascorrendo il Natale?»

«A parte questo non c'è altro», rispose lei con un sospiro. «La nostra vita è tutta qui: i suoi progressi, il recupero, le ricadute. Il fatto che senta di nuovo è straordinario. E la tua vacanza sugli sci?» gli domandò cambiando argomento, ansiosa di ascoltare cose normali, dato che nella sua vita non c'era più nulla di normale.

«È una vacanza bellissima, ma non certo elettrizzante come la notizia che mi hai dato tu. *Bianco Natale* deve averla fatta pensare alla madre in un modo insopportabilmente doloroso.»

Whitney era d'accordo con la sua ipotesi. Forse aveva riportato alla mente di Emma qualche scena dell'incidente, ma non voleva domandarglielo per evitare di turbarla di nuovo. La piccola passò il resto della giornata in camera sua, a giocare con i giocattoli ricevuti, e fu molto silenziosa.

Whitney chiamò Brett, a Salt Lake, per informarla che la bambina era tornata a sentire, e la giovane ne fu entusiasta.

Dopo che ebbe riattaccato, andò a controllare la nipote ancora una volta. La guardò dalla porta: stava osservando una foto della madre, e a un tratto si voltò verso di lei.

«Ti amava con tutto il cuore, Em», le disse sommessamente.

«No», replicò lei, dura, e la sua voce risuonò forte nella stanza. «Se n'è andata.»

Parlava. Emma parlava. Whitney si sforzò di non apparire sbigottita, comportandosi come se fosse del tutto normale.

«Non voleva lasciarti, Emma. Non ti avrebbe mai fatto una cosa del genere. Ti voleva un bene infinito.»

«No!» gridò ancora la bambina. «Non mi voleva bene. Se n'è andata.» Guardò la zia, con la disperazione negli occhi, e mimò il gesto di scrivere un messaggio, proprio come aveva riferito la polizia riguardo all'incidente. E continuò, per farle capire cos'era successo. Stava ricordando il momento dell'impatto, o quello immediatamente precedente. Era straziata, arrabbiata, e non smetteva di fare quel gesto. Però parlava, sentiva, e la sua memoria stava tornando. Nel vederla così, a Whitney si spezzò il cuore. Di colpo, tutto era chiaro: Paige aveva preso il telefono per inviare un messaggio mentre era al volante. Come la nipote, anche lei si sentì invadere dalla collera.

«Le avevo detto di non scrivere mentre guidava», disse Emma, le lacrime che le rigavano le guance. Ci erano voluti cinque mesi, ma alla fine la verità era venuta fuori.

Emma non parlò più per il resto della giornata, e finse di non sentire la zia quando si rivolgeva a lei. Si limitò a usare i segni, ritirandosi di nuovo nel suo mondo silenzioso.

10

Quando tornò in città, Bailey le portò al ristorante, ma trovò Emma chiusa in se stessa, come Whitney gli aveva anticipato. La bambina evitò di guardarlo e non gli rivolse la parola. Non rispose a nessuna delle sue domande e finse di non sentire quello che diceva. Lui non volle forzarla, ma il giorno seguente la mandò a fare un esame dell'udito. I tecnici la convinsero a collaborare facendo dei giochi con lei, e alla fine emerse che sentiva benissimo. Appena tornata a casa, decise ancora una volta di far finta di non sentire. Preferiva il silenzio piuttosto che parlare di argomenti che la facevano soffrire.

Bailey si fermò a cena da loro, ma Emma lo ignorava quando le rivolgeva la parola. Così lui si limitò a conversare con Whitney, senza pressare Emma, per evitare che si sentisse messa alle strette. Avendo recuperato l'udito, non aveva modo di rifugiarsi in un mondo suo, pertanto le concessero un po' di spazio.

Bailey sollevò l'argomento della serie tv con Whitney, senza rivolgersi a Emma, e di colpo la bambina cominciò a buttare fuori quelle parole che da cinque mesi aspettavano soltanto di essere liberate.

«Io stavo in tv», dichiarò.

Lui si voltò a guardarla, con aria sorpresa. «Sul serio? Interessante... E ti piaceva?»

Lei ci pensò un istante, poi annuì, cauta. «A volte sì. La mamma voleva che lo facessi.»

Il medico e Whitney si scambiarono un'occhiata.

«Sarà stato difficile imparare a memoria tutte quelle battute», commentò lui, in tono rilassato.

Emma fece cenno di no, poi aggiunse: «E canto anche. La mamma voleva che recitassi in un musical». Whitney non sapeva nulla della produzione di Broadway per la quale la nipote aveva sostenuto un'audizione: Paige non aveva avuto l'occasione di dirglielo.

«Mi piacerebbe molto sentirti cantare, qualche volta», disse Bailey, disinvolto.

Emma alzò le spalle, poi sembrò chiudersi di nuovo in se stessa. Poco dopo tornò in camera sua: per quella sera aveva comunicato abbastanza. Aveva recuperato l'uso della parola, ma evidentemente parlare la stremava.

«Vorrei capire meglio cosa le è accaduto la notte della Vigilia», disse Whitney, sovrappensiero. «Ha ricordato qualcosa che ha fatto breccia nel trauma, pertanto adesso è di nuovo in grado di parlare, oppure il suo cervello sta guarendo fisicamente, e per questo sente e parla? Non capisco mai fino a che punto il problema sia fisico, e fino a che punto psicologico», gli confidò.

«Non credo che si possano separare le due cose, sono strettamente interconnesse», commentò lui. «I traumi cranici non sono danni soltanto fisici.»

Whitney aveva la sua stessa sensazione. «Cosa succederà ora alla sua memoria?» gli chiese. «La recupererà, oppure l'incidente ha cancellato tutto?»

«Difficile fare previsioni. Ricorda già alcune cose successe poco prima dell'impatto. Quanto ancora le tornerà in mente è tutto da vedere. Non abbiamo idea di cosa rammenti della vita con la madre. Potrebbe avere perso alcune parti anche di questo. Forse saranno necessari degli anni, e sarà doloroso quando accadrà», disse, in tono tranquillo. «Ha perso parte della sua storia. Non sappiamo quale parte, né se sia andata perduta per sempre», concluse.

Quando Belinda andò a trovare Emma, rimase impressionata dai suoi progressi. Aveva ancora problemi a leggere, le facevano male gli occhi e le veniva l'emicrania quando lo sforzo si prolungava troppo, cosa che Bailey tentava di evitare a tutti i costi. Non volevano sovrastimolare il suo cervello, tantomeno causare riacutizzazioni del malessere o altre perdite di memoria. Da quando aveva ripreso a parlare, non si erano verificati episodi di frustrazione o di violenza, e non usava più il suo linguaggio senza senso. Inoltre, non aveva più incubi e appariva molto più calma.

Il nuovo corso delle cose fece emergere l'argomento scuola, ma a parere di Bailey era ancora prematuro per Emma. Non era pronta per frequentare lezioni, come non lo era per tornare alla sua carriera televisiva. Whitney si rendeva conto che per lei poteva essere importante e non voleva privarla della recitazione, ma neanche spingerla su quella strada, come aveva fatto Paige.

Quella notte, sola nella sua stanza, ebbe modo di rifletterci guardando un DVD con alcuni episodi della serie *Il clan*. Durante i mesi trascorsi dall'incidente, era stata così preoccupata dal fatto di non sapere se la nipote si sarebbe ripresa, che aveva dimenticato quanto fossero state impegnative alcune sue performance. Il ruolo che le avevano affidato non era semplice, e rimase attonita nel vedere come a Emma venisse tutto naturale: aveva il talento nel sangue. All'improvviso capiva cos'aveva visto Paige in lei e perché l'aveva incoraggiata con i coach e le lezioni private: per sviluppare il suo dono. Al termine della puntata che stava guardando notò anche quanto ormai sua nipote fosse diversa, a causa della parlata stentata, che talvolta le costava un'enorme fatica. Aveva fatto tanta strada in quei mesi, ma quel DVD le disse quanta ancora ne avesse da fare. C'erano differenze evidenti nelle sue capacità e nella sua personalità. L'esuberanza di allora era svanita, insieme con la memoria spiccata che le aveva consentito di imparare facilmente le battute, e la capacità di giocare a scacchi con gli adulti. Era uscita dalla nebbia, ma tante abilità non erano state ancora recuperate. Questa consapevolezza le fece venire voglia di assisterla più di quanto stesse già facendo, e a un tratto una sua partecipazione al convegno di Bailey le sembrava sensata, poiché poteva dare un contributo, utilizzando Emma come esempio vivente di quello che una persona con trauma cranico doveva affrontare quotidianamente, spiegando come poteva essere aiutata.

Il giorno seguente chiamò Bailey per dirgli che accettava, e lui ne fu entusiasta. Aveva due settimane per prepararsi. Il cervello rappresentava un'incognita sotto tanti aspetti, in particolare quando aveva subìto un trauma. Whitney lavorò alla presentazione ogni sera dopo che Emma era andata a letto, per essere all'altezza di un argomento così importante e complesso. Era un campo nuovo per lei e, a eccezione di quello che aveva appreso per esperienza diretta in quasi sei mesi, aveva moltissimo da imparare.

Quando cominciò a scrivere, dedicò un pensiero a Chad. Il periodo natalizio era quello che negli ultimi cinque anni aveva trascorso con lui ai Caraibi sullo yacht: vacanze divertente, lussuose ed emozionanti. Poi di colpo era stata catapultata nella condizione di madre, alle prese con una bambina con tante difficoltà, e nel suo futuro non c'erano più crociere.

Stava lavorando alla relazione quando Amy Clarke si mise in contatto con lei per chiederle di prendere in carico un'altra paziente. Si trattava di una bambina con l'encefalite, con sintomi in parte simili a quelli di

Emma. Le cause dei danni erano differenti, ma c'erano delle affinità cliniche, e Whitney si dimostrò molto interessata. Dopo avere incontrato la giovane paziente, una ragazzina di tredici anni, consultò sia Amy sia Bailey. Apprezzò molto il fatto di lavorare con loro, e trovò che l'aggiunta di una valutazione neurologica rendesse più profonda e completa la sua professione. Espresse loro la sua soddisfazione nell'occuparsi dei casi che le sottoponevano e che rappresentavano una sfida costante, e i due medici erano altrettanto contenti della collaborazione. Amy era una collega eccezionale, e il suo atteggiamento analitico era stimolante. La fiducia che riponevano in lei la lusingava. Erano già una squadra.

«Fa' attenzione, o finiremo per trascinarti nel nostro studio», l'avvertì Bailey.

Lei rise, pensando scherzasse. «Mi piacerebbe moltissimo. I casi neurologici sono molto più complessi di quelli che vedo come psichiatra. Si aggiunge un elemento che mi affascina.»

«In alcuni frangenti per noi è necessaria la tua esperienza», insisté Amy. «Non si può ignorare il lato psichico di un trauma cranico. Lo sostengo da anni, ma nei circoli neurologici si assiste a una certa resistenza, soprattutto quando si tratta di casi come questi.»

Era l'essenza del discorso che Whitney intendeva presentare al convegno cui era stata invitata, ed ebbe la conferma di avere imboccato la direzione giusta. Lei e

Bailey ne parlarono per ore, ogni volta che lui passava a vedere come stava Emma o a cenare con loro.

«Cosa stai facendo per te, in questo periodo?» le chiese Bailey una sera.

«Cosa intendi dire?» domandò lei, stupita.

«Proprio questo: passi tutto il tempo con Emma o in studio, quando non lavori alla tua ricerca. Qual è stata l'ultima volta che sei andata a cena fuori, a vedere un film o hai fatto qualcosa che ti andava di fare?»

«Non lo so...» borbottò lei. «Credo di non avere fatto niente del genere, dall'incidente.» Da luglio, non aveva più fatto nulla per se stessa, neanche la cosa più banale. «Non ho proprio tempo ora che devo occuparmi di Emma», gli spiegò, ma ripensando al passato non aveva rimpianti.

«Devi prenderti cura anche di te. Non dimenticarlo», le disse, in tono gentile.

Il modo in cui si preoccupava per lei la colse di sorpresa. Volevano entrambi un recupero totale da parte di Emma, ma Whitney non si aspettava che lui pensasse al suo bisogno di rilassarsi, di divertirsi.

«Ho troppo da fare per pensare qualcosa che non riguardi Emma, i miei pazienti e il tuo convegno», ammise con sincerità, sorridendogli.

«E la tua ultima vacanza?» continuò a indagare lui.

«Sono partita il giorno dell'incidente, e tornata ventiquattr'ore dopo la partenza. Prima, almeno una volta al mese andavo da qualche parte con il mio compagno. Saint

Barts in inverno, Italia in estate, sul suo yacht. Avevo una bella vita, facile, lussuosa. Ecco il motivo per cui non ho mai voluto dei figli. Ma adesso ho Emma, ed è cambiato tutto. Niente tempo per me, niente desideri, nessuno con cui viaggiare. Niente più vacanza in yacht», gli raccontò in tono concreto e senza dimostrare dispiacere.

«Che fine ha fatto lui?» le domandò Bailey, che sentiva di avere abbastanza confidenza da potersi permettere quell'intrusione nella sua vita privata. D'altra parte, era evidente che non ci fosse nessuno accanto a lei.

«Se n'è andato, o forse l'ho allontanato io quando gli ho detto che non avrei messo Emma in un istituto. Lui non è fatto per i bambini. Ha quattro figli adulti, che non si è mai goduto granché. Vuole un rapporto senza problemi, senza responsabilità, con una donna single e senza figli. Io non ho più i requisiti, quindi è finita.»

«Piuttosto freddo, vero?» commentò lui, amareggiato.

«Credo di sì. L'ho pensato anch'io, ma in fondo è stato onesto. Non ha mai finto di volere qualcosa di diverso. E, come gli ho fatto notare, l'amore ogni tanto è caos. Non si presenta sempre avvolto in un bel pacchettino. Non puoi controllare tutto, nella vita: mia sorella me l'ha insegnato. La giudicai una pazza quando decise di avere un figlio con un amico, senza un compagno. Io non l'avrei fatto per niente al mondo. Ma forse aveva ragione lei. Non mi piaceva il modo in cui sfruttava Emma, comportandosi come la classica madre che vuole realizzarsi attraverso la figlia, ma forse invece le ha regalato qualcosa di meraviglioso: l'ha aiutata a sviluppare il suo talento. Forse l'amore è questo, fare qualcosa di folle con tutta l'energia e la passione che hai. Fino alla sera in cui ha mandato tutto all'aria dimenticandosi di allacciare la cintura. Ma nessuno può dubitare del bene che le voleva. Quindi non mi importa un accidente di non fare più vacanze in barca, di non andare più a teatro, di rinunciare all'Italia in estate. La mia vita è un caos, adesso: non ho nemmeno il tempo di andare dal parrucchiere, e allora? Emma e io ci vogliamo bene, e lei è tutto ciò che posso desiderare. Non sto male, Bailey, sono più felice di quanto fossi da tempo. Forse Paige, così inaffidabile e un po' folle, aveva visto giusto, e sono stata io ad avere lasciato passare il treno, finora.»

Bailey capì che era sincera e soddisfatta della vita che aveva. Il suo amore per Emma era indiscutibile, ed era pronta a sacrificare il resto per lei.

«Non sembri più arrabbiata con tua sorella», commentò con cautela.

«Ogni tanto, quando vedo mia nipote lottare o stare male, lo sono ancora. Sta pagando il prezzo degli errori della madre, e ciò mi amareggia. Però sto bene, non mi manca nessuna delle cose a cui ho rinunciato. Vorrei soltanto che tutto fosse andato diversamente. In effetti, anche con mio padre non ce l'ho più come in passato. Non ho mai voluto sposarmi perché odiavo la maniera in cui lui aveva gestito e controllato la vita di mia mamma. Mi sembrava un incubo, e non volevo che qualcuno si comportasse allo stesso modo con me, dicendomi cosa fare. Ho sempre pensato che fosse stato questo a distruggere mia madre; adesso invece mi chiedo se fosse felice, se amasse vivere così. Grazie a lui ha avuto una carriera favolosa, per quanto breve. Ciascuno di noi deve decidere come vuole condurre la propria esistenza, e che significato dare all'amore. A me è sempre sembrato che il prezzo fosse troppo elevato. Al momento, per me l'amore è una bambina di nove anni. Anche se la mia vita è diventata un caos e non ho tempo per me stessa, per Emma ne vale la pena.»

«Sono colpito, perché l'ho sempre pensata come te», le confidò Bailey. «Come ti ho già detto, la vita dei miei genitori andò in pezzi quando mio fratello rischiò di annegare, e di conseguenza non ho mai voluto dei figli. Non volevo rischiare di provare un dolore come il loro. Desideravo aiutare bambini come lui, ma non avere una famiglia. Adesso che vedo te con Emma, però, mi rendo conto che si può vivere solo mettendoci il cuore, malgrado i rischi e i pericoli. Ti ammiro davvero per il modo in cui ti sei assunta questo impegno. Vedendo te, il fatto di essere genitore e correre dei rischi non mi fa più tanta paura. Mi spaventa molto di più avere quarantadue anni e non avere mai avuto il coraggio di provare ad amare. Il lavoro non basta.» Il tono con cui le disse quelle parole, rivelava che ne avesse preso coscienza in quel momento.

«No, non basta», confermò lei, che a sua volta lo

aveva capito da poco. «Siamo molto simili, per certi versi. Troppo spaventati per rischiare, poi a un tratto ti ritrovi in una situazione del genere e ti rendi conto che non è così male.» Gli sorrise.

«Allora uno di questi giorni... verrai a cena con me? E non nella tua cucina, con un occhio sempre rivolto a lei. Quando te la sentirai di lasciare Emma sola con Brett... Facciamo qualcosa di leggero, proviamo a divertirci un po'. Andiamo al cinema, al bowling, in spiaggia, a fare windsurf. Qualunque cosa ti vada di fare. Dobbiamo entrambi recuperare un sacco di tempo: abbiamo lavorato moltissimo per tanti anni.»

«Me lo diceva anche Paige. Pensavo che fosse superficiale e frivola, invece aveva ragione. Sono sempre stata io quella seria, e non mi va più di esserlo. Non costantemente, almeno. La vita è piuttosto dura, fa bene prendersi una pausa, ogni tanto.»

«Facciamo i frivoli insieme, allora. Anche se devo ammettere che le tue vacanze in yacht sembrano uno sballo», commentò con invidia, facendola ridere.

«Niente yacht nel mio futuro, dottor Turner. Una modesta barca a remi, forse, o una piccola barca a vela. Ma le vacanze di lusso in mare fanno parte del passato. Posso presentarti il mio ex, però, se ti piacciono gli yacht...» scherzò.

Lui scoppiò a ridere. «Non credo di essere il suo tipo.»

L'idea di trascorrere del tempo con Bailey la entusiasmava. Avevano in comune la passione per il lavoro, e avevano trascorso anni a costruire le rispettive carriere. Alla fine, Whitney si era resa conto di avere bisogno di qualcosa di più, grazie all'insegnamento di Paige ed Emma. Bailey, da parte sua, si stava ispirando al suo esempio e, osservando tutto quello che lei dava alla nipote, stava imparando molto sulle relazioni e sulla vita.

«Ne parliamo dopo il convegno», le promise. «E non ti permetterò di chiamarti fuori dal mio invito a cena.»

«Affare fatto.» L'idea di un vero appuntamento la divertiva. Aveva impiegato mesi a capirlo, e in quel momento si chiese perché non ci avessero pensato prima.

Al convegno sui traumi cranici, la presentazione di Whitney fu un successo, meglio ancora di quanto Bailey avesse sperato quando l'aveva invitata a partecipare. Cominciò mostrando una clip di Emma mentre recitava nella serie tv. Scelse una scena estremamente toccante, che commosse tutte le persone in sala. Poi parlò dell'incidente e delle condizioni attuali di Emma. Descrisse le cose che era in grado di fare, quelle che ancora non padroneggiava, comprese abilità semplici come leggere un libro di prima elementare, in confronto ai copioni che precedentemente imparava a memoria senza perdere una battuta. Illustrò le speranze dei medici e le probabilità statistiche di un recupero. Espose i sintomi complicati e conflittuali del trauma encefalico e la vasta gamma di danni possibili. Aggiunse che, sotto molti aspetti, Emma era stata fortunata e aveva recuperato in modo sorprendente le sue funzioni. Ma, specificò, la sua memoria era ancora piena di buchi. Descrisse anche la violenza e l'aggressività tipiche dei traumi al lobo frontale, che aveva sperimentato di persona. Infine, pose una lunga serie di interrogativi ai quali né la psichiatria né la neurologia sapevano ancora dare risposte; il nocciolo era quale aspetto del disturbo andasse curato per primo, e da chi. La sua conclusione era che fosse necessaria una maggiore collaborazione interdisciplinare, oltre a ricerche più approfondite e a protocolli migliori riguardo al trattamento dei pazienti, che tenessero in considerazione tutti i sintomi, non soltanto quelli fisici, perché riteneva fondamentale trattare anche quelli psicologici ed emotivi.

Al termine del suo intervento, espresse le sue speranze per Emma e descrisse i segnali incoraggianti che c'erano stati fino a quel momento. Sottolineò che la ricerca stava facendo notevoli progressi nello studio dei traumi cranici, ma che c'era spazio per ulteriori avanzamenti.

Scese dal palco accompagnata dagli applausi dei medici in sala. Bailey la abbracciò commosso, e persino Amy Clarke sembrò emozionata, quando la strinse a sé.

«Sei stata fantastica. Non avevo dubbi», le sussurrò Bailey quando risalì sul palco per ringraziarla. Subito dopo, durante la pausa per il pranzo, Whitney si unì a lui, Amy e a quattro loro colleghi, che si congratularono per l'intervento.

«Stiamo provando a convincerla a mollare la psichiatria e venire a lavorare con noi, per aiutarci con i pazienti con traumi cranici», disse Amy.

Whitney replicò che ci stava pensando, ma che le piaceva anche il suo lavoro originario, e stava prendendo in considerazione l'ipotesi di svolgerli entrambi; quell'ipotesi avrebbe reso più stimolante la sua professione.

Al termine del convegno, quando tornò a casa, fu felice di vedere Emma, intenta a leggere ad alta voce, in compagnia di Belinda. Erano alle prese con un libretto destinato a bambini di cinque o sei anni, ma lei pronunciava le parole in modo chiaro e aveva recuperato buona parte del linguaggio. Come aveva spiegato durante il convegno, Emma aveva fatto molta strada, e ne aveva altrettanta da fare. Fin dove sarebbe arrivata era tutto da vedere. In alcuni casi si era assistito a un recupero totale, in altri non si era arrivati nemmeno agli obiettivi che aveva raggiunto lei. Era un processo fatto di piccoli passi: oltre a imparare di nuovo a leggere, stava imparando di nuovo a giocare a scacchi, e il suo cervello, come una scacchiera, sembrava recuperare abilità e funzioni una casella dopo l'altra.

Bailey passò a trovare Whitney, quella sera. La sua presentazione era stata il punto focale del convegno e aveva aggiunto umanità agli argomenti trattati.

«Allora, quando si va al bowling?» mormorò abbracciandola.

Non volevano svegliare Emma, che stava dormendo al piano di sopra. La stanza di Brett era sul lato opposto della casa, e la giovane non lasciava la sua camera fino al mattino.

«Che miserabile caduta», scherzò lei. «Dagli yacht alle serate al bowling. Che ne dici di andare al cinema, invece?»

«Non essere così snob, solo perché tua madre era una star del cinema e tua nipote della tv», la canzonò lui.

«Sono soltanto un'umile psichiatra di Beverly Hills», si schermì lei.

In realtà era molto più di quello, e lo stesso valeva per lui: erano dei luminari nei rispettivi settori e tra loro c'era un'attrazione che nessuno dei due poteva più ignorare.

«Che ne dici di un giro in roller-skate a Venice Beach?»

A Whitney sembrò divertente, e annuì.

Lui la strinse più forte e la baciò, poi la guardò negli occhi, con un sorriso. «Non ero mai uscito con la madre di una mia paziente», commentò, con espressione lievemente preoccupata. Tuttavia, non si fermò.

«Sbagli, sono solo la zia», mormorò lei, e si baciarono di nuovo.

Il futuro che si apriva davanti a loro non era poi così male: divertimento nel tempo libero, e magari la possibilità di lavorare insieme a qualche caso interessante.

Bailey si congedò pochi minuti dopo, e Whitney sorrise tra sé pensando di pattinare con lui a Venice Beach. La sua vita era diventata improvvisamente reale. Emma ne era una parte importante, e lo era anche Bailey. Al pensiero delle sue braccia che la circondavano si sentì sciogliere. Finalmente aveva qualcosa da attendere con impazienza. Si sentiva di nuovo una donna, ed era una sensazione che le piaceva.

11

Il percorso verso il recupero continuò a seguire quello schema irregolare che Amy e Bailey avevano previsto. Emma parlava, si faceva capire bene, ma di tanto in tanto le sfuggivano vocaboli familiari. In altri momenti doveva lottare per far uscire ogni singola parola, oppure i pensieri venivano fuori a valanga. La memoria faceva ancora i capricci: ricordava per filo e per segno alcune sequenze di eventi, o parti dei copioni che aveva studiato, poi capitava che si scordasse cosa aveva mangiato a pranzo. Poteva cantare una canzone intera, ma non riusciva a pronunciare le stesse parole senza cantare. Si ricordava delle lezioni di canto, ma negava di avere mai studiato danza, e non credeva alla zia che le diceva che aveva fatto tip-tap, hip-hop e danza classica.

Anche se non ne accennava più, si ricordava della madre che scriveva un messaggio prima dell'impatto, mentre lei la supplicava di smettere. Ma non ricordava altro, dopo quel momento, e a parere di Whitney era una benedizione. Lei e Bailey ipotizzarono che avesse perso conoscenza subito. Aveva in mente mille cose di sua madre, ma nessuna dell'incidente o delle prime settimane in ospedale.

In marzo cominciò un percorso di logopedia, che trovò arduo e stancante. Lo specialista la costringeva a fare uno sforzo per ricordare parole dimenticate.

In aprile, Whitney volle discutere con la nipote della sua carriera, e le chiese cosa volesse fare. Aveva evitato di contattare l'agente, in attesa di conoscere la sua decisione. Dopo che era uscita dalla serie, Emma non aveva più guardato nemmeno un episodio. Aveva sentito la mancanza dei suoi giovanissimi colleghi. Adam Weiss e Virginia Parker lavoravano ancora nella serie, e all'inizio entrambi avevano espresso il desiderio di andare a trovarla in ospedale, ma allora non era stato possibile e alla lunga avevano smesso di chiederlo. Quando scrisse loro, dopo che ebbe ripreso l'uso della parola, non ricevette risposta: erano passati nove mesi dall'incidente, troppi perché le persone continuassero a mostrare interesse. Emma ci era rimasta male, e Whitney aveva provato a spiegarle che erano impegnati con il lavoro. A parte i colleghi, non aveva amici, inoltre non frequentava una scuola normale da tre anni: due li aveva trascorsi lavorando in televisione e quasi uno era ormai passato dall'incidente.

«Si è fatto sentire il tuo agente», la informò la zia.

«Dice che il lavoro c'è, se vuoi. Magari anche in un'altra serie.»

Secondo Bailey, era ancora troppo presto per la bambina ricominciare a recitare: sarebbe stato uno stress, che avrebbe potuto scatenare ulteriori lacune nella memoria e altri sintomi.

«Voglio andare in una scuola normale», rispose lei con un filo di voce, quasi volesse scusarsi per la richiesta. Non voleva sembrare ingrata, di fronte alla notizia che avrebbe potuto riprendere a lavorare come attrice. Per sua madre il fatto di avere un'insegnante sul set avrebbe dato una spinta alla sua carriera, e lei non voleva tradirla, però le mancavano la scuola e la compagnia di altri bambini.

«Ti va di recitare, quando i dottori ti daranno il via libera?» le domandò Whitney, che doveva dare una risposta all'agente.

Emma scosse il capo. «Voglio solo andare a scuola come i bambini normali. Pensi che la mamma si arrabbierebbe molto?» mormorò, preoccupata.

«No, non credo», la rassicurò. «Penso anzi che sarebbe fiera di te. Hai il diritto di fare quello che vuoi, Em.»

La bambina sembrò sollevata. «Voglio diventare dottoressa come te», disse, timidamente.

«Davvero?» fece Whitney, sbalordita. «Perché?»

La sua scelta di studiare Medicina era stata contrastata dai suoi genitori, e Paige aveva sempre sostenuto che fosse strano il fatto che lei facesse la psichiatra. Nessuno, in famiglia, era stato impressionato dalla sua carriera: per loro contava solo lo show business.

«Perché aiuti le persone.»

«Ci sono tanti modi di aiutare le persone. Io ho scelto questo perché mi piace», le spiegò sorridendo.

«Credo che piacerebbe anche a me», dichiarò lei.

Whitney voleva che la nipote scegliesse la strada più giusta per lei, una strada che la entusiasmasse.

«Bailey e Amy pensano che sarai pronta a settembre.»

Quasi quattordici mesi dopo l'incidente, pensò Whitney, riflettendo sul fatto che i progressi erano stati notevoli, e il tempo di recupero ipotizzato dai medici si era abbreviato. Belinda le dava ancora una mano con la lettura due volte alla settimana, e i miglioramenti erano molto lenti. Per la bambina era più faticoso rispetto a quando era stata Paige a insegnarle l'alfabeto, a cinque anni, e lo trovava frustrante. Da quando aveva ricominciato a parlare, Sam non andava più a casa loro, ma lui e Belinda si frequentavano. A Emma piaceva giocare con la lingua dei segni, ogni volta che non le andava di parlare o non voleva che gli altri sapessero cosa diceva a Brett o alla zia.

Whitney parlò con Belinda, che ormai considerava un'amica, della possibilità per Emma di frequentare una scuola normale, e le chiese se a parere suo sarebbe stata pronta, in autunno.

«Credo di sì», rispose lei, cauta. «Ha ancora qualche problema con la memoria e con la lettura. Si stanca in fretta, e prima non succedeva, poteva studiare un copione per ore senza perdere la concentrazione. È molto più difficile per lei, adesso, ma forse a settembre sarà pronta.»

Mancavano cinque mesi, perciò Emma avrebbe avuto tutto il tempo per lavorare sulla lettura e rispolverare la matematica, che sembrava avere dimenticato del tutto.

«A quale classe dovrei iscriverla, secondo te?» domandò, preoccupata.

«Avrà dieci anni compiuti, all'inizio del nuovo anno scolastico. Normalmente, dovrebbe andare in quinta elementare. Un anno fa avrei detto che non c'era nessun problema, adesso la farei partire dalla terza o dalla quarta. E serve una scuola che preveda la presenza di allievi che hanno subìto traumi cranici. Non puoi avere aspettative normali per lei, nemmeno fra cinque mesi.»

Qualche giorno dopo, Whitney cominciò a informarsi sui vari istituti. Fece una ricerca online, poi chiese i dettagli ai responsabili degli uffici ammissioni e perlopiù si sentì rispondere che la scuola non era attrezzata per bambini con simili traumi o con esigenze speciali di tale entità. Alla fine ne trovò tre disposti a incontrarla: se il colloquio avesse avuto esito positivo, avrebbe portato anche Emma per farle sostenere alcuni test, ma nessuno le assicurò l'ammissione. Qualcuno sembrò proporre timidamente di iscriverla in una struttura che offrisse istruzione e anche alloggio, ma Whitney era convinta che Emma fosse in grado di sostenere il carico di lavoro di una scuola normale, se Belinda l'avesse preparata e magari avesse continuato a seguirla privatamente. Bailey le rammentò con delicatezza che Emma avrebbe potuto avere problemi di apprendimento per tutta la vita, indipendentemente da quanto fosse stata brillante in passato.

«Tornerà mai normale?» gli chiese, con un'espressione che esprimeva tutta la sua frustrazione.

«Forse. Ma tante cose cambiano, Whitney. Potrebbe avere difficoltà di linguaggio, o reazioni diverse rispetto a prima.»

Lei aveva già notato che era diventata più seria, ma un cambiamento del genere era normale, visto quello che aveva passato. Bailey le aveva spiegato che un trauma al lobo frontale poteva alterare personalità, memoria e capacità di apprendimento, oltre al quoziente intellettivo, e causare anche problemi psichiatrici. Ancora una volta, Whitney dovette imporsi di non prendersela con la sorella, per quello che aveva provocato. Ma almeno Emma era viva, sentiva, parlava di nuovo e aveva recuperato la memoria, almeno in parte. Infuriarsi con Paige non aveva senso, non avrebbe cambiato nulla. Dovevano guardare al futuro e lasciarsi il passato alle spalle.

Whitney fissò un appuntamento con tre scuole, senza dire niente a Emma, per evitare che avesse una delusione, se dopo avere parlato con lei non avessero ritenuto possibile ammetterla. Due erano istituti privati molto conosciuti, e chi le aveva risposto al telefono aveva assunto un atteggiamento pretenzioso pur acconsentendo a un incontro. Anche il terzo era privato, ma più alternativo e creativo, nonché di dimensioni più ridotte. Whitney era consapevole di dover scegliere in maniera oculata: c'era in gioco la futura vita accademica di sua nipote.

Gli incaricati dei primi due istituti chiarirono che, entro l'inizio delle lezioni in autunno, si aspettavano che Emma fosse abbastanza veloce da mettersi in pari con le materie più importanti, inglese e matematica, anche se in seguito avesse dovuto ricorrere a ripetizioni; tale prospettiva sembrava caricare eccessivamente di pressione la bambina. Il terzo istituto, la Anderson School, era disposto a crearle un programma su misura, in base alla preparazione che avrebbe avuto a settembre, prevedendo livelli diversi per le varie materie. I responsabili trovavano interessante che avesse studiato sul set per i due anni che avevano preceduto l'incidente, ed erano ottimisti riguardo al fatto di aiutarla a recuperare in tutte le materie durante l'anno. Avevano una studentessa simile a Emma, che aveva rischiato di morire di meningite e perso un anno di scuola; era rimasta in coma per tre mesi, a quattordici anni, e anche lei aveva dei vuoti di memoria.

A Whitney parve la scuola ideale, e la sera stessa ne

parlò con Emma. C'erano solo centodieci studenti, e le classi erano molto piccole. I responsabili dell'istituto erano disposti ad accoglierla, e volevano fare una valutazione a maggio o giugno; nel frattempo, suggerivano di lavorare sulla lettura.

«Pensi che possa farcela, zia Whit?» chiese lei, in ansia.

«Credo di sì. Dovrai continuare con la logoterapia, e lavorare con Belinda per migliorare nella lettura e in matematica, ma lei è pronta ad aiutarti.»

«E se pensano che sia stupida?» mormorò con le lacrime agli occhi, consapevole di non essere quella di prima.

«Non succederà. Non sei stupida, sei stata male per quasi un anno. Ti prenderanno in quella scuola, e sono convinta che ce la farai.»

«Forse dovrei continuare a studiare privatamente», osservò la bambina, che cominciava a innervosirsi.

«Sarebbe più divertente stare a scuola con altri bambini, no? Ti sentiresti sola se studiassi a casa», replicò la zia.

Emma annuì. Era per questo che voleva andare a scuola, ma era anche spaventata.

«Provaci, almeno.»

Lei voleva provarci, ma non immaginava come. E, quando si innervosiva, ogni tanto aveva di nuovo problemi a parlare o a ricordare le parole.

«Facciamo qualcosa per alleviare la pressione, d'accordo? Puoi lavorare con Belinda, ma perché non seguiamo qualche corso insieme? Ballo, canto... qualcosa che possiamo fare tutte e due.» A Whitney sembrava un'ottima distrazione, e comprese che anche Emma apprezzò l'idea.

«Per esempio?»

«Non lo so... Nuoto, cucina, ballo...»

Ci teneva che la nipote reimparasse a nuotare prima dell'estate, dato che avevano a disposizione la piscina.

«E tip-tap?» propose Emma. «Ho sempre voluto farlo.»

Lo aveva studiato per diversi anni, ma non se ne ricordava. Il nuoto sarebbe stato più utile, ma poteva farlo comunque.

Le promise che avrebbe cercato un corso di tip-tap, e ne trovò uno presso una scuola lungo la strada per Malibù. Al telefono le parvero gentili, così iscrisse la bambina e se stessa a un corso per principianti. Avrebbero cominciato la settimana successiva: si sarebbero divertite, e sarebbe stato un ottimo esercizio.

Il giorno dell'inizio delle lezioni di tip-tap, Whitney impiegò mezz'ora per fare salire Emma in auto. Era sempre tesa e sull'orlo del panico quando dovevano andare da qualche parte in macchina. Whitney poteva darle un calmante, ma non le parve opportuno prima di una lezione di danza; inoltre, era certa che si sarebbe rilassata, una volta arrivate. Durante il tragitto, la bambina rimase in silenzio; guardandola attraverso lo specchietto retrovisore, Whitney la vide tesa, e si augurò che non le venisse un attacco d'ansia.

Dopo che si furono registrate alla reception, una donna minuta e vivace, in tuta intera e scarpe da tip-tap, aggiunse i loro nomi in fondo a una lista, chiedendo conferma che fossero alla loro prima esperienza. Whitney non ritenne importante specificare che in realtà Emma non lo era. Andarono nello spogliatoio a cambiarsi, e l'insegnante diede loro delle scarpe in prestito, in modo che potessero iniziare finché non le avessero comprate.

Il gruppo era formato da quattro donne e due adolescenti; l'insegnante mise la musica e fece una breve dimostrazione, poi mostrò a ciascuna un passo semplice. Emma già ridacchiava, mentre sua zia tentava di ricordare i movimenti. A turno, dovevano mostrare all'insegnante cos'erano in grado di fare. Whitney si sentì ridicola mentre provava, ma alla fine ci riuscì. Quando venne il turno di Emma, si girò con eleganza, poi si arrestò di colpo e si lanciò in un numero degno di Fred Astaire. L'insegnante la fissò e lei spiccò il volo, fece una piroetta e atterrò su entrambi i piedi con una precisione perfetta. L'espressione sbigottita dell'insegnante fu comica.

«Non avevi mai seguito alcun corso, hai detto?» le chiese.

Emma sembrò confusa per un istante. «Io non me lo ricordo, ma adesso che sono qui mi viene da pensare che probabilmente l'ho fatto.» Guardò la zia con un sorriso un po' timido, e Whitney dovette fare uno sforzo per non ridere. La bambina non se ne ricordava, ma il suo corpo e i suoi piedi di sicuro sì. L'insegnante le suggerì di passare a un corso avanzato, la volta successiva.

«Secondo me ha pensato che le stessi mentendo», osservò Emma, più rilassata mentre tornavano all'auto, dopo la lezione. «Credo che la mamma mi avesse fatto studiare tip-tap», aggiunse, facendo ancora uno sforzo per ricordare.

«Sì, anche hip-hop, danza moderna e classica», le rivelò Whitney.

«Mi faceva fare tutti quei corsi?» domandò stupita. «Ed ero brava?»

«Probabilmente più o meno come sei stata oggi. Sei una professionista, Em.»

A quelle parole, la bambina rise. «E come mai non me lo ricordo?»

«Un giorno te ne ricorderai», la riassicurò. «Ti tornerà tutto in mente, vedrai.»

«Forse farò anche danza classica», disse la bambina, pensierosa, mentre si allacciava la cintura.

Whitney mise in moto e tornarono a Beverly Hills, chiacchierando e ripensando con divertimento allo stupore dell'insegnante davanti all'esibizione di Emma.

«Vorrei che fosse così facile anche tutto il resto», sospirò la bambina. «Sono una frana in matematica, e leggere mi risulta difficile. Belinda dice che mi bastava leggere le battute una volta per impararle a memoria.»

«Probabilmente ci riuscirai di nuovo.»

Emma annuì e tenne lo sguardo rivolto all'oceano Pacifico, fuori dal finestrino. La sua mente era a un milione di chilometri da lì, e Whitney si chiese se stesse pensando alla madre. Quando raggiunsero casa, la bambina dormiva. Si era divertita a lezione di danza, ma si stancava ancora molto facilmente. Mangiò poco e andò a letto subito dopo cena, sfinita.

Bailey passò a trovarla: adorava trascorrere del tempo con lei, dopo il lavoro. Whitney gli preparò qualcosa per cena, si sedettero al tavolo della cucina e chiacchierarono a lungo.

Terminato di mangiare, lui la baciò, poi le chiese cosa aveva fatto durante la giornata.

Lei gli raccontò della lezione di tip-tap, e Bailey rise.

«La turba il fatto di non ricordare le cose», disse Whitney.

Quando la memoria fosse tornata, sarebbe stato un trauma, perché sarebbero tornati a galla anche i dettagli dell'incidente.

«Ha fatto molta strada», commentò Bailey, «e può darsi che parte dei ricordi non li recuperi mai.»

«Dice che non vuole tornare a recitare e vuole diventare medico, come noi.»

«Ci sono giorni in cui preferirei fare l'attore», la prese in giro lui.

«Anch'io!» esclamò lei ridendo. Aveva ricominciato a ricevere tutti i suoi pazienti, ma lavorava solo quattro giorni alla settimana per avere più tempo per stare con Emma.

«Hai pensato alla prossima estate?» le domandò. Aveva intenzione di prendere un periodo di ferie e trascorrerlo con lei.

Whitney, concentrata com'era su Emma e sul suo recupero, non faceva programmi a lungo termine. «Sto pensando di affittare una casa a Tahoe», gli rispose. «Potrebbe essere divertente.»

Stavano passando sempre più tempo insieme, durante i weekend e la sera, e con Emma Bailey era meraviglioso.

«Posso venire a trovarvi?» le chiese, in tono cauto.

«Credo si possa fare», lo prese in giro lei, con un sorriso.

«Quindi niente vacanza in Italia, quest'anno?» domandò, augurandosi che la risposta fosse un no.

«Non voglio andare così lontano con Emma, nel caso avesse qualche problema», gli rispose, seria. «Tahoe è già abbastanza distante.»

«Dovrebbe essere abbastanza in forma per un viaggio fino al lago», le disse. Poi la strinse delicatamente a sé e la baciò. Voleva trascorrere più tempo con lei, ma provava imbarazzo con Emma sempre presente; d'altra parte, Whitney non se la sentiva di lasciarla sola, benché anche lei fosse impaziente di stare più tempo con lui.

«Ora capisco perché mia sorella non aveva una vita

sentimentale. Come fanno le persone che hanno figli?» chiese.

Bailey rise. «Per questo non ne ho fatti.»

Si stavano baciando come due adolescenti. Whitney avrebbe tanto voluto farlo salire in camera sua, ma non osava, temendo che Emma potesse svegliarsi o fare un brutto sogno, con il rischio che lo trovasse nella sua stanza. Anche se, in realtà, da quando aveva ricominciato a parlare tutto era diventato più facile: gli incubi erano scomparsi e lei non aveva più manifestato comportamenti aggressivi.

Bailey se ne andò intorno alle undici, lei lo accompagnò fuori e si fermarono a lungo a baciarsi.

«Magari dovrei passare nel tuo studio tra un paziente e l'altro», scherzò lui.

«Troveremo un modo, uno di questi giorni», mormorò lei. Lo salutò con la mano mentre lo guardava allontanarsi, poi rientrò, chiuse la porta a chiave e spense le luci. Si fermò sulla soglia della camera di Emma, per osservarla: aveva un'espressione dolce e serena.

Andò in camera sua, il pensiero di nuovo a Bailey. Era molto attratta da lui, ma allo stesso tempo era spaventata. Voleva qualcosa di più di una relazione senza impegno, e, di tanto in tanto, i suoi vecchi demoni tornavano a ossessionarla. Adorava l'idea di trascorrere del tempo con quell'uomo, di giorno e di notte, ma non avrebbe permesso a nessuno di controllare la sua vita e intromettersi nelle sue scelte. Se avesse aperto il suo cuore a

Bailey, non poteva sapere cosa avrebbe voluto lui. Era determinata a non farsi controllare da nessun uomo, come invece sua madre aveva lasciato fare al marito. Per il momento non correva rischi, ma se si fosse fatta coinvolgere le cose avrebbero potuto cambiare. Forse, concedersi di innamorarsi avrebbe rovinato tutto. Il dottore le piaceva, ma temeva di mettersi in una condizione di pericolo. Era più coraggiosa nei confronti di Emma, che in quelli di Bailey. Per certi versi, avere la nipote sempre con sé era una sorta di protezione, per lei.

12

Un po' alla volta, Whitney stava tentando di far fare a Emma tutte le normali cose quotidiane. Andavano, per esempio, a fare la spesa, in lavanderia, in ferramenta, in farmacia. Si faceva aiutare a mettere i piatti in lavastoviglie, le insegnò a rifarsi il letto, facevano il bucato insieme. La vita con sua madre era stata piena di attività che ruotavano attorno al lavoro in televisione. Sempre di corsa per andare dal coach di teatro, a lezione di canto, ai provini per uno spot o per il musical di New York. Ma, se Emma voleva un'esistenza più ordinaria, lontana dallo show business, Whitney riteneva opportuno che si abituasse prima di cominciare ad andare a scuola, in autunno.

Un sabato pomeriggio andarono al supermercato. Non amava portarla in luoghi del genere, per il rischio che si perdesse, perciò la tenne sempre sott'occhio. Erano nella corsia dei cereali per prendere qualcosa per la colazione, e lei stava provando a convincerla a scegliere uno dei marchi più sani. Emma le stava dicendo che la madre le permetteva di mangiare quelli che voleva, anche un tipo al cioccolato.

«Ne dubito fortemente», replicò la zia, ed Emma ridacchiò rivolgendole uno sguardo colpevole. Stava spingendo il carrello in cui avevano già messo latticini e verdura fresca, quando una donna alle loro spalle la urtò accidentalmente. Quando vide in faccia la bambina, ebbe un sussulto.

«Oddio, sei tu! Non ci posso credere», esclamò. Aveva il viso a un palmo da quello di Emma. «Ho guardato la serie ogni settimana, finché ci sei stata tu, e ho pianto per sette giorni di fila quando sei morta.» Parlava a raffica, ed Emma si spaventò. Whitney avrebbe voluto portarla via immediatamente, ma il carrello della sconosciuta bloccava loro il passaggio.

«Non sono morta, ero in coma», replicò Emma, facendo confusione tra la serie tv e la vita reale.

«No, sei morta, hanno detto così», insisté l'altra. «Mi si è spezzato il cuore quando ti hanno fatto fuori», disse, fissandola con espressione intensa. Poi fece segno a tre amiche poco distanti, con i carrelli pieni di detersivi e carta igienica. Whitney capì che la nipote si stava facendo prendere dal panico, ma ormai le altre tre donne stavano venendo verso di loro, escludendo qualunque via di fuga, a meno che avessero abbandonato gli acquisti.

«Ma ci credete?» si era messa a strillare la sua fan. «È Emma Watts!»

Due delle amiche si avvicinarono ancora di più, e una le piazzò il cellulare davanti al viso e scattò una foto.

«Grazie tante», esclamò Whitney, scostando un carrello e tentando di portare via Emma, ma la bambina rimase immobile, terrorizzata. Intanto tutte e tre scattavano foto e tentavano di fare selfie.

«Ti avevamo lasciato un palloncino in ospedale», stava dicendo una di loro. «Ed eravamo in pena per la tua mamma, che cosa terribile. Quando parteciperai a qualche altra serie?»

Parlavano tutte insieme, e a un certo punto una si spostò per parlare al cellulare; Whitney voleva soltanto trascinare la nipote fuori dal supermercato prima che quelle scalmanate la divorassero. Era la prima volta che succedeva una cosa del genere, e le ricordò episodi simili accaduti quando lei era bambina e veniva inseguita dai paparazzi. Era una cosa che l'aveva sempre spaventata terribilmente, mentre a Paige non era mai dispiaciuto. Lo trovava divertente, persino eccitante. Whitney invece si portava ancora dietro il terrore delle folle, pertanto era determinata a proteggere Emma dalle fan. La prese per un braccio e la portò via in fretta, in modo da finire la spesa e mettersi in fila alla cassa.

«Mi dispiace», mormorò rivolta a Emma, che era pallida e tremante.

«Va tutto bene», replicò lei, sottovoce. «Succedeva di continuo. Per la mamma era una cosa positiva, significava che i fan amavano il mio personaggio.» Poi la guardò con gli occhi colmi di tristezza. «Hanno detto che sono morta, quando mi hanno licenziata?» La notizia sembrava averla turbata, e Whitney non voleva ammettere che ne era al corrente.

«Non lo so, non ho più guardato la serie, senza di te. Probabilmente sono stati costretti a prevedere qualcosa di drammatico», le rispose con calma, sperando che la cassiera si desse una mossa.

Fu un sollievo pagare e uscire finalmente nel parcheggio. Appena ebbero varcato la porta, però, un fotografo fu addosso a Emma, e Whitney si rese conto che le tre donne dovevano avere avvisato il giornale, che aveva mandato uno dei paparazzi che giravano per Los Angeles stalkerando attori, attrici e chiunque fosse così affamato di pubblicità da posare per loro. Riconobbe subito Emma e cominciò a scattarle primi piani da distanza ravvicinata, mentre la bambina si voltava e provava a evitarlo.

«Dai, un bel sorriso per i tuoi fan. Vedo già il titolo: 'Che fine ha fatto Emma Watts?' I tuoi ammiratori lo adoreranno... Dove sei stata, tesoro?»

La concitazione aveva attirato l'attenzione, e una piccola folla si stava radunando attorno a loro; Whitney aprì la portiera e fece salire la bambina, poi provò a bloccare il fotografo con il carrello.

«La lasci in pace!» gli urlò, mentre lui continuava a scattare foto attraverso i finestrini posteriori. Fotografò anche lei che gridava.

«Lei chi è?» le chiese, il viso a un palmo dal suo.

Whitney lo spinse via, mise le borse in auto, chiuse le portiere e si sedette al volante. Erano state circondate da una decina di fan, e aveva paura di investire qualcuno. Inserì la marcia e lentamente si mosse, e le persone si spostarono per lasciarla passare. A quel punto, partì come un razzo per uscire dal parcheggio.

Si voltò a guardare Emma e vide che stava piangendo.

«Sembravano impazziti», disse, la voce rauca. «Perché fanno così?»

«Perché sei una star, tesoro, e perché non hanno niente di meglio da fare.»

Quando arrivarono a casa, aprì il portone del garage con il telecomando e portò la spesa in cucina attraverso una porta interna, nel caso le avessero seguite, ma sembrava tutto tranquillo. Chiuse entrambe le serrature della porta d'ingresso, poi abbracciò Emma e la tenne stretta finché smise di tremare. «Va tutto bene, piccola, è finita.»

Il giorno seguente telefonò Brett, che aveva appena visto i servizi sui tabloid in un negozio. Ne acquistò uno, perché lo vedessero anche loro. In copertina c'era Emma, con il titolo: «La giovanissima attrice con il cuore infranto si nasconde ancora, mentre piange la madre». L'articolo parlava dell'incidente, della morte di Paige e del fatto che Emma avesse lasciato la serie per riprendersi dal trauma. Scrivevano che era stata sulla sedia rotelle, negli ultimi nove mesi, e che stava imparando di nuovo a camminare. Era una bugia... ma evidentemente non importava, dato che la storia era buona.

«Perché non hanno scritto semplicemente che a causa del trauma cranico adesso sono stupida?» domandò, turbata da quanto aveva letto.

«Non sei stupida!» esclamò Whitney, indignata. «Sei una delle persone più intelligenti che conosca, e ti stai riprendendo.»

«Sì invece, sono stupida», ribadì lei, scoppiando in lacrime. «Non mi ricordo le cose, non sono più capace di giocare a scacchi, e leggo come una bambina di cinque anni: non riuscirò mai a entrare in una scuola normale. E poi non mi farebbero entrare in ogni caso, con i paparazzi alle calcagna.»

Whitney sperava che quell'eventualità non si verificasse. Le rammentava quella che era stata la vita passata della nipote, quando Paige aveva coltivato l'interesse da parte dei tabloid.

Quando Emma salì in camera a guardare un film, lei si sedette in cucina a bere un caffè con Brett.

Qualche minuto più tardi telefonò Belinda, che aveva visto il servizio e voleva sapere se Emma stesse bene.

Whitney le raccontò cos'era successo al supermercato e quanto fosse stato sgradevole.

«Non vedono il suo viso da tanto tempo, quindi non c'è da sorprendersi se vogliono fotografarla a tutti i costi», commentò Belinda, ragionevole. Poiché lavorava sul set, era abituata a tabloid e paparazzi.

«Dovrò stare più attenta, quando usciamo», sospirò Whitney.

Quando chiusero la telefonata, gettò il giornale nel cestino, consolandosi al pensiero che non le avevano seguite e non sapevano dove abitassero.

Più tardi, Emma scese e la guardò con occhi colmi di tristezza. «Posso chiederti una cosa, zia Whit?»

«Certo. Di cosa si tratta?»

«Posso restare a vivere con te per sempre?»

Whitney la strinse a sé, profondamente commossa.

«Sì che puoi. Per sempre. Dove pensavi che saresti andata?»

«Non lo so. La mamma diceva sempre che tu non volevi figli, e ho pensato che un giorno o l'altro ti saresti stancata di avermi qui.» Terminò la frase con un filo di voce.

«Puoi rimanere con me finché vuoi», la rassicurò la zia. «Sarei tristissima se tu andassi via.»

«Anche se i paparazzi mi seguono ovunque? So che tu li odi.»

«Sì, anche in quel caso. Succedeva a tua nonna, quando ero bambina, e non mi piaceva nemmeno allora. Sono troppo invadenti.»

Emma annuì, benché lei ci avesse fatto l'abitudine.

Quella sera Brett uscì, ed Emma e la zia cucinarono insieme.

Dopo cena, Whitney chiamò Bailey e gli raccontò il fastidioso episodio con la stampa.

«Giornalisti da strapazzo», commentò lui, disgustato, e le chiese se Emma stesse bene.

Whitney gli rispose di sì, però l'assalto dei paparazzi l'aveva sconvolta, Quella notte, nel sonno, la piccola chiamò urlando la madre, poi si svegliò e pianse tra le braccia della zia fino a riaddormentarsi.

Il giorno seguente, Brett stupì Emma con dei nuovi film e altri progetti, e la bambina si tranquillizzò. Whitney uscì per andare in studio e, appena arrivata, ricevette una telefonata di Amy, che aveva una paziente da farle visitare; era un'altra ragazzina che soffriva di encefalite, un'infiammazione del cervello, e manifestava comportamenti psicotici. Amy voleva avere il suo parere, per capire se tali comportamenti fossero dovuti soltanto alla malattia, oppure se la paziente fosse psicotica o soffrisse di un disturbo della personalità borderline; eventualità, queste ultime, che nulla avevano a che fare con l'infiammazione.

«L'intera famiglia mi sembra disturbata», commentò Amy, «e comincio a credere che l'encefalite sia una pura coincidenza.»

«Dov'è la ragazza?» domandò Whitney, interessata.

«Al Cedars.»

«Ci vado in pausa pranzo e ti richiamo dopo averla incontrata.»

«Ho sentito che i paparazzi vi hanno inseguite, nel weekend. Come sta Emma?»

«Sta bene, ma l'episodio ci ha scosso entrambe. Lei è più brava di me a sopportare cose del genere, io non ci sono più abituata.»

«Li odio quelli», dichiarò Amy, comprensiva.

Appena ebbe riattaccato, Whitney fece entrare il primo paziente della giornata, poi in pausa pranzo andò al Cedars-Sinai per incontrare la paziente di Amy. Il resto della giornata volò, e al rientro a casa trovò Emma di ottimo umore, con Brett. Era stata una giornata lunga, ma positiva. Il caso di Amy si era rivelato interessante, e concordava con lei riguardo all'ipotesi che l'intera famiglia fosse disfunzionale, e la ragazza avesse problemi più profondi della semplice encefalite.

«Con cosa ho a che fare?» chiese Amy, quando Whitney la richiamò. Aveva la netta sensazione che la diagnosi fosse psichiatrica più che neurologica.

«Credo che la madre della ragazza soffra della sindrome di Münchausen per procura», rispose Whitney.

«Ricordami di cosa si tratta.»

«La madre trova dei sistemi per fare ammalare i figli, o per far sì che sembrino malati, in modo da ricevere attenzioni e compassione. Avevo un caso simile l'anno scorso: ho impiegato un mese per capirlo. La donna sembrava la madre dell'anno, poi mi sono resa conto che faceva stare male i figli per essere considerata l'eroina che se ne prende cura. Credo che tu abbia a che fare con una situazione del genere. Ti mando una relazione più tardi.»

«Cosa posso fare per fermare tutto questo?»

«Non è una cosa facile da fermare, tanto meno da curare. I figli vanno allontanati. Che tipo è il padre della ragazza?»

«Il signor Milquetoast non mette in discussione nulla di quello che dice la moglie. Credo sia intimorito», rispose Amy. «Mi stai dicendo che la mia paziente non ha nulla, che sta fingendo?» domandò stupita.

«No, è davvero malata, ma probabilmente non quanto sembra: la madre interferisce con tutto quello che tu fai, in modo che la ragazza continui a stare male e lei possa vestire i panni di Supermamma», spiegò. «Detesto quelli che fanno del male ai figli. Quella donna andrebbe tenuta d'occhio. Posso farlo io, se vuoi. Come procede la terapia della ragazza?»

«Non bene, per questo motivo volevo il tuo parere.»

«La madre ha impressionato le infermiere, ma con me non attacca», commentò Whitney.

«Già, nemmeno con me. Avevo intuito che qualcosa non andava, ma non capivo cosa. Magari metterò la giovane in quarantena, in modo da tenere lontana la madre per qualche giorno e vedere se lei migliora.»

«Ottima idea», la incoraggiò. Poi chiacchierarono per qualche minuto di Emma e Whitney le disse: «Si lascia scoraggiare dal fatto di non avere recuperato del tutto la memoria. Continua a darsi della stupida».

«È la bambina più intelligente che abbia mai conosciuto», replicò la neurologa.

«Vuole frequentare una scuola normale, a settembre», le confidò Whitney, «e teme di non essere ammessa.»

«Sono sicura che la ammetteranno. E la sua memoria

sarà migliorata, per allora», la rassicurò Amy, affettuosa. «Sta ricordando qualcos'altro dell'incidente?»

«Non ancora, ma spero che accada. Dopo, si apriranno tutte le altre porte.»

«Sta facendo progressi: nove mesi non sono niente quando si ha a che fare con un trauma cranico», le disse Amy.

«Anche i casi di cui mi occupo io richiedono più tempo, di solito. La mente umana è imprevedibile, come il cervello. Preferirei di gran lunga una frattura alla gamba.»

Amy rise. «Ci annoieremmo a morte tutte e due, se ci occupassimo di quello, no? Mi piace il mio lavoro, anche se il processo di guarigione richiede tanto tempo. È una sfida costante.»

Come Bailey, Amy aveva trovato molto interessante lavorare con Emma, ed era contenta del rapporto che avevano instaurato. Sapeva che tra il suo collega e Whitney stava nascendo qualcosa, ma non volle indagare: erano entrambi riservati riguardo alla vita privata, persino con lei. Eppure non aveva dubbi, perché da mesi vedeva Bailey felice e positivo.

Whitney fu impegnata per tutto il giorno, poi trascorse una serata tranquilla con la nipote. Brett e la bambina avevano fatto una lunga passeggiata nel quartiere. La lettura stava migliorando, anche se lentamente, e Whitney era ottimista. Stava pensando a questo, a letto, quando squillò il telefono. Rimase esterrefatta sentendo la voce di Chad. Non riusciva a immaginare per quale ragione la cercasse dopo tanto tempo. Non era rimasto nulla in sospeso, tra loro. Forse era a Los Angeles e voleva vederla, ma a lei non andava affatto: non avevano più nulla da dirsi.

«Ho pensato di chiamare per sapere come stai», le disse, in tono disinvolto.

Le parve una cosa assurda, dal momento che non si era mai interessato nei nove mesi trascorsi dall'incidente. «Emma si sta riprendendo, lentamente. È stato faticoso, ma ha ricominciato a parlare e continua a migliorare.»

«Mi fa piacere sentirlo. Ero preoccupato per te.»

«Sul serio?» domandò, fredda.

«Ti sei fatta carico di tutto. Non sarà stata una passeggiata, per te.»

«No, non lo è stata», rispose, sincera. Non gli avrebbe permesso di cavarsela così facilmente, o di togliersi un peso dalla coscienza. Dopo cinque anni insieme, meritava di meglio.

«Ho riflettuto su quello che mi hai detto quando sono venuto a Los Angeles: che l'amore è caos. Avevi ragione. Mia nuora ha la sclerosi multipla, e una delle mie figlie è in riabilitazione da sei mesi. Non mi sarei mai aspettato nulla del genere. Inoltre, la mia ex moglie si è ammalata di cancro al seno, e sta facendo cicli di chemioterapia da quattro mesi. Suppongo che talvolta la vita di una famiglia si complichi. I miei figli sono molto preoccupati per la madre.»

Whitney sapeva che i suoi rapporti con l'ex moglie erano tesi, quindi non doveva avere accettato di buon grado di aiutarla, o anche solo di mostrarle comprensione.

«Mi dispiace, per tutto. Non è stato un anno facile per te, mi sembra di capire», gli disse, gentile. Tuttavia, non comprendeva ancora il motivo di quella telefonata.

«Già. Quando i figli hanno l'età dei miei, non ti aspetti di avere problemi del genere. Che prospettive ci sono per tua nipote?»

«Il quadro è migliore rispetto a quando ci siamo visti l'ultima volta. Spero in un recupero totale, ma potrebbe volerci un po' di tempo. A settembre comincerà la scuola. Ha rinunciato alla carriera di attrice, per ora: ha bisogno di vivere come una bambina normale, cosa che non ha mai fatto.»

«Vive con te?»

«Sì», rispose, senza sentire il bisogno di giustificarsi. «All'inizio è stata dura, ma ormai si è quasi del tutto ripresa.»

«Hai avuto un anno migliore del mio, pare. Sarai pronta a prenderti una pausa.»

«Direi di no», lo contraddì, in tono pacato. «Sto seguendo dei pazienti di neurologia e riprenderò a lavorare a tempo pieno quando Emma comincerà la scuola, quindi avrò parecchio da fare. Al momento lavoro quattro giorni alla settimana.»

«Hai programmi per l'estate?» le chiese.

Il suo tono tradì una certa speranza, che le strappò un sorriso amaro. Chad aveva passato un inverno difficile, come lei, e all'improvviso la voleva accanto sul suo yacht per non annoiarsi. Era sicura che quella sarebbe stata la sua proposta.

«Sto pensando di affittare una casa sul lago Tahoe. A Emma farà bene», disse, con noncuranza. Le loro vite seguivano strade diverse, ormai, ed era stato lui a decidere che fosse così, mesi prima.

«Potrebbe interessarti qualche settimana in barca in Italia? Sarebbe molto più divertente di Tahoe. L'anno scorso ti sei persa tutta la vacanza.»

«È vero, e credo che me la perderò anche quest'anno», dichiarò, impassibile.

«Non devi farlo, Whitney. Sarei felicissimo di averti con me. Possiamo girare il Sud della Francia, soggiornare all'*Hotel du Cap* per qualche giorno, poi fare rotta per l'Italia.»

«Sembra fantastico, Chad, ma non credo proprio che sia possibile. Non ti sei fatto sentire per otto mesi, e io non salto sulla barca di un uomo che non mi chiama, che se ne va in giro per i fatti suoi e poi mi dice arrivederci fino all'anno successivo. Potrà sembrarti strano, ma a me non sta più bene. A quanto pare mi piace l'idea di avere qualcuno accanto anche nei momenti caotici della mia vita.»

«Capisco cosa vuoi dire, Whit. Ho scoperto di volere

lo stesso anch'io, durante quest'ultimo anno. Credo di essere stato un po' duro con te, per la vicenda di tua nipote. Non riuscivo a concepire che ti facessi carico di una bambina con dei danni al cervello in questa fase della tua vita. Ma se sta migliorando sono felice per te. Ho pensato semplicemente che sarebbe bello trascorrere del tempo insieme, in ricordo dei vecchi tempi. Ci siamo sempre divertiti parecchio, godendo della reciproca compagnia.»

«Sì, ho passato bellissimi momenti con te, Chad, sullo yacht e anche altrove. Ma non sono una patita delle romantiche rievocazioni del passato. La mia vita è più reale e concreta, o almeno voglio che lo sia. Preferisco stare a Tahoe con la mia nipotina con il suo trauma cranico, che navigare per il Mediterraneo su una barca di lusso con un uomo che vuole risparmiarsi il fastidio di esserci, per me, quando le cose diventano difficili. Spero che tu ti diverta, Chad. Sono certa che troverai una donna che sarà felicissima di stare con te: hai uno yacht fantastico, e sei una persona divertente. La mia vita è molto diversa, adesso.»

«Non fare così, Whitney.» Sembrò infastidito dalle sue parole, e anche scioccato. Lei era sempre stata indipendente, ma capì di averla ferita con la sua decisione di qualche mese prima, e se ne pentì. «Non mi ci vedevo nella situazione di stare accanto a te alle prese con una bambina che non è neppure tua figlia. Non ne vedevo lo scopo.»

«Messaggio ricevuto, forte e chiaro. Quella bambina è mia nipote, e ha soltanto me. È una motivazione valida, per quanto mi riguarda. Passa una splendida vacanza. E grazie di avere pensato a me. Faccio tanti auguri a tua nuora e a tua figlia, e naturalmente alla tua ex moglie. Il caos a cui mi riferivo era questo, a volte ci riguarda da vicino. Abbi cura di te, Chad.»

Lui era un egoista, lo era sempre stato. Era presente finché le cose andavano bene, e manteneva le distanze per non farsi coinvolgere troppo. Ma a un tratto si era reso conto di avere commesso un errore, di essere stato estremamente crudele in settembre, durante il loro ultimo incontro. Ed era evidente che lei non avesse alcuna intenzione di concedergli un'altra possibilità. Chad si chiese se ci fosse un altro uomo nella sua vita, e capì che probabilmente non l'avrebbe più rivista. Whitney lo conosceva troppo bene, e sapeva che per se stessa voleva più di quello che lui poteva darle.

Dal canto suo, Whitney si sentì sollevata. Gli ultimi nove mesi erano stati i più duri della sua vita, ma lei ed Emma li avevano superati e avrebbero percorso la strada che ancora avevano da fare senza l'aiuto di Chad. Non aveva idea di quello che sarebbe successo con Bailey, ma preferiva essere sola con Emma, piuttosto che passare tre settimane in barca con un uomo a cui non importava realmente di lei.

Dopo quella telefonata, ebbe la sensazione di poter conquistare il mondo. In passato aveva avuto paura di amare e di avere dei figli. Da quando aveva Emma, quel timore non c'era più. Qualunque cosa fosse accaduta, sapeva di poterla affrontare. Tutto era possibile, con Bailey, con Emma o da sola, ma non certo con Chad. Tutto quello che desiderava era una persona autentica e sensibile. Del resto poteva benissimo occuparsi da sola.

13

A MAGGIO, la Anderson School si mise in contatto con Whitney per verificare le condizioni di Emma. Chiesero che la bambina si presentasse per sottoporla ad alcuni test utili a capire in quale classe inserirla. Emma era terrorizzata all'idea che non l'accettassero, e si bloccava ogni volta che Belinda le proponeva qualcosa per prepararla agli esami. La sua mente si svuotava, l'udito peggiorava di nuovo, la vista si offuscava, le parole uscivano a fatica e stentate, tanto da essere poco comprensibili. A volte ricordava solo il linguaggio dei segni. Era come se il suo cervello non reggesse alla pressione, e l'ansia la mandasse in tilt.

Whitney ne parlò con Amy e Bailey, che le dissero che era una cosa normale. Emma non era più capace di sopportare lo stress. In una giornata buona era presente e ragionava bene; in una meno buona, tutto quello che aveva appreso evaporava come nebbia, e doveva ricominciare da capo. Apparentemente, non riusciva a mantenere i progressi fatti, tranne quando non era fondamentale che lo facesse. Si era ricordata tutti i trucchi degli scacchi, e a Scarabeo – che usavano per l'ortografia – batteva Belinda, ma quando era spaventata perdeva la capacità di parlare e il vocabolario, e non sapeva più fare neanche la più semplice delle addizioni.

«Come posso riuscire a farla ammettere in una scuola se dimentica la lingua nell'istante in cui si sente sotto pressione?» domandò a entrambi, preoccupata.

«Forse non ci riuscirai ora, dovrai aspettare un altro anno, oppure potrebbero farle sostenere un esame orale, nella lingua dei segni», ipotizzò Amy. «Non è scritto da nessuna parte che debba ricominciare a studiare in autunno. Devi essere elastica, Whitney. È già un progresso notevole che abbia imparato di nuovo a parlare, che abbia recuperato l'udito e che la vista sia tornata nitida. Forse dovrai abbandonare il concetto di istruzione tradizionale, per tua nipote. Ma alla fine questo non conta, sei d'accordo? Ha recuperato quasi completamente le funzioni, tuttavia potrebbe avere dei buchi nella memoria per sempre, troppi perché sia in grado di frequentare una scuola.»

Amy era più disposta di lei ad accantonare il tema dell'istruzione, e a ritenersi soddisfatta dei progressi ottenuti. Whitney capiva che, dal punto di vista medico, Amy pensava che Emma non sarebbe mai arrivata a tanto, e nemmeno lo riteneva importante. Lei invece voleva di più, per la nipote. Non la stava spingendo a fare l'attrice, non le interessava che vincesse un Oscar o un Emmy, ma voleva che avesse le stesse opportunità degli altri bambini a livello di conoscenza e istruzione, che un giorno potesse avere un lavoro e diventare parte attiva della società. E, affinché ciò fosse possibile, doveva andare a scuola. Era una chance che voleva darle, come dono dopo l'incidente. I soldi non erano un problema, Emma avrebbe avuto i mezzi per pagare qualcuno che si prendesse cura di lei per tutta la sua esistenza, se non fosse stata in grado di farlo da sola. La neurologa era più incline a celebrare le piccole vittorie, senza premere per quelle maggiori. Whitney, dal canto suo, continuava a dire a Emma che tutto era possibile, e ci credeva.

Tornò alla Anderson School per un colloquio e suggerì che qualcuno andasse da loro per incontrare Emma. Era una procedura insolita ma, quando ebbe descritto la natura del trauma e i progressi che la bambina aveva fatto in meno di un anno, loro accettarono. Il suggerimento era in linea con la filosofia dell'istituto, ossia che i bambini con ogni genere di problemi e limiti avessero diritto all'istruzione. Avevano un alunno con paralisi cerebrale, uno con una grave forma di epilessia e due che stavano facendo chemioterapia, oltre ad altri con disturbi dell'apprendimento di varia natura. Una delle loro allieve migliori era stata ammessa come autistica; dopo nove anni in quella scuola i sintomi erano totalmente scomparsi, e la ragazza aveva superato gli esami con ottimi voti. Whitney desiderava che Emma diventasse una delle loro storie di successo, e il coinvolgimento con cui parlò della nipote li convinse a incontrarla.

La direttrice della scuola, Nora Stratton, acconsentì a trascorrere una mattina con Emma, a casa sua, per farsi un'idea di come reagisse il suo cervello in un territorio conosciuto. Dopo la descrizione della perdita di linguaggio e udito e dei problemi alla vista insorti successivamente al coma, la donna si aspettava di riscontrare ancora tracce di gravi limitazioni.

Invece, Emma era in una delle sue giornate migliori quando la direttrice andò a farle visita. Seria e tranquilla, le parlò in modo intelligente e maturo dell'esperienza vissuta partecipando per due anni a una serie televisiva di successo, della pressione cui erano sottoposti tutti gli attori, adulti e bambini. Descrisse le sensazioni che provava a non frequentare una scuola normale, e di quanto quella situazione l'avesse fatta sentire sola in alcuni momenti, ma disse anche che le aveva offerto l'opportunità di interagire con gli adulti. Raccontò delle aspirazioni di sua madre per lei, e del suo sforzo di soddisfarle prendendo la nonna come modello.

Fece un racconto molto intenso di quello che ricordava dell'incidente e dello choc di avere perso la mamma, e mostrò alla direttrice una poesia che aveva dedicato all'accaduto. Poi si misero a giocare a scacchi, e la stracciò. Infine le chiese se volesse guardare dei cartoni animati con lei. Alternava momenti in cui si comportava com'era normale per la sua età, ad altri in cui aveva la profondità di una persona che aveva sofferto, ad altri ancora in cui dimostrava cinque anni. Le confidò anche il desiderio di fare il medico, da grande, per aiutare persone che come lei avevano avuto un trauma cranico. Dichiarò di considerarsi molto fortunata, anche se non aveva più la mamma, perché riusciva di nuovo a parlare, a camminare, a seguire lezioni. Whitney andava e veniva, in modo che Emma sapesse che era presente, ma per la maggior parte del tempo rimase in cucina, bevendo nervosamente caffè con Belinda e Brett. Quando passarono agli scacchi, notò che la direttrice era sbalordita dalle capacità della bambina, e ne fu soddisfatta. Emma ammise che certi giorni non ricordava il proprio cognome e aveva difficoltà a farne lo spelling: il fatto che avesse due «t» le sembrava sciocco e non necessario, mentre trovava naturale che ci fossero due «m» nel nome, e la matematica che faceva con l'insegnante privata le stava dando molti problemi, ma in quella materia non era brava nemmeno prima dell'incidente.

«Congratulazioni, dottoressa Watts», disse Nora Stratton a Whitney, dopo che Emma ebbe lasciato la stanza al termine del lungo colloquio. «Ha fatto un lavoro notevole: ha dato a Emma sicurezza e fiducia in se stessa, malgrado tutto quello che è successo e malgrado le lacune nella memoria che avrebbero destabilizzato anche l'adulto più sicuro di sé.»

«Io non ho fatto niente, a parte esserci e volerle bene»,

minimizzò Whitney. «In realtà è tutto merito di Emma. Sta ancora facendo progressi, e vorrei che si spingesse fin dove può. Sono convinta che abbia bisogno di una scuola: merita di più di quello che possiamo insegnarle a casa.»

«Sono d'accordo con lei. Festeggeremo insieme quando si laureerà in Medicina. Ho già visto storie come la sua e non c'è limite a quello che può ottenere con il giusto supporto. Abbiamo avuto un allievo autistico, diversi anni fa, che ha appena superato l'esame di Stato qui in California, diventando avvocato. Ha trovato lavoro presso l'ufficio del procuratore distrettuale, il suo sogno. Alla Anderson, crediamo nella possibilità di realizzare i sogni. Emma può arrivare dove vuole.»

Ascoltando quelle parole, Whitney aveva dovuto trattenere le lacrime. Era convinta che nella scuola giusta Emma avrebbe avuto modo di eccellere. E, se non fosse accaduto e si fosse rivelata una studentessa come le altre, con aspirazioni normali, sarebbe andata bene comunque. Ma voleva che avesse quella chance, perché voleva aprirle delle porte e far sì che potesse scegliere quale varcare. Non aveva alcuna importanza se non diventava una dottoressa e decideva di fare la cameriera o la commessa. Whitney desiderava che avesse dei sogni e delle opzioni: quali realizzare sarebbe dipeso soltanto da lei.

«Vorrei che compilasse dei questionari, che utilizzeremo come guida riguardo al suo livello di istruzione e le sue conoscenze generali, per decidere in quale classe collocarla», spiegò Nora Stratton a Whitney. «E credo che dovrebbe venire a visitare la scuola, per non restare in pensiero tutta l'estate. Comunque, per quanto ci riguarda, è dei nostri», concluse, e le tese la mano.

Lei, per la commozione, non riuscì a parlare. Era stata una sua paziente a citarle quella scuola, poiché il nipote gravemente dislessico aveva studiato lì; dentro di sé, ringraziò la sua buona stella di esserne venuta a conoscenza. Sarebbe stato il posto perfetto per Emma; lo sarebbe stato anche prima dell'incidente. Inoltre, aveva la sensazione che persino Paige avrebbe approvato. Da parte sua, non intendeva impedire alla nipote di tornare a recitare, se un giorno lo avesse deciso, ma grazie all'istruzione avrebbe avuto una visione più ampia del mondo. Il motto della scuola era che nessuno deve essere limitato e che tutto è possibile, e Whitney era dello stesso parere.

«Penso che dovresti iscriverti a un club di scacchi, Emma», disse la signora Stratton, prima di andare via. «Non ci sarà grande competizione, all'inizio, ma potrai insegnare tu ai tuoi compagni.»

«Gioco anche a poker», replicò la bambina, compiaciuta. «Ci facevo un sacco di soldi, sul set; anche a blackjack.»

La direttrice rise. «A scuola non giochiamo d'azzardo, ma c'è sempre Las Vegas, per quando sarai abbastanza grande. Io giocavo a poker con i miei fratelli. Dovremo farci una partita, qualche volta. Tua zia ti porterà a visitare la scuola, così comincerai ad ambientarti. Puoi portare il costume da bagno, abbiamo una bella piscina.»

«Non so più nuotare», disse, con aria demoralizzata.

«Imparerai di nuovo. Imparano i neonati, puoi farlo anche tu. Lo hai già fatto con cose molto più difficili.»

Quelle parole incoraggianti sembrarono tirarla su di morale. L'istituto riceveva sovvenzioni da genitori riconoscenti, la struttura era all'avanguardia e si trovava a venti minuti di macchina da casa di Whitney, a Hancock Park.

«A presto, allora», si congedò la direttrice. «E grazie dei biscotti.»

Con espressione seria, Emma la guardò allontanarsi sulla sua auto, poi si voltò verso la zia.

«Mi è simpatica», dichiarò. «Voglio vedere la scuola.»

«Mi sembra una buona idea», concordò lei.

Dopo quella lunga visita, Emma era esausta e si sedette un momento con il tablet in mano.

Whitney e Belinda, felici di quella vittoria, si abbracciarono, e nel pomeriggio l'insegnante andò via.

Bailey passò da loro dopo il lavoro, e Whitney gli raccontò della scuola. Emma ormai lo considerava un amico e anche lei gli disse quello che sapeva della scuola, e che avrebbe seguito un corso di nuoto là.

«Vorrei avere frequentato anch'io un istituto del genere», commentò Bailey. «Nella cittadina in cui vivevo non c'erano scuole all'avanguardia, e io detestavo la mia.»

«E dove hai studiato Medicina?»

«Ho cambiato scuola per una che mi piaceva molto di più. La stessa in cui ha studiato tua zia.»

«Perché non vi siete conosciuti là?» domandò Emma, confusa.

«Perché io studiavo sempre e lei probabilmente usciva con i bei ragazzi», rispose lui sorridendo. «E poi ho tre anni più di lei, quindi probabilmente non ci siamo incrociati.»

«Ha quarant'anni adesso», lo informò Emma. «Ha appena festeggiato il compleanno. L'ha tenuto segreto perché è vecchia. La mamma invece quando è morta ne aveva trentasette.»

Ricordava la loro età, ma ancora non riusciva a fare delle semplici addizioni: la sua memoria sembrava funzionare in modo bizzarro.

«Non è poi così vecchia», la corresse Bailey, lanciando un'occhiata a Whitney, che non sembrò troppo felice della piega che stava prendendo la conversazione.

«Evitiamo di dire al mondo intero quanti anni ho», ammonì la nipote, facendola ridere.

Entro poche settimane Emma avrebbe compiuto dieci anni e lei le avrebbe organizzato una festa a casa: avrebbe invitato Amy, Bailey, Belinda, Sam e Brett.

«A proposito: a Medicina non ho avuto un solo appuntamento in quattro anni, tanto per chiarire», puntualizzò. «Ero sempre in biblioteca e non avevo niente di bello. La tua mamma invece... era lei quella cool. Aveva sempre un milione di appuntamenti.» Con gli uomini sbagliati, pensò, ma lo tenne per sé. «Somigliava molto a nostra madre, ed era simpatica e allegra. Io ero quella noiosa e timida.»

Talvolta si sentiva ancora così, dato che pensava soltanto a lavorare e a prendersi cura di Emma. Lei e Bailey erano usciti a cena diverse volte. Non avevano il tempo né un posto per stare da soli e approfondire il loro rapporto. Whitney provava imbarazzo all'idea di lasciarsi andare ad atteggiamenti romantici davanti alla nipote, e poi dovevano ancora capire cosa c'era tra loro. Forse il romanticismo per lei faceva parte del passato, almeno fino a quando Emma fosse stata più grande.

Bailey era una compagnia piacevole, una persona gentile e intelligente, un bravo medico, ed era decisamente affascinante con i capelli e gli occhi scuri, ma per lei rappresentava ancora una fantasia romantica, nulla di più. Di lui le piacevano tante cose e lo trovava attraente, ma in quel momento complicato della sua vita, si rendeva conto che talvolta usava la presenza di Emma come giustificazione per non farsi coinvolgere di più. Non si sentiva pronta, e forse non lo sarebbe stata mai. Con Chad era stato facile, perché non era il tipo che si faceva coinvolgere, non chiedeva di vederla troppo spesso, né voleva impegnarsi in alcun modo. Bailey invece era diverso, era un uomo autentico, con esigenze vere, e desiderava vederla di più. Per il momento Emma era la scusa perfetta per evitarlo, ma Whitney sapeva che un giorno avrebbero dovuto affrontare i sentimenti che provavano, e la cosa la spaventava. Da una parte aveva paura che potessero ferirsi o deludersi a vicenda o che lui magari provasse a controllare la sua vita, dall'altra non voleva perderlo. La sua priorità era prendere tutte le decisioni giuste per la nipote, senza interferenze da parte di nessuno. Al tempo stesso, adorava trascorrere delle ore in sua compagnia, e aveva imparato a fidarsi di lui. Desiderava trovare il modo di stargli più vicina, ma restare totalmente indipendente, e non era sicura di sapere come si facesse o se fosse possibile. Lui, a quarantatré anni, non si era mai impegnato veramente con una persona, e forse era già tardi per entrambi. Lei considerava le relazioni qualcosa di complicato e altamente rischioso: con il perenne terrore di soffrire, non immaginava di poter decidere di convivere con un uomo.

«Sono nata per rimanere zitella», disse un giorno a Belinda, con un sospiro, dopo averle confidato le sue preoccupazioni.

«Non sono sicura che sia una parola ancora in uso», ribatté l'amica ridendo. «Ha una connotazione piuttosto negativa. Oggi essere single non è un segno di fallimento, è una scelta. Ho gli stessi problemi con Sam.»

Uscivano insieme da sei mesi, da quando si erano conosciuti durante le lezioni della lingua dei segni, e Belinda ammise che erano innamorati e stavano trascorrendo molto tempo insieme.

«Lui vuole che andiamo a convivere, ma io penso sia troppo presto», le confidò. «Non voglio nemmeno pensarci, almeno per un anno. Desidero ancora viaggiare, e avere una carriera nel mondo dello spettacolo, non solo come insegnante. Lui invece vuole sistemarsi e avere dei figli, io non sono affatto pronta per questo, però non voglio perderlo. Ho trentaquattro anni, mi sento giovanissima, e immagino che sarebbe il momento giusto per pensare alla maternità, ma per me non è ancora così. Sam ha soltanto un anno più di me, e tutti i suoi fratelli e le sue sorelle sono sposati e hanno figli; mentre nella mia famiglia sono tutti divorziati, il che non è proprio incoraggiante.»

«Già. Mia sorella e io non ci siamo mai sposate. Quando lei ha voluto un figlio lo ha avuto da mamma single, chiedendo a un suo caro amico di donare lo sperma. Io non ho mai voluto figli, tantomeno un marito. Ho sostituito tutto con il lavoro e ho sempre frequentato uomini che la pensavano come me. Bailey e io siamo molto simili, nemmeno lui si è mai sposato, ma credo che sia molto meno spaventato di me. Penso che questo sia un problema serio per le donne della nostra generazione: molte di noi non vogliono sposarsi o rinunciare alla propria libertà. Mia madre era una donna all'antica: riteneva che fosse l'uomo a dover prendere tutte le decisioni, mentre la moglie doveva fidarsi ciecamente, come fece lei. Per quanto mi riguarda, questa prospettiva mi spaventa parecchio», ammise Whitney. «Non lo voglio fare nemmeno per un uomo fantastico come Bailey. Il matrimonio mi terrorizza.»

«Magari potete trovare un modo per vivere vicini, cercando un terreno comune e basando il rapporto sul rispetto reciproco», ipotizzò Belinda, ottimista.

«Che romanzi stai leggendo?» le domandò Whitney. «Perché quello di cui parli sembra un mondo perfetto. Non conosco un solo uomo che sarebbe d'accordo con una cosa del genere. Loro sono biologicamente programmati per condurre le danze. Lo sento in studio ogni giorno, da entrambe le parti. Uomini che vogliono il controllo e donne che non sono disposte a cedere. È l'eterna battaglia, e ai miei occhi è la formula infallibile per il disastro. Funziona tutto a meraviglia finché non ci si innamora e si va a convivere o ci si sposa, e un attimo dopo diventa un perenne tiro alla fune, giorno e notte, per qualunque cosa, dai soldi ai figli. Un incubo», sospirò. «Bailey è uno degli uomini più gentili che abbia mai conosciuto, ma non abbiamo ancora nemmeno passato una notte insieme. Se mai dovessimo convivere... cosa succederebbe dopo? Chi avrebbe il potere? Loro non possono farne a meno, è la loro natura. Non esiste un solo uomo che non voglia essere il capo», concluse, preoccupata.

«Mi fai paura. Tra me e Sam è lo stesso. Sono arrivata persino a pensare di lasciarlo, perché desidera vivere con me, ma non voglio rinunciare a lui. Mi sono appena trasferita in un appartamento nuovo, che adoro, però non è abbastanza grande per entrambi. Detesto il suo, e la zona in cui vive; se andassi là dovrei fare un'ora di strada per andare al lavoro.»

«Perché non cercate un posto nuovo, per voi due?» suggerì Whitney.

«Si tratta sempre di sacrificarsi, vero?» replicò Belinda, pensierosa. «Non sono brava in questo. Ho già dovuto farlo anche troppo, da ragazzina. Adesso le cose vanno proprio come vorrei, ed ecco che sorge questa complicazione...»

Whitney non aveva ancora trovato una soluzione, quindi per il momento non avrebbe fatto alcuna mossa. Era troppo spaventata per impegnarsi in maniera stabile, e il doversi prendere cura di Emma le offriva una comoda via di fuga. Anche il fatto di avere compiuto quarant'anni l'aveva turbata: a quel punto avrebbe dovuto conoscere tutte le risposte riguardo alle relazioni, specialmente in qualità di psichiatra, invece non era così. Negli ultimi tempi si ripeteva che era troppo vecchia per modificare le proprie abitudini e la mentalità. Ma sapeva che prima o poi Bailey le avrebbe proposto di andare a vivere insieme, come Sam aveva fatto con Belinda, e quello sarebbe stato il momento della verità.

Anche Amy aveva fatto delle domande al riguardo. Sapeva che il suo collega trascorreva molto tempo con loro, la sera e durante il weekend, ma vedeva anche che non erano totalmente coinvolti. Whitney aveva troppi dubbi, e Bailey non voleva farle pressioni per timore di allontanarla. Al momento il problema sembrava non avere soluzione, e lo stavano aggirando senza trovare il coraggio di affrontarlo. Da parte sua, Amy aveva provato a incoraggiare entrambi, ma Bailey insisteva nel dire che era presto e non voleva accelerare i tempi.

Whitney aveva ammesso sia con Amy sia con Belinda che non era pronta per affrontare la questione, almeno finché non avesse capito cosa voleva. Voleva Bailey, ne era certa: non aveva mai conosciuto un uomo che le piacesse tanto... le mancava il fiato ogni volta che lo vedeva. Ma voleva anche la sua libertà. Quando avesse capito come conciliare le due cose, sarebbe stata disposta a fare un passo in quella direzione.

14

C'ERANO voluti mesi, ma con tanta pazienza Whitney aveva persuaso Emma ad andare in auto con lei per fare commissioni e percorrere brevi tragitti. La bambina era sempre tesa, come se si aspettasse che accadesse qualcosa di brutto, ma poi lentamente si rilassava, e accettava di andare in macchina anche con Brett. Si allacciava la cintura nell'istante in cui si sedeva sul sedile posteriore, controllava che anche Brett e Whitney la mettessero, non le piaceva che la radio fosse accesa e non chiacchierava mai. Whitney non toccava il cellulare quando la nipote era in auto con lei, neanche con il vivavoce, per non farla innervosire. A giugno, si lasciava portare ovunque.

Emma era particolarmente allegra il giorno in cui andarono a visitare la nuova scuola. Un po' intimidita, non se l'era sentita di parlare con gli altri allievi, ma si era seduta in un'aula e aveva camminato nel parco; poi era andata nello spogliatoio a mettersi il costume e, mentre tutti erano a lezione, era entrata nella piscina tenendosi alla scaletta. La direttrice l'aveva presentata a diversi insegnanti, ed Emma stava raccontando tutto a Whitney mentre raggiungevano l'auto per tornare a casa.

Whitney aveva suggerito di andare fuori a pranzo per festeggiare, e lei ne fu contenta. Era l'ultima settimana di scuola prima delle vacanze. Emma era molto orgogliosa di essere riuscita a compilare il questionario di valutazione di matematica, e di avere ricevuto una lista di libri da leggere durante l'estate. L'istituto aveva deciso di inserirla in quarta, a settembre, soltanto un anno indietro rispetto a quanto sarebbe stato giusto per lei. Whitney le aveva rammentato che non aveva nulla di cui vergognarsi e che avrebbe recuperato in fretta. Belinda le avrebbe dato lezioni private nei mesi estivi, per consolidare i progressi e tenere allenata la memoria.

Sulla strada del ritorno si fermarono per una commissione. Emma era persa nei suoi pensieri riguardo alla scuola, mentre viaggiavano sulla superstrada dirette a Beverly Hills. Stavano raggiungendo l'uscita per Wilshire Boulevard, quando un'auto dalla corsia di sinistra tagliò loro la strada. Whitney pigiò sul freno e la sua macchina slittò verso l'altra, che a sua volta urtò un'altra. La macchina di Whitney iniziò a girare su se stessa, poi si fermò di colpo, tamponata da quella che sopraggiungeva dietro di loro. Accadde tutto talmente in fretta che ebbe a malapena il tempo di realizzare cos'era successo, e reagì solo quando le automobili intorno a lei si fermarono con uno stridore di freni.

Emma urlò terrorizzata, e lei si voltò a guardarla: non sanguinava, la cintura era allacciata, gli airbag non erano scoppiati... ma la bambina era pallidissima, gli occhi serrati, e non riusciva a smettere di urlare. Avevano subìto uno scossone, a causa del tamponamento, ma nessuna delle due si era fatta male. La parte posteriore dell'auto era ammaccata, e diverse persone stavano accorrendo per controllare che stessero bene. Whitney si tolse la cintura e passò dietro per calmare la nipote. Un uomo infilò la testa nell'abitacolo e chiese se la piccola fosse ferita.

«Non si è fatta nulla», rispose Whitney, a voce alta per farsi sentire al di sopra delle sue urla angosciate. «È solo spaventata.»

Si cominciarono a udire le sirene, e pochi minuti dopo due agenti di polizia erano accanto all'auto. Due paramedici arrivarono di corsa, mentre Whitney continuava a stringere forte la nipote, che urlando si divincolava per spingerla via.

«Va tutto bene, tesoro, non ti sei fatta niente», le ripeteva in tono sommesso.

«No», strillava la bambina, con una disperazione che straziava il cuore. «Le avevo detto di non farlo... Stava scrivendo un messaggio...» Si interruppe, soffocata dai singhiozzi. «Ed è volata fuori dal vetro... là...» Indicò il parabrezza, che era intatto. «È finita sotto l'altra macchina, quella davanti a noi, poi non so cos'è successo.» Era in preda al panico, ma ricordava tutto: il momento dell'impatto, la madre che volava fuori dal parabrezza e sotto gli altri veicoli. Non riusciva a smettere di urlare e tentava di colpire la zia. Uno dei paramedici salì in auto con lei, mentre altri due aspettarono fuori con una barella.

«La bambina è ferita?» chiese a Whitney.

Lei scosse la testa: troppo difficile spiegargli cosa stava accadendo mentre tentava di calmare Emma. La parte posteriore dell'auto era schiacciata, le gomme a terra; avrebbero dovuto portarle via con un carroattrezzi, ma lei non poteva far scendere la bambina. Prese il cellulare e chiamò Bailey, che rispose immediatamente. Sentì solo le urla di Emma, e si spaventò.

«Abbiamo avuto un incidente... stiamo bene... mi hanno tamponata», gli spiegò in fretta Whitney. «Puoi venire a prenderci?»

Gli disse dov'erano, senza lasciare Emma, mentre anche l'agente provava inutilmente a calmarla.

«Emma si è fatta male?» volle sapere Bailey.

«No.»

«E tu?»

«No.»

«Arrivo prima che posso.»

Restò seduta in auto con la nipote, il poliziotto sempre fuori. Capì cos'era successo: quel giorno, Emma era rimasta cosciente abbastanza a lungo da vedere la madre sbalzata fuori, e aveva perso conoscenza soltanto dopo. Era quella la chiave di tutto, del trauma, della perdita di memoria. Aveva visto Paige finire sotto le altre vetture, dopo era entrata in coma. E in quel momento, durante quel tamponamento, si era ricordata cosa aveva visto quella sera.

Un quarto d'ora più tardi, Bailey arrivò. Trovò Whitney seduta sul ciglio della strada, le braccia attorno a Emma. Erano riusciti a farla scendere dall'auto e aveva smesso di urlare, ma gli occhi erano vitrei, come se fosse sotto choc. Whitney aveva provato a spiegare la situazione alla polizia, e i veicoli in grado di riprendere la marcia erano già ripartiti. Stavano caricando la sua auto sul carroattrezzi, e il traffico scorreva lento. L'automobilista che le aveva tagliato la strada era stato arrestato per guida in stato di ebbrezza, ma nessuno era rimasto ferito. Quello spiacevole episodio aveva aperto l'ultima porta della memoria della bambina: le aveva ricordato ogni particolare dell'incidente che le aveva portato via la madre. Non si ribellò quando Bailey e la zia la fecero salire in macchina.

Whitney si sedette dietro, accanto a lei. Bailey le osservava dallo specchietto retrovisore, e non disse nulla. Pochi minuti più tardi erano a casa, e lei accompagnò la nipote al piano di sopra perché si riposasse, dopo l'esperienza scioccante di avere rivissuto l'incidente.

Scese mezz'ora dopo, Brett salì da Emma, e lei ebbe

modo di raccontare tutto a Bailey, che era turbato a sua volta.

«Mi hai spaventato a morte, quando hai chiamato», le disse mentre si sedevano al tavolo della cucina. «Cos'è successo?»

«Quel ragazzo idiota che hanno arrestato mi ha tagliato la strada. Era ubriaco, pare, o sotto l'effetto di qualcosa. Per un soffio non ho tamponato l'auto davanti a me. Ho affondato il piede sul freno, abbiamo fatto testacoda, e la macchina che veniva da dietro ci ha colpite. È successo in pochi istanti, ma sufficienti affinché Emma ricordasse ogni cosa: sua madre che scriveva un messaggio, il camion, l'impatto... Ha descritto il volo di Paige attraverso il parabrezza, e il fatto che sia finita sotto l'auto davanti alla loro. Non so a cosa porterà tutto questo.» Fece una pausa. «Non voglio che smetta di parlare un'altra volta, o regredisca allo stadio in cui era lo scorso agosto», concluse con aria preoccupata.

Comprendendo che anche per lei era stata un'esperienza traumatica, Bailey le porse un bicchiere d'acqua, e lei lo prese con mano tremante.

«Potrebbe regredire per un po', ma non è rimasta ferita», tentò di tranquillizzarla. «Abbiamo a che fare con il ricordo di un trauma e con la liberazione di una parte di memoria che era rimasta bloccata per quasi un anno. È positivo che si sia ricordata.» Non avevano mai saputo con certezza quanto avesse visto, ma in quel momento sapevano che aveva visto morire Paige. «Sarà dura per lei, è un ricordo terribile, ma adesso può guarire. Si potrebbero riempire alcune lacune nella sua memoria», le spiegò. Dopo una pausa, la guardò più attentamente e domandò: «E tu... stai bene?» Le prese il viso e, con delicatezza, lo girò verso la luce, per osservare le pupille. «Hai battuto la testa?»

«No, ho l'emicrania, ma sto bene. È che mi ha spaventata a morte quando ha cominciato a urlare. Scusa se ti ho chiamato, non sapevo cos'altro fare. Povera piccola, aveva trascorso una mattinata favolosa nella sua nuova scuola, e adesso ricorda tutto quello che ha visto in quel giorno tremendo.»

«Il ricordo era già lì, appena sotto la superficie. Meglio affrontarlo e trattarlo ora, piuttosto che tra dieci anni. Questo è il nucleo del trauma, per Emma: i danni fisici sono meno importanti.»

Whitney annuì, sapeva che aveva ragione.

«Vuoi che le dia un sedativo?» suggerì lui.

«Non è necessario, era tranquilla quando l'ho lasciata qualche minuto fa. È soltanto triste, perché è come se sua mamma fosse morta di nuovo. Spero che non smetta di nuovo di parlare, dopo tutta la strada che ha fatto in undici mesi.»

«Non accadrà. Sa di essere al sicuro, con te. Credo che i vuoti di memoria diventeranno più radi, dopo questo episodio. Alcuni potrebbero rimanere per sempre, oppure potrebbe recuperare al cento per cento, è difficile fare previsioni. Vediamo come reagisce prima di farci prendere dal panico. Per fortuna non ha preso un altro colpo in testa: sarebbe stata una tragedia.»

Whitney notò che Bailey aveva parlato al plurale: non avrebbe dovuto affrontare tutto da sola. Aveva accanto lui, che voleva bene anche a Emma.

Qualche minuto dopo, Bailey salì a vedere come stava la bambina, e la trovò calma.

«Perché non vai a sdraiarti un po'?» suggerì a Whitney quando tornò al piano di sotto. «Posso fermarmi un paio d'ore, e vorrei controllare ancora Emma, prima di andare via.»

Poco prima la bambina gli aveva parlato con una voce normale, la sua capacità di linguaggio non si era alterata. Gli aveva detto quello che ricordava riguardo alla madre che volava fuori dal parabrezza, l'ultimo istante in cui l'aveva vista viva. Era arduo da sopportare per una bambina, ma stava reagendo meglio di quanto lui si fosse aspettato.

Dopo essere rimasto un po' con Whitney, tornò in studio, promettendo che sarebbe passato di nuovo dopo il lavoro. Lei si rese conto una volta di più di quanto fosse affettuoso con loro. Su di lui poteva contare, ed era evidente che Emma provava le stesse cose nei suoi confronti.

Quando Bailey tornò portando la cena, la bambina apparve un po' sottotono e parlò poco. Non mangiò quasi nulla, ma la pronuncia era chiara, e i ricordi dolorosamente lucidi.

Dopo che furono rimaste sole, Whitney la accompagnò a letto e le parlò con estrema delicatezza: «La tua mamma ti voleva un mondo di bene, Emma. Non avrebbe mai voluto questo, per te o per se stessa».

Gli occhi della bambina si colmarono di lacrime, e la zia vi lesse un dolore infinito.

«Se mi avesse voluto bene, non si sarebbe messa a scrivere messaggi mentre guidava. Le avevo detto di non farlo. Non si era nemmeno allacciata la cintura. Se mi avesse voluto bene, non sarebbe morta.» Scoppiò in singhiozzi, nel momento in cui la realtà la investì in pieno. Non era in collera, soltanto devastata dal dolore.

«A volte le persone fanno cose stupide. Pensano di cavarsela, non credono che possa succedere a loro. Ma di una cosa sono sicura: so quanto eri importante per lei. Non ti avrebbe lasciata per niente al mondo. Solo che non pensava che potesse accadere una cosa del genere. All'inizio mi sono infuriata con lei, perché è stata veramente irresponsabile. Sono sicura che non stesse ragionando, probabilmente andava di fretta.»

Emma annuì. «Eravamo in ritardo per la lezione con il coach di teatro, e aveva paura che lui se ne andasse, non vedendoci arrivare. C'era traffico, così ha deciso di mandargli un messaggio. Stava guardando il telefono, per questo non ha visto il camion.»

«La polizia aveva ipotizzato una dinamica simile. Io ho smesso di avercela con lei, e dovresti farlo anche tu.

L'unica cosa certa è che ti ha amato ogni secondo della sua vita», le ripeté. «Non ha mai, mai smesso di farlo.»

Emma annuì di nuovo, con le lacrime che scendevano lungo le guance. «Sono felice che mi abbia lasciata con te, zia Whit. Mi piace tanto abitare qui. La mamma mi manca ancora, ma ti voglio tanto bene», mormorò. Poi mise le braccia intorno al collo della zia e la tenne stretta.

«Ti voglio bene anch'io, Em. Siamo fortunate ad averci.»

La bambina si scostò e la guardò con intensità. «Pensi che la mamma si arrabbierebbe per il fatto che non voglio più fare l'attrice e preferisco andare a scuola come i bambini della mia età?»

«Penso che vorrebbe solo vederti felice, indipendentemente da cosa decidi di fare da grande. La tua felicità sarebbe una gioia, per lei, qualunque cosa tu faccia. Ed è lo stesso per me.»

Emma sembrò sollevata. Whitney si distese accanto a lei e la circondò con un braccio finché si addormentò, poi uscì dalla stanza in punta di piedi.

Quella sera, pensò alla sorella e alle sue ambizioni nei confronti della carriera di Emma. Pensò alle cose stupide che avevano fatto da bambine. A quanto Paige si fosse comportata da sciocca, a quanto fosse audace e divertente, al suo flirtare senza imbarazzo, agli uomini che cadevano ai suoi piedi. Era stata una tipa bizzarra, la madre esaltata di un'attrice in erba, studentessa svogliata da ragazzina, che si faceva fare i temi dalla sorella. A Emma però aveva detto la verità: la madre l'amava più della sua vita e desiderava il meglio per lei. Quel pensiero la confortò mentre a letto la nostalgia e i ricordi arrivarono come un'onda, in modo più delicato di prima, però.

Il regalo più bello di Paige era stato lasciarle Emma affinché si prendesse cura di lei. Era la benedizione più grande nella sua vita, e sapeva che il suo compito era uno solo: esserci per lei, amarla come una figlia, aiutarla a crescere e a perdonare sua mamma. Mentre faceva questi pensieri, la collera verso Paige calò, come la marea quando si ritira.

15

Emma si riprese lentamente dal lieve incidente d'auto. Era rimasta molto scossa, e l'immagine di sua madre che volava fuori dal parabrezza le aveva provocato incubi per diverse notti, ma finalmente sembrava più serena.

La festa per il suo decimo compleanno, una settimana dopo, la rallegrò considerevolmente. Whitney invitò Bailey, Amy, Sam, Belinda e Brett a cena: pizza e torta gelato. Riempì la casa di palloncini rosa e viola. Dopo mangiato ascoltarono musica e ballarono, ed Emma, eccitata all'idea di avere compiuto dieci anni, sembrò felice come non era da tempo. Le immagini terribili dell'incidente cominciavano lentamente a farsi più sbiadite. A un certo punto, con il gelato che le gocciolava lungo il mento, annunciò a tutti che sua zia aveva trent'anni più di lei.

«Ho appena fatto un'operazione!» annunciò, orgogliosa. «Una sottrazione!»

Whitney si lasciò sfuggire un lamento. «Non potevi trovare qualcos'altro da sottrarre?»

Tutti risero mentre Emma le gettava le braccia al collo e la stringeva forte. Era il compleanno più bello che avesse mai avuto, dichiarò, addirittura meglio di quelli che aveva festeggiato sul set. Erano le dieci passate quando gli ospiti se ne andarono, e quella notte Emma dormì tranquilla.

Pochi giorni più tardi, con l'aiuto di Belinda iniziò a guardare la lista delle letture per l'estate assegnate dalla nuova scuola. Leggere non era facile per lei, ma migliorava libro dopo libro, e le trame le piacevano: *Piccole donne*, *La tela di Carlotta*, *Stuart Little* e altri. Alcuni li avrebbe portati al lago Tahoe, dove Belinda e Sam pensavano di raggiungerle per un weekend. Finalmente lei aveva affrontato la decisione scomoda della convivenza, e a settembre avrebbero lasciato i rispettivi appartamenti per affittarne uno per loro due. Era un po' spaventata all'idea di vivere insieme, ma non voleva rinunciare a Sam, e Whitney aveva la sensazione che il loro rapporto avrebbe funzionato.

«Se non funziona, posso sempre trovare un altro appartamento», disse. «Invece non è detto che trovi un altro uomo come Sam.»

Whitney era felice per lei, e Belinda le era grata per averli fatti incontrare.

«Mi ringrazierai se andrà tutto bene», scherzò lei. «Altrimenti, sarà stata colpa del destino.»

* * *

Whitney aveva telefonato all'agente di Emma, Robert Jones, per dirgli che la nipote voleva rinunciare al set per frequentare la scuola in autunno. Lui rimase deluso: si era trovato meglio a lavorare con Paige, la cui priorità era la carriera della figlia, e non aveva pensato di mandarla sui banchi di scuola come i bambini comuni.

«In caso potrebbe riprendere in futuro», commentò Whitney, in tono lieve.

«Non è sempre vero, la gente si dimentica. Era una bambina prodigio e aveva le carte in regola per diventare una leggenda, come sua nonna.»

«Sarà ancora così fra qualche anno. Ha bisogno di riprendersi dal trauma e dalla morte della madre. Deve potere avere il tempo di essere bambina.»

Whitney era ferma su quell'aspetto. Per la nipote, andare a scuola a tempo pieno sarebbe stato un cambiamento importante, dopo avere studiato privatamente sul set per tanto tempo. Lei desiderava che avesse degli amici della sua età e non si limitasse a giocare a poker e a scacchi con i colleghi attori. In futuro poteva decidere cosa avrebbe voluto fare: non era necessario che lo facesse già a dieci anni.

«La chiamerò, se dovesse saltare fuori qualche opportunità imperdibile», disse Jones nella speranza di convincerla, anche se aveva la netta sensazione che Whitney fosse irremovibile. Aveva le sue idee in merito a ciò che era meglio per la bambina, e non coincidevano affatto con le sue.

Whitney aveva preso una casa in affitto a Tahoe per il mese di luglio, ed Emma era elettrizzata. Sarebbe stata la prima estate senza corsi e lezioni, senza battute da imparare per l'autunno. A parte le letture per l'estate, sarebbe stata libera. Whitney aveva già fatto un sopralluogo: era una casa grande e con tante camere da letto, e c'era perfino una barca ormeggiata al pontile privato. Lei e Amy erano diventate molto amiche, così l'aveva invitata a raggiungerle più avanti, insieme a Ted, il suo fidanzato. Bailey sarebbe andato da loro per il Quattro Luglio, il primo weekend. Brett sarebbe partita con Whitney ed Emma, si sarebbe trattenuta per pochi giorni e quella vacanza sarebbe stata per lei l'occasione per rivedere alcuni amici che alloggiavano in una casa vicina.

«E cosa farai fare a Emma, là?» le chiese Amy, quando si incontrarono. «Andrà in bicicletta? Farà sci d'acqua? Giocherà con altri bambini?»

«Comincerà a prendere lezioni di nuoto in una piscina vicina», rispose lei, vaga. «Deve imparare di nuovo a nuotare.»

«E il resto? Non puoi proteggerla per sempre», replicò Amy, preoccupata al pensiero che lei volesse impedirle di svolgere delle attività normali.

«Non è passato nemmeno un anno dal trauma cranico e dalla morte di sua madre. Non intendo farle fare nulla di pericoloso, finché è sotto il mio controllo», dichiarò lei, un po' nervosa.

«Si è quasi ripresa, e alcune abilità potrebbe non recuperarle mai. Ma devi permetterle di fare quello che fa una bambina normale, di cadere, farsi male, prendere qualche botta. Non puoi tenerla lontana da certe cose», le rammentò la neurologa.

«Perché no? Non voglio che le succeda niente di brutto.»

«Nemmeno io, ma fa parte della vita, non puoi impedirle di viverla appieno. Non andrà di nuovo in coma, né si dimenticherà come si parla», tentò di farla ragionare Amy.

«Ho una responsabilità nei confronti di sua madre», insistette Whitney. «Devo evitare che si faccia male.»

«L'unica cosa da evitare è che batta la testa. A parte questo, ha bisogno di fare le esperienze che fanno tutti i bambini.»

«Lo so», sospirò Whitney, pensierosa.

La sua priorità era che Emma fosse al sicuro e non sopportava nemmeno l'idea che potesse succederle di nuovo qualcosa di brutto; era consapevole che non era una prospettiva realistica, ma la morte di Paige aveva condizionato anche lei, rendendola più ansiosa. La sorella le aveva dato una responsabilità sacra: le aveva lasciato quella figlia che lei non avrebbe mai avuto il coraggio di mettere al mondo, e voleva dimostrarsi all'altezza.

«E tu e Bailey?» indagò Amy con un sorriso, cambiando argomento. «Cosa succede tra voi? Lui si chiude a riccio ogni volta che provo a chiederglielo.»

«Sto andando con i piedi di piombo anche su quel fronte», le rispose un po' intimidita. «Non voglio che resti ferito nessuno di noi. Bailey verrà a Tahoe per il Quattro Luglio.»

«Qualche volta dovreste andare via insieme, voi due soli. Vi meritate di divertirvi un po', dato l'impegno dell'ultimo anno.»

«A Tahoe ci divertiremo. E a settembre seguirò un corso di neurologia: mi è piaciuto lavorare con voi e voglio cominciare a occuparmi di qualche paziente che ha subìto un trauma cranico, per gli aspetti comportamentali. È più interessante che avere a che fare con adolescenti che fumano troppe canne, con le casalinghe di Beverly Hills malate di shopping e con uomini d'affari che tradiscono le mogli.»

«Desidero che tu venga a lavorare con noi», disse Amy, seria. Aveva sollevato l'argomento con Bailey diverse volte, ma lui non sapeva come si sarebbe evoluto il loro rapporto, perciò non riteneva che fosse ancora il momento di legarsi sul piano professionale. «Voi due siete fatti l'uno per l'altra», dichiarò l'amica. «Vorrei che riusciste a capirvi.»

«Forse siamo troppo vecchi per compiere un salto del genere», commentò Whitney, ragionando ad alta voce.

«Non credere di potermi imbrogliare: io ho quarantun anni, sto per sposarmi e tenterò di avere un bambino subito. La gente fa cose del genere, oggi, soprattutto se svolge lavori come il nostro; non è mai troppo tardi per correre un rischio simile con la persona che ami. Guarda te ed Emma: da un giorno all'altro sei diventata madre. Potresti addirittura avere dei figli tuoi, se lo volessi. Non è troppo tardi neanche per questo.»

«Se ne avessi il coraggio», replicò lei, ridendo. «Mia sorella era molto più coraggiosa di me. Ho Emma, adesso, mi basta lei.»

«Io tenterò con la fecondazione in vitro, se non riusciamo naturalmente», le confidò Amy. «Ci proveremo quest'estate, ancora prima di sposarci. Per la mia famiglia sarà un colpo, se resto incinta prima del matrimonio, ma sono abbastanza adulta da poter fare quello che voglio.»

Whitney invidiava la capacità di Amy di pensare a se stessa e non preoccuparsi del giudizio degli altri. Ma quello che tratteneva lei dal lanciare il cuore al di là dell'ostacolo era ciò che l'aveva frenata tutta la vita: il timore di commettere un errore, o essere controllata da qualcun altro. Non si sentiva più sicura di alcuni dei suoi pazienti: in studio vedeva tante donne che avevano paura di sposarsi e decidevano di avere dei figli restando single, ma lei non voleva nemmeno quello. Spesso neanche gli uomini ritenevano necessario sposarsi. Con Bailey, comunque, non era ancora arrivata a quel punto. Non avevano ancora fatto l'amore; flirtavano, si baciavano ed evitavano con cura l'argomento da mesi. La prospettiva di poter perdere la testa la terrorizzava, e continuava a nascondersi dietro la responsabilità rappresentata da Emma. Nella proprietà che aveva preso in affitto a Tahoe c'era un cottage per gli ospiti, e lei aveva intenzione di farlo dormire lì, per evitare che Emma si sentisse in imbarazzo. Glielo aveva già detto chiaramente, e lui si era dichiarato d'accordo.

«Be', spero proprio che voi due riusciate a trovare presto un equilibrio», le disse Amy.

Prima della partenza, Whitney decise di occuparsi di una questione che rimandava da quasi un anno. Non aveva ancora avuto il tempo e il coraggio di farlo, ma qualche settimana più tardi ricorreva l'anniversario della morte di sua sorella, e non era più passata dall'impresa di pompe funebri a ritirare le ceneri. Chiamò sia loro sia il cimitero in cui erano sepolti i loro genitori. Non aveva fatto celebrare un funerale, e le sembrava tardi per una funzione. Inoltre, Paige aveva pochissimi amici, poiché aveva incentrato la sua vita sulla figlia.

Intendeva seppellirla sola, senza cerimonie, poi decise di dirlo a Emma. Sua sorella non era religiosa, quindi pensò semplicemente di collocare l'urna accanto ai genitori. Non voleva però che la bambina si sentisse esclusa, se per lei era importante essere presente.

Quando, una mattina a colazione, le accennò con cautela quello che intendeva fare, Emma sembrò scioccata. «Vuoi seppellire la mamma?» domandò. «Dov'è stata finora?»

«Le sue ceneri sono all'impresa di pompe funebri, in una scatola grande quanto uno scrigno. Vorrei seppellirla con i tuoi nonni a Forest Lawn. Prepareranno una piccola targa con il suo nome. E un giorno credo che finirò lì anch'io, dato che né io né lei ci siamo sposate.»

«Funziona così?» Emma non ci aveva mai pensato, ed era stupita.

La zia annuì. «Le persone vengono seppellite con le proprie famiglie, con il marito, la moglie, i figli o i genitori.»

«È tristissimo. Posso essere seppellita lì anch'io, con te e mammina?»

«Spero di no.» Whitney le sorrise. «Perché mi auguro che tu abbia un marito e una decina di figli.»

«Troppi», dichiarò Emma. «Perché non ti sei mai sposata, zia Whit?»

Era una domanda importante, che avrebbe richiesto una risposta lunga e articolata, se avesse deciso di dirle tutta la verità.

«Non lo so. Per paura, immagino. Non ho mai desiderato il matrimonio. Ero troppo impegnata a studiare per diventare medico, e poi a godermi il mio lavoro. E adesso penso di essere troppo vecchia per avere figli, tranne te.»

«La mamma diceva di non avere mai trovato l'uomo giusto, altrimenti si sarebbe sposata. Così ha deciso comunque di avermi. Mio padre era il suo migliore amico, ma non ha mai fatto veramente il mio papà, voleva solo un rapporto di amicizia», le spiegò la nipote in tono molto concreto. Sua madre le aveva mostrato una foto, ma non sapeva molto di lui.

«Sono felice che ti abbia avuto», affermò, anche se all'epoca aveva detto a muso duro alla sorella che aveva commesso un errore madornale.

Invece ormai si rendeva conto che era stata la cosa giusta. Il tempo mette le cose nella giusta prospettiva.

«Voglio venire anch'io a seppellirla», disse Emma. «Dobbiamo portare dei fiori?» domandò, seria.

Whitney annuì. Non ci aveva pensato.

«Alla mamma piacevano le rose rosa e le margherite», la informò la nipote.

«Ne ordino un mazzo», sussurrò lei.

«E i palloncini?» aggiunse Emma. «Le piacevano anche quelli.»

A suo avviso erano un po' troppo festosi, ma voleva che tutto fosse fatto come la bambina desiderava. Inoltre Paige aveva conservato un lato infantile, anche a trentasette anni. Per certi aspetti non era mai cresciuta, e parte del suo fascino consisteva proprio in quello. In quel momento Whitney riusciva a vederlo, mentre in tante occasioni ne era stata infastidita.

«Mi procurerò i palloncini», promise alla nipote.

Alla vigilia della partenza per Tahoe, andarono insieme al cimitero. L'impresa di pompe funebri aveva consegnato le ceneri in studio, in una scatola di legno molto discreta, con l'interno in bronzo e un cuore dello stesso materiale sul coperchio. Raggiunsero la tomba, dove due addetti le stavano aspettando e avevano già scavato una piccola fossa. Il monumento funebre dei genitori consisteva in una coppia di angeli di marmo di un metro e mezzo di altezza, che si tenevano per mano. Era sembrato perfetto, per loro. Il posticino accanto, destinato a Paige, appariva davvero piccolo a causa delle statue, e divenne minuscolo quando i due uomini vi deposero l'urna. Whitney aveva ordinato una lapide a forma di cuore di marmo bianco, con il nome di Paige, ma sarebbe stata pronta diversi mesi dopo. Lei aveva un bouquet di rose rosa, mentre Emma portava le margherite; un mazzo di palloncini a forma di cuore bianchi e rosa fluttuavano nella brezza, come se volessero liberarsi, i nastri stretti nel pugno di Whitney.

Emma e la zia si tennero per mano durante l'interramento, poi posarono i fiori sulla tomba, dove Paige avrebbe dovuto riposare già da un anno, accanto ai suoi genitori. Era un bellissimo cimitero con dolci colline e vista dello skyline di Los Angeles, e vi riposavano molti attori famosi.

«C'è qualcosa che vorresti dire?» sussurrò Whitney alla bambina.

Emma si prese qualche istante per pensarci.

«Ti voglio bene, mammina. Sogni d'oro», disse sommessamente.

«Grazie di avermi dato Emma, Paige. Anch'io ti voglio bene.» Così Whitney salutò la sorella.

Non c'era più rabbia né rancore. Non restava altro da dire.

Emma alzò le braccia, tolse i nastri dei palloncini dalla mano della zia e, con delicatezza, li lasciò andare. Li seguirono con lo sguardo mentre volavano via, finché scomparvero.

Whitney diede un bacio sulla guancia a Emma, le prese la mano e si avviarono verso l'auto per tornare a casa, entrambe con un senso di pace interiore.

16

La casa che Whitney aveva preso in affitto a Tahoe era addirittura meglio di come la ricordasse dalla prima visita. Era una grande e antica dimora, di proprietà di una famiglia con figli adulti, che a loro volta avevano avuto dei bambini, stando all'agente immobiliare. La usavano ancora in agosto, ma per la prima volta avevano deciso di affittarla nel mese di luglio. C'erano sei camere, un dormitorio nel sottotetto, bagni a sufficienza per tutti, un enorme soggiorno e un tinello, con camini alti abbastanza da starci dentro in piedi, travi di legno e pareti perlinate ovunque, un'ampia cucina un po' rétro dove si potevano preparare pasti per un esercito. All'esterno c'era un barbecue e, in fondo al pendio, sulla riva del lago, una rimessa per le barche con due motoscafi, uno moderno e lucido e l'altro un vecchio Riva di legno tenuto in modo impeccabile. C'erano anche una moto d'acqua e una barca ormeggiata lungo un pontile privato di legno.

L'intera proprietà era circondata da maestosi alberi secolari, e sul retro c'era un campo da tennis realizzato di recente per i nipoti adolescenti. Accanto sorgeva un piccolo cottage per gli ospiti, con due camere e la necessaria privacy. La proprietà aveva tutto ciò che si poteva desiderare, più stanze di quelle che servivano, ed era in condizioni perfette.

Emma, elettrizzata, corse da una stanza all'altra per decidere in quale dormire. La camera padronale aveva un letto antico di legno intagliato e un bagno gigantesco. Scelse la camera accanto, con due lettini con copriletto di chintz rosa a fiori, mobile da toeletta decorato con il medesimo tessuto e tende a fiori alle finestre. Aveva un'aria molto inglese.

Whitney, Emma e Brett si erano fermate a fare la spesa prima di arrivare, e Whitney preparò dei sandwich. Dopo mise i piatti in lavastoviglie, poi lei e la nipote scesero al lago per esplorare la rimessa.

Emma si esaltò quando vide la moto d'acqua. «La posso usare?» chiese alla zia, che la guardò nervosa, mentre ripensava all'avvertimento di Amy di non essere iperprotettiva.

«Ne hai mai usata una?»

«Non lo so», disse onestamente. «Non ricordo.»

Whitney sorrise di quella risposta. «Magari dovremmo usarla insieme. Possono essere potenti quegli affari, e pericolosi.» Sapeva che gli incidenti sul lago erano piuttosto frequenti in estate. «E voglio che tu abbia sempre un giubbotto salvagente, ogni volta che vieni quaggiù», aggiunse. «Finché non avrai imparato a nuotare di nuovo.»

Notò che c'erano almeno sei biciclette appoggiate alla parete e, sopra le bici, dei caschi appesi ai ganci. Nel garage trovarono anche le racchette da tennis, e l'agente immobiliare aveva fatto presente che nelle vicinanze c'era un maneggio, nel caso avessero voluto cavalcare. Whitney non montava in sella da quando lei e Paige erano bambine, e non aveva intenzione di riprendere: era passato troppo tempo, e non era mai stata una cavallerizza provetta.

Dopo essersi date un'occhiata intorno, si sedettero sul pontile con i piedi penzoloni nell'acqua gelata. Poi tornarono alla casa e si misero il costume, infine scesero di nuovo al lago, dove Whitney prese un giubbotto nella rimessa e lo fece indossare a Emma.

«Mi sta piccolo, zia Whit», si lamentò lei. «Mi stringe.»

«Prendine uno più grande, allora. Non entri in acqua, senza.»

«Non ho due anni, sai?» brontolò la bambina da sopra la spalla. Un minuto dopo tornò con un giubbotto appena più grande sopra il costume. Entrarono in acqua insieme, e urlarono entrambe da quanto era fredda. Rimasero vicino al pontile, poi uscirono, tremanti. Whitney asciugò la nipote con un telo e si stesero al sole. Verso sera rientrarono a casa.

Bailey telefonò per sapere come stavano e se avevano dimenticato qualcosa, che avrebbe potuto portare lui. Sarebbe partito alle cinque del mattino, per arrivare verso le tre. Era un lungo viaggio da Los Angeles.

«La casa è perfetta», gli disse, rilassata e felice. «Porta il costume, la racchetta non serve, ce ne sono qui. Abbiamo trovato le biciclette nella rimessa per le barche. Aspetta di vederla!» Sembrava contenta quanto Emma. Avevano dato un'occhiata al cottage mentre tornavano dal lago, e lei lo aveva trovato favoloso.

«Magari provo a partire un po' prima, così possiamo farci una nuotata quando arrivo.»

«C'è anche una moto d'acqua. La sai portare?»

«Ma certo, sono un professionista. Non vedo l'ora di rivedervi.»

Anche Whitney era elettrizzata. Per quanto inquieta all'idea di intraprendere una relazione con lui, erano ormai abituati a vedersi ogni giorno, e la entusiasmava la prospettiva di trascorrere un intero weekend insieme.

«Arrivo prima possibile», le promise. «Se c'è il barbecue, domani sera cucino io, e magari possiamo anche fare pesca in notturna. Potrei riuscire a prendere qualche gambero dal pontile.»

Lei fu entusiasta di quei programmi. Terminata la telefonata, ne parlò con Emma mentre cenavano.

«Posso andare a pescare di notte con Bailey?» chiese.

«Ma certo», le rispose. Sapeva che lui non avrebbe

fatto niente di pericoloso con la bambina. Sarebbe stata in buone mani, anche sulla moto d'acqua.

Pensò a Chad, mentre metteva i piatti in lavastoviglie. Stava vivendo un'esperienza completamente diversa dalla lussuosa crociera sullo yacht, ma in qualche modo sembrava una vacanza autentica, con tanto spazio in cui muoversi. Era felice di avere affittato quella casa: le ricordava le vacanze che aveva trascorso con i genitori, le case grandi e piene di comodità che avevano preso in affitto in vari posti quando lei e Paige erano piccole ed Elizabeth era in pausa tra un film e l'altro. Una volta erano stati persino in Africa a fare un safari lussuosissimo, quando erano adolescenti. La loro madre aveva detestato quel viaggio, terrorizzata dagli animali, in particolare dai serpenti, ma con il padre le ragazze si erano divertite un mondo.

Emma dormì tranquilla, e l'indomani Whitney si svegliò presto e andò in giardino a raccogliere dei fiori che mise in due vasi nel cottage per Bailey. Quindi tornò in casa e preparò pancake con bacon per la bambina. Dopo colazione, scesero al lago e si stesero al sole sul pontile, Emma con il giubbotto addosso.

Bailey era partito da Los Angeles due ore prima dell'orario prefissato, e arrivò all'una, mentre loro stavano finendo di pranzare. Emma esultò quando lo vide entrare, e gli fece subito fare il giro della casa, senza tralasciare la rimessa con la moto d'acqua e il pontile. Poi gli mostrò il suo cottage, che la zia aveva lasciato aperto. Bailey ammirò il campo da tennis perfettamente tenuto, mentre risalivano in casa, dove Whitney stava pensando a cosa avrebbero mangiato per cena.

«Quel vecchio Riva nella rimessa è una bellezza», commentò ammirato, poi la baciò, approfittando del fatto che Emma fosse salita in camera. «Grazie di avermi invitato. I miei nonni avevano una casa come questa, in riva a un lago nel Wisconsin. Ci andavamo ogni estate, fino all'incidente di mio fratello. La adoravo.» Anche lì si respirava l'atmosfera meravigliosa delle antiche dimore, ed era tutto in condizioni perfette, segno evidente dell'amore dei proprietari.

«Cosa ne dite di una nuotata?» propose, quando Emma tornò.

La bambina si incupì un momento. «Zia Whit dice che devo indossare il giubbotto salvagente finché non imparo di nuovo a nuotare.»

«Mi sembra ragionevole», affermò lui. «Allora cominciamo subito, così entro la fine del mese riesco a farti fare un giro su quella moto d'acqua.»

In effetti, Bailey sperava in altri inviti per il weekend.

Emma batté le mani, felice. «Mi ci porti davvero?»

Lui rivolse a Whitney uno sguardo interrogativo, e lei annuì.

Scesero insieme al pontile, dove Emma indossò il giubbotto. Bailey si tuffò, elegante, nuotò sott'acqua e riemerse sputacchiando.

«È addirittura più fredda di come la ricordassi dall'ultima volta che sono stato qui», disse. Poi si arrampicò per sdraiarsi al sole accanto a loro.

Pochi minuti dopo portò Emma a nuotare, sostenendola per il giubbotto. Anche Whitney entrò in acqua, però uscì quasi subito.

«Possiamo fare un giro sulla moto, adesso?» domandò Emma, impaziente.

«Perché non facciamo domani? Prima di cena potremmo invece prendere il motoscafo.» Portò fuori il Riva, con estrema cura, assicurandosi che il serbatoio fosse pieno, e costeggiò la riva del lago. L'uscita piacque moltissimo a tutti e tre. Al rientro, lo asciugò con un panno e lo coprì di nuovo.

«Una vera perla», disse rivolto a Whitney.

Il sole stava tramontando quando tornarono alla casa. Brett era dai suoi amici, quella sera. Bailey accese il barbecue, e Whitney gli portò pollo e bistecche, che lui mise a cuocere. Poi scese al cottage a cambiarsi e tornò in jeans e maglione, poiché cominciava a rinfrescare.

Whitney mandò anche Emma a prendere un maglioncino.

Sembravano una famiglia e anche la bambina si godette appieno quella sensazione. Lei scoprì di apprezzare il fatto di avere accanto un uomo con cui fare le cose; per la nipote era un'esperienza nuova, poiché le relazioni di sua madre erano sempre durate poco, inoltre non aveva mai frequentato uomini che si interessassero ai bambini.

Bailey si divertiva con loro; suggerì di andare a pesca il giorno successivo, e di scendere più tardi a dare un'occhiata al pontile per vedere se, con un retino, delle esche e una torcia, fossero riusciti ad attirare dei gamberi.

«Come fai a sapere tutte queste cose?» gli chiese Whitney, mentre preparava un vassoio di carne.

«Sono un uomo, e gli uomini sanno tutto di barbecue e di pesca», la prese in giro, chinandosi a baciarla. Emma se ne accorse e ridacchiò. «E domani moto d'acqua, promesso.» Voleva fare tutto quello che sarebbe piaciuto alla bambina, senza però rinunciare a trascorrere del tempo con Whitney.

Pollo e bistecche erano squisiti. Lei aveva preparato patate al forno e pannocchie per contorno. Poi Bailey tirò fuori biscotti, cioccolato e marshmallow per preparare gli *s'mores*, che mangiarono fuori, dopo avere fatto fondere le caramelle sul fuoco. Emma, con il viso tutto sporco, sembrava in paradiso, e anche Whitney volle assaggiarne uno.

«Wow, sono buonissimi!» esclamò la bambina, mentre ne afferrava un terzo.

Bailey non riuscì a trattenere una risata. «Sei mai stata in campeggio, Em?» le chiese, in tono casuale.

«Mi prendi in giro?» replicò lei ridendo. «Ho lavorato in una serie tv per due anni. Ogni giorno dovevo studiare battute, durante la pausa estiva seguivo corsi con il vocal coach, l'insegnante di teatro e tutti quelli di danza: tip-tap, hip-hop e classica.» Ricordava tutto, ormai. «Non esisteva che potessi andare in campeggio. La mamma non me l'avrebbe mai permesso.»

«Magari l'anno prossimo», ipotizzò lui, lanciando un'occhiata a Whitney, che non reagì.

Amy aveva fatto a lui lo stesso discorsetto che aveva fatto all'amica, riguardo alla necessità di non essere troppo protettivi con la bambina.

«Ci posso andare, zia Whit?» chiese, speranzosa.

«Vedremo, un anno è lungo», replicò lei, vaga.

Quando la bambina entrò in casa un minuto, Bailey la interrogò al riguardo. «Non vuoi che ci vada?»

«Non voglio che si faccia male di nuovo. Potrebbe avere un incidente. Si è appena ripresa da un trauma e non voglio che le succeda niente.»

Bailey annuì, comprensivo. «Si sta divertendo un mondo, qui.» Le mise un braccio intorno alle spalle, e lei lo ringraziò per la cena squisita, felice che fosse con loro.

«Sono il maestro del barbecue. E della moto d'acqua.»

Whitney provò un moto di inquietudine, ma non disse nulla.

Raccontarono storie di fantasmi davanti al camino in giardino, finché Whitney accompagnò Emma a dormire. Dopo averle rimboccato le coperte, tornò fuori e rimase seduta a lungo con Bailey, a godersi i suoni della notte e lo spettacolo della luna sul lago. Era un luogo incredibilmente romantico, e Bailey la baciò con passione. Non fece commenti a proposito del fatto che lo avesse sistemato nel cottage, anziché in camera con lei. Condivideva quella scelta, perché sarebbe stato imbarazzante, con Emma.

La baciò ancora, poi andò a dormire. La mattina seguente, quando andò su in casa, lei aveva già preparato i pancake e messo in tavola un piatto di bacon croccante. Aveva imparato a cucinare pasti semplici, durante l'ultimo anno.

«Che programmi abbiamo per la mattina?» le chiese, mentre finivano la colazione. «Pesca o moto?»

«Moto!» esclamò Emma.

Lui guardò Whitney, che annuì con un sospiro. «Ti prego solo di stare attenta, e tenerti stretta a Bailey», raccomandò alla nipote.

Dal pontile, li seguì con lo sguardo mentre lui portava la moto fuori dalla rimessa. Notò con gratitudine che fu particolarmente prudente, e non andò troppo veloce con Emma seduta dietro. Accelerò soltanto dopo che lei fu scesa, quando andò a fare un giro da solo, divertendosi parecchio. Nel pomeriggio, portò Emma a pesca, poi fecero una nuotata tutti insieme, nell'acqua sempre gelida.

La sera arrostirono sulla griglia hamburger e hot dog. Emma guardò un film e si addormentò con una ciotola di popcorn accanto, che le aveva preparato Bailey dopo averle fatto ancora gli *s'mores*.

«Di questo passo la vizierai in modo irrimediabile», commentò Whitney, accoccolata accanto a lui, mentre guardavano le stelle dividendosi una coperta. «È dura starti dietro...» aggiunse, contenta.

«Il punto è proprio questo. Così ti pregherò di farmi venire qui tutti i weekend. La prossima volta potrei prendere un volo per Reno, sarebbe più veloce.»

«Adoro averti qui», ammise lei, totalmente a proprio agio.

«Emma non ha vissuto la sua infanzia prima dell'incidente», commentò. Era affettuoso, cordiale e incredibilmente paziente con la bambina. «Ha fatto una vita da giovane attrice.»

«Mia sorella era l'incarnazione della madre che pensa solo alla carriera della figlia. Del resto, nemmeno noi due abbiamo avuto una vera infanzia. Incontravamo la mamma dove stava girando qualche film; lei non poteva stare con noi, inoltre i paparazzi ci davano la caccia ovunque. Per me era un incubo, invece Paige adorava quella vita e si crogiolava nella fama di nostra madre; poi lo ha fatto di nuovo, in quella di Emma.»

«Credi che a lei mancherà la sua vita di prima?»

«Spero di no», replicò lei, dal profondo del cuore. «Voglio che abbia un'esistenza migliore di quella. Paige e io discutevamo sempre per questo. Non penso sia la vita ideale per una bambina, che sia attrice o figlia di un'attrice. La gente la sogna, ma non sa com'è veramente: non è sana.»

«È una vita molto diversa da come sono cresciuto io, nel Midwest. Tutto quello che hai fatto tu sembra estremamente glamour. Mi sento un campagnolo in confronto a te. Mi prenderai per un tipo grezzo.»

«Certo che no, sei un medico. E la vita di cui parli non è poi così glamour. Potrebbe sembrarlo, da fuori, ma non lo è. La pressione è eccessiva per una bambina, e anche di più per un adulto. Ogni mossa è in funzione dello show business, e intanto la stampa ti segue ovunque. Non c'è niente di reale, di autentico. Per questo motivo non ho mai voluto dei figli, né ho pensato al matrimonio, e non so nemmeno più cosa pensare di mia madre. Non so se fosse contenta della vita con papà e del fatto di lasciare che fosse lui a prendere tutte le decisioni. Oppure se in realtà odiasse quella vita, e la demenza a un certo punto della sua vita si fosse rivelata l'unica via di fuga. È difficile comprendere i rapporti che intercorrono tra le persone. Io non comprendo nemmeno i miei.»

Lui sorrise, sentendoglielo dire, ma la trovò più tranquilla che in passato.

«Detestavo il modo in cui mia sorella aveva trascinato Emma in quel mondo», continuò lei. «A sei mesi posava come modella, a sei anni faceva provini per la televisione e il cinema.»

«Adesso ha una vita migliore, grazie a te», le disse, sottovoce. «Davvero è questo il motivo per cui non ti sei mai sposata?»

Whitney aspettò un momento prima di rispondere. «Mi è sempre sembrato troppo complicato. Mio padre controllava la vita della mamma come fosse una bambina. Prendeva le decisioni, sceglieva i film, i ruoli, cosa doveva indossare, come doveva pettinarsi, quali amici frequentare, quello che andava mostrato alla stampa e quello che doveva rimanere privato. Controllava ogni momento della sua giornata, tutto il suo mondo. Per me il matrimonio significava questo, da ragazza, e non ho mai voluto che qualcuno facesse una cosa del genere a me.»

Gliene aveva già parlato, e Bailey capì che quell'esperienza l'aveva segnata profondamente.

«Mi terrorizza che un uomo provi a controllarmi come mio padre ha fatto con la mamma», ammise con un filo di voce.

«E hai paura che io possa farti una cosa del genere?» le chiese per la prima volta.

Lei annuì. Voleva essere onesta con lui riguardo alle proprie paure, in modo che capisse il motivo della sua titubanza.

«Non ti farei mai una cosa del genere, Whitney. Non è quello che desidero condividere con una persona. Il matrimonio è una società, non una dittatura.»

«Lo dicono tutti, ma poi la situazione va fuori controllo, e io non ho mai voluto correre il rischio.»

Ecco spiegato perché avesse scelto uomini con Chad, che mantenevano un certo distacco e non si facevano coinvolgere troppo.

Ma Bailey era diverso, le stava vicino, e questo a volte la spaventava, altre volte la affascinava.

«Quindi pensi di rimanere sola per sempre, tenendo le persone a distanza? Nemmeno questa mi pare una vita felice. Anzi, la trovo piuttosto triste», disse, in tono gentile.

«L'altra opzione è peggio», replicò lei, calma.

Bailey capì con cosa si stava scontrando. Ne aveva avuta la percezione fin dal loro primo incontro, da quanto lei aveva detto, e in quel momento ne ebbe la certezza.

«Considereresti mai l'idea di vivere con me?»

Whitney rimase sbigottita dalla domanda. Ai suoi occhi, era proprio quella la difficoltà.

Si prese un lungo momento prima di rispondere. «Mi terrorizza. Non con te... in generale. Sono tentata, ma anche dannatamente spaventata, perché lo trovo potenzialmente pericoloso.»

«L'alternativa è la solitudine», commentò, dispiaciuto per lei. Capiva quanto fosse impaurita e quanto fosse stata isolata, prima di avere Emma con sé. Era stata la bambina ad aprirle delle porte che prima erano sempre state chiuse.

«Non sopporterei che qualcuno tentasse di controllarmi. Mio padre voleva che facessimo cinema anche noi. Paige ha tentato, ma non aveva il talento della mamma. Io sono scappata appena ho potuto. Mi sono rifugiata nella medicina, e lui non ha potuto farci niente. Poi Paige ha trascinato dentro Emma. Quel lavoro nasconde mille insidie, divora le persone e poi le sputa. Sono felice di non esserci mai entrata.»

Tuttavia, non era ancora riuscita a fuggire dai suoi demoni, e lo spettro del padre incombeva ancora sulla sua vita. Stava descrivendo un'esistenza e un mondo di cui Bailey non sapeva nulla, e con il quale non avrebbe voluto avere niente a che fare, come Whitney. Il prezzo era troppo alto. Nemmeno i genitori di Bailey erano stati felici, dopo che l'incidente del fratello li aveva devastati, ma era ancora convinto che due persone potessero essere felici insieme, e voleva provarci con lei, se mai glielo avesse permesso. Aveva costruito delle solide mura attorno a se stessa, dietro alle quali si era nascosta, come dietro a Emma durante l'anno appena trascorso; ma quelle mura avevano cominciato a sgretolarsi. Bailey comprendeva chi era diventata e quali battaglie aveva combattuto, e la sua onestà gliela faceva amare ancora di più. Doveva soltanto capire come aiutarla. Anche lui aveva lottato contro i suoi demoni per la maggior parte della vita, dovendo fare i conti con il ricordo del matrimonio infelice dei genitori, ma sapeva che con Whitney sarebbe stato diverso. Osservarla con Emma gli aveva insegnato qualcosa sul coraggio, e al suo fianco si sentiva coraggioso: coraggioso abbastanza per tutti e due.

Nel cottage, quella notte, si sentì sopraffatto dai suoi sentimenti per lei, per quella donna che aveva lottato tanto per salvare la nipote e onorare la sorella, per perdonare i genitori ed essere libera.

Whitney, nella sua stanza, stava pensando a quell'uomo meraviglioso. Era la prima volta che provava un sentimento simile, e ancora non era sicura di voler vivere con lui.

Ma di una cosa era certa: lo amava.

17

Per Bailey, il resto del weekend passò troppo in fretta. La sera catturarono gamberi al pontile, che mangiarono a pranzo l'indomani. Portò Whitney ed Emma a pescare, e la bambina prese un pesciolino che poi lui le cucinò, rendendola felicissima.

Le diede qualche lezione di nuoto nell'acqua bassa della riva del lago, e lei cominciò a ricordare come stare a galla e nuotare a cagnolino. La portò sulla moto d'acqua, e uscirono ancora con il motoscafo. Avrebbe voluto andare a cavallo, ma non ne ebbero il tempo. La domenica pomeriggio, quando le salutò, Whitney ed Emma furono molto tristi. La sera precedente, c'erano stati i fuochi d'artificio per il Quattro Luglio, e anche una parata nella città vicina, e Bailey si era goduto ogni momento con loro. Whitney lo invitò a tornare il weekend seguente, e decisero che sarebbe venuto in aereo per avere più tempo per stare con loro.

Zia e nipote si divertirono anche da sole, durante la settimana. Brett rientrò a Los Angeles per concedersi qualche giorno di riposo, e così loro due fecero lunghe passeggiate e continuarono con le lezioni di nuoto. Curiosarono nei negozi in città, fecero la spesa e prepararono qualche dolce. Ogni tanto andavano a sedersi sul pontile e parlavano di Paige.

«Certi giorni mi manca tantissimo, ora che ricordo più cose di lei», le confidò la bambina. «Era divertente. Qualche volta facevamo cose sciocche, per esempio abbiamo imbrattato di panna l'auto del vicino perché era cattivo con noi e diceva che facevamo troppo chiasso.»

«Già, tipico di tua madre... Faceva cose del genere anche quando eravamo bambine. Mi ha insegnato a lanciare uova alle automobili. A nostro padre è venuto un colpo quando lo ha scoperto, perché qualcuno aveva chiamato la polizia. E tua madre ha dato la colpa a me, dicendo che lei non c'entrava. Sono stata arrabbiata con lei per mesi, perché papà ha punito soltanto me. Era una peste, da ragazzina.» Whitney sorrise, e la bambina si lasciò andare a una risata.

«Ogni tanto anche con me era una rompiscatole, ma le volevo bene lo stesso. Non volevo partecipare a quel musical a New York, ma credo che lei invece lo volesse. Era convinta che fosse una fantastica opportunità. Io volevo rimanere a Los Angeles, ma lei non prendeva mai in considerazione i miei desideri. Ripeteva sempre che sapeva qual era la cosa migliore per me.»

«Anche nostro padre era così. Penso che Paige gli somigliasse più di quanto avessi mai realizzato», rifletté Whitney.

«Tu mi ascolti, ti importa di quello che voglio fare», disse Emma.

«Forse è più facile perché non sono la tua mamma. Lei aveva messo tanto impegno e tanta energia nella tua carriera. Io ritengo che tu possa riprenderla in futuro, però non alla tua età.»

«Non mi aveva mai chiesto se volessi fare l'attrice, lo dava per scontato. A volte era divertente, ma spesso no... è un lavoro stancante.»

«Credo lo pensasse anche tua nonna. Non sono sicura che le piacesse davvero essere una star del cinema. Forse ogni tanto sì, ma non sempre. Una volta mi disse che le faceva paura. E ne avrei avuta anch'io.»

«Io non ero spaventata, solo che spesso non mi divertivo», disse Emma, tranquilla.

«Nemmeno un medico si diverte ogni giorno: il lavoro è così. A volte anche il mio è duro.»

«Ma tu aiuti le persone, le fai stare meglio. Come Bailey e Amy.»

«Ci provo, ma non mi riesce sempre.»

«Io credo di sì», ribatté Emma, ammirata. «E credo anche che tu sia una brava mamma. Avresti dovuto avere dei figli.»

«Non ne ho bisogno, adesso ho te», replicò lei sorridendo.

Salirono alla casa e prepararono la cena insieme. Fecero gli *s'mores*, ma Emma brontolò perché non erano buoni come quelli di Bailey.

Il sabato lui tornò da loro, con l'intenzione di fermarsi fino al lunedì mattina. Si divertirono insieme, andarono di nuovo a pescare i gamberi di sera e li cucinarono per cena l'indomani.

Lui sembrava rilassato e felice di vedere Whitney. Le raccontò dei casi a cui aveva lavorato quella settimana. Stava scrivendo un altro articolo scientifico sui traumi cerebrali, e le mostrò la prima stesura. Poi le fece una domanda che lei non si aspettava. A differenza della prima volta in cui glielo aveva accennato con noncuranza, quel giorno fu molto diretto.

«Prenderesti in considerazione l'ipotesi di venire a lavorare con noi? Amy e io ne parliamo da mesi. Vorrei che nel nostro gruppo ci fosse una psichiatra, per poter affrontare i problemi dei nostri pazienti sotto tutti gli aspetti. Il team diventerebbe molto più forte.»

Whitney rifletté un momento, poi annuì.

«Sì. Ne abbiamo già parlato in passato, e sono d'accordo con te. A mio avviso la psichiatria e la neurologia sono più legate di quanto si pensi, e lavorare con voi renderebbe la mia attività molto più interessante di quanto sia stata negli ultimi anni. Ritengo di essere pronta per un cambiamento. Quando vuoi cominciare?»

«Appena vorrai. Amy desidera sposarsi e avere dei figli, e sta pensando di tornare in Colorado, il suo Stato, per avviare uno studio più piccolo là, ma non penso intenda farlo subito. Si è stancata di Los Angeles e vorrebbe rientrare a Denver l'anno prossimo. Potresti unirti al nostro studio in settembre, e continuare a seguire alcuni dei tuoi pazienti regolari, se vuoi... e anche i nostri.»

La proposta la entusiasmava, e ne parlarono fino a tarda sera.

«Abbiamo un ufficio vuoto che puoi usare», aggiunse lui con un sorriso, poi la baciò. «So che sembra complicato se lavori con noi, e tu e io abbiamo una storia. A me piacciono entrambe le cose: tu pensi di reggere a un simile doppio salto mortale?»

Anche Whitney aveva la sensazione che sarebbe stata una sfida stimolante. «Possiamo provarci e, se non funziona o litighiamo di continuo, posso sempre tornare nel mio vecchio studio. Consideriamolo un esperimento temporaneo.»

In realtà le sembrava facile andare d'accordo con lui, non si erano mai trovati in contrasto su niente.

«Cosa ne dice Amy?» volle sapere. «Approva l'idea? Me lo aveva accennato, ma non sono certa che dicesse sul serio.»

«Mi ha intimato di non mandare tutto all'aria spaventandoti, altrimenti mi uccide.»

Risero entrambi.

«Quindi credo che dica sul serio», continuò lui. «E per me è lo stesso.»

La mattina successiva, a colazione, tornarono sull'argomento, poi scesero al lago e Bailey fece un'altra lezione di nuoto con Emma. Con il giubbotto salvagente addosso, la bambina sbatteva le gambe in acqua, poi per qualche minuto tolse il giubbotto continuando a fendere l'acqua senza paura. Il suo corpo stava ricordando quello che la mente aveva dimenticato, come le succedeva per molte cose. Buona parte della memoria era tornata, più di quanto Bailey si fosse aspettato.

«Non sei una che si arrende facilmente», disse a Whitney, in tono tranquillo, mentre osservavano Emma in acqua.

«Mi piace pensare che tutto sia possibile», replicò lei.

Bailey la guardò negli occhi. «Anche a me piace pensarlo. Nemmeno io mi arrendo facilmente. Ti amo, Whitney. Voglio che vada bene questa cosa tra noi, comunque tu voglia chiamarla. Relazione, matrimonio, società. Credo che ciascuno di noi possa apportare un notevole contributo. Non ho bisogno di sposarmi o di avere dei figli, se non è quello che vuoi. Non intendo provare a controllarti. Non sono tuo padre. E tu non sei tua madre: non sei fragile né debole. Siamo due persone che si amano e si rispettano. Non mi serve metterti un anello o un guinzaglio.»

Le sue parole la commossero al punto che di primo acchito non riuscì a parlare.

«Grazie», si limitò a dire.

Bailey aveva ormai capito quanto la terrorizzasse il pensiero di cadere nella trappola di suo padre.

«Ho paura anch'io, sai. Non ho mai messo in gioco il mio cuore per nessuna donna, come sto facendo per te. Se mi lasci, mi farai soffrire molto.»

«Io non vado da nessuna parte», lo rassicurò. «Sto venendo verso di te, credo. Solo che sono più lenta della maggior parte delle persone.»

«Sei un cavallo selvaggio», ribatté lui, in tono delicato. «Ma sono i migliori. Io sono qui per te, Whitney.»

Si sdraiarono l'una accanto all'altro sul pontile. Era bello stare vicino a lui, e sapere che non avrebbe provato a costringerla a fare niente che non volesse.

Giocarono a Scarabeo tutti e tre, poi a scacchi e a poker. Emma, felice, batté entrambi ripetutamente, e rise ogni volta. Vinse cinque dollari a poker, con grande disappunto di Bailey, poi lo stracciò anche a scacchi.

«Mi piacevi di più prima che ti tornasse la memoria», brontolò, facendola sorridere.

La bambina attraversava ancora dei momenti di frustrazione di tanto in tanto, quando una lacuna ostacolava il suo percorso. Erano sempre episodi inaspettati e inspiegabili: non ricordava piccole cose, una parola, una risposta, e ciò la infastidiva perché la faceva sentire stupida.

«Non sei stupida», le disse Bailey quando lei glielo confidò. «Fa parte del trauma che hai subìto, come una caviglia fragile o un polso. Alcune cose richiedono più tempo di altre per tornare in ordine, ma può anche rimanere una piccola debolezza per sempre. Comunque hai recuperato quasi completamente.»

«Pensi che avrò problemi a scuola?» gli chiese, preoccupata. Aveva fatto la stessa domanda anche a Whitney.

«No, non ne avrai. Non puoi eccellere in tutto, andrai meglio in alcune materie rispetto ad altre, ma non dimenticherai come ti chiami, come si legge o come si fanno le addizioni. Tutto questo te lo sei lasciato alle spalle, Emma.»

Per trattarsi di un trauma cranico, quello di Emma era stato un recupero rapido, e il fatto che fosse così giovane era un grande vantaggio.

«Pensi che sia fuori dalla mia portata diventare medico?»

«Che tipo di medico?»

«Voglio diventare neurologa, come te e Amy. Voglio curare bambini come me.»

Benché avesse davanti anni per cambiare idea e decidere di fare altro, magari di nuovo l'attrice, Emma era estremamente seria nel porgli quelle domande.

«Ascoltami», dichiarò lui, in tono solenne. «Se studi Medicina e diventi neurologa, e per allora io lavorerò ancora, ti assicuro un posto nel mio studio: metterò il tuo nome sulla porta accanto alla mia. Affare fatto?» concluse, porgendole la mano.

La bambina scrutò la sua espressione per capire se

parlava seriamente, e le parve di sì. «Quanto tempo mi ci vorrà?»

«Circa tredici anni, inclusi college, specializzazione e internato. Quindi, ventun anni da adesso. Appena prima della mia pensione, perciò farai meglio a sbrigarti.»

«Affare fatto», disse lei, stringendogli la mano. «Ci sarò.»

«Sto tentando di convincere anche tua zia di venire nel nostro studio», la informò, compiaciuto. «E ricorda il suo motto: 'Tutto è possibile', quindi non mollare. Mi aspetto che tu vada fino in fondo.»

Emma annuì, mentre lentamente un sorriso le illuminava il volto.

Whitney entrò nella stanza e se ne accorse.

«Cosa sta succedendo qui?» domandò. «Ancora poker?»

«Emma e io abbiamo appena fatto un patto», rispose lui, soddisfatto. «Sarà meglio che tu ti dia una mossa, se non vuoi che il suo nome finisca sulla porta dello studio prima del tuo.»

Whitney rise.

Il sabato, Bailey, che era un cavallerizzo esperto, realizzò un suo desiderio. Chiamò i maneggi vicini per prenotare una gita a cavallo sulle colline per tutti e tre, con una guida. Whitney, che non montava in sella da quando era ragazzina, non volle fare la guastafeste rimanendo a casa, e acconsentì. Per rassicurarla, lui le disse che avrebbe chiesto un cavallo docile per lei e per Emma, che aveva cavalcato qualche volta per esigenze di copione.

Quando stavano per partire, Whitney si innervosì, e abbassando la voce gli chiese se per lui fosse una buona idea far fare a Emma quella gita.

«Non c'è nessun problema», le rispose. «Nei maneggi hanno sempre cavalli molto tranquilli. Dovremo incitarli noi per farli andare avanti. Non lo avrei proposto se lo avessi ritenuto pericoloso per lei. Comunque ci faranno indossare il casco, oppure insisterò io, se non ci pensano loro.»

Whitney, tranquillizzata, si sedette al posto del passeggero, mentre la bambina si infilava felice sul sedile posteriore, in jeans e Dr. Martens rossi. Si era fatta i codini, e Whitney le aveva intrecciato i capelli lunghissimi.

Giunti al maneggio, rimasero stupiti dalla folla. Una decina di cavalli giravano all'interno di un recinto, altri sei venivano sellati in quel momento; ovunque c'erano persone che facevano domande, montavano in sella e si allacciavano il casco. Quando arrivò il loro turno, gli addetti li informarono di avere esaurito i caschi più nuovi e ne consegnarono a Bailey due piuttosto vecchi e malandati per lui e Whitney, e uno piccolo e in condizioni migliori per Emma. Bailey le disse di indossarlo e controllò che la cinghia fosse allacciata bene. I cavalli sembravano vecchi, e la guida che li avrebbe accompagnati anche di più. Harry Orso che Corre, un nativo americano con due lunghe trecce e una cintura con fibbia di turchese, spiegò che avrebbero percorso un sentiero privo di tratti difficili lungo il perimetro del lago, e che il giro sarebbe durato un'ora. Avevano troppe prenotazioni per prolungare la passeggiata, ma se fossero tornati li avrebbe portati a fare un giro diverso, della durata di due o tre ore. Bailey valutò che un'ora fosse la giusta durata per la bambina; nemmeno Whitney voleva stare fuori più a lungo, ed era sicura che l'indomani avrebbe avuto dolori ovunque, dato che praticava poco esercizio fisico.

Finalmente, mezz'ora dopo, lasciarono l'area antistante il fienile; Harry li precedette attraversando l'autostrada per raggiungere un punto da cui partivano diversi sentieri, e ne imboccò uno. Bailey era già annoiato a causa dell'anziano cavallo che sollevava a malapena le zampe e ogni pochi minuti si fermava a mangiare; quello di Whitney, poi, sembrava anche più vecchio.

Si stava pentendo della pessima idea che aveva avuto, quando a un tratto il cavallo di Emma, più giovane, drizzò le orecchie, cominciò a spostarsi di lato e si impennò vedendo un coniglio che attraversava il sentiero. Prima che Bailey avesse il tempo di afferrare le briglie, il cavallo partì al galoppo, con Emma in preda al panico. Bailey lo inseguì, spingendo al massimo la sua cavalcatura, ma non era abbastanza veloce e non riusciva a recuperare terreno. Harry assisteva alla scena attonito, mentre Whitney urlava supplicando Bailey di salvare Emma.

Quando raggiunse la bambina, che si teneva alla sella con tutte le forze, il cavallo di lei la sbalzò e la fece volare in aria. Atterrò sull'erba, senza fiato, mentre l'animale proseguiva la sua corsa verso il maneggio. Bailey smontò e si avvicinò rapido a lei: gli occhi erano rivolti al cielo, privi di espressione, e non emetteva neppure un rantolo. Per un terribile istante pensò che fosse morta, poi la vide girare lentamente la testa verso di lui, gemendo. Malgrado il casco, poteva avere riportato una commozione cerebrale o essersi fratturata qualche vertebra. Lo tastò delicatamente con le dita, mentre Emma mormorava: «Mi fa male la testa».

«Non ti muovere, Em», le disse, mentre Harry finalmente li raggiungeva. Bailey gli chiese di chiamare un'ambulanza.

«Non ho il cellulare», replicò lui, in imbarazzo, e Bailey gli diede il suo.

Whitney arrivò e saltò giù dal suo cavallo. Sentendo Bailey che diceva alla piccola di rimanere ferma e non provare a mettersi seduta, capì quali fossero i suoi timori, e dovette fare uno sforzo per trattenere le lacrime.

«Come sta?» domandò con un filo di voce.

«Non riesce a respirare e le fa male la testa.»

Whitney già immaginava un altro anno ad affrontare le conseguenze di un trauma cranico, e se la prese con Bailey che aveva proposto la gita a cavallo e con se stessa per avere acconsentito.

«L'ambulanza arriverà tra una decina di minuti», li informò Harry. «La riportiamo al maneggio?»

«Credo sia meglio aspettare qui», ribatté Bailey, teso.

Emma, sdraiata sull'erba con gli occhi chiusi, ogni tanto muoveva le palpebre. Poco dopo arrivarono due paramedici a bordo di una jeep, e scesero con una barella; appena la vide, Emma scoppiò a piangere.

La misero distesa sul sedile posteriore. Whitney salì con lei, sistemandosi sul pavimento del fuoristrada, mentre Bailey tornò al maneggio con Harry.

Emma si tirò su a sedere e vomitò appena raggiunsero il maneggio; Bailey e Whitney ebbero la certezza che avesse riportato una commozione cerebrale. La jeep portò bambina e zia in ospedale, mentre Bailey le seguì in auto, in preda al senso di colpa. Aveva chiesto scusa a Whitney una decina di volte, prima di mettersi in macchina.

Si rividero al pronto soccorso, dove chiesero del neurologo di turno per un trauma cranico.

«Non sappiamo ancora se si tratta di questo», replicò l'infermiera, secca.

«Sono un neurologo, so di cosa parlo», rispose Bailey altrettanto prontamente. «Ha una commozione cerebrale e un trauma cranico precedente. Occorrono TAC, risonanza ed elettroencefalogramma.»

Allarmata, la donna prese il telefono e subito dopo tornò a rivolgergli l'attenzione. «Il dottore sarà qui entro un'ora. È a Truckee.»

Bailey si trattenne dall'imprecare e tornò da Emma e Whitney, nella sala visite dove avevano sistemato la bambina. Emma aveva appena vomitato di nuovo, e la zia era pallida quanto lei. Gli rivolse a malapena la parola mentre tornava a sedersi dopo avere pulito la bambina, che stava distesa con gli occhi chiusi. Bailey, accanto a lei, le parlava e continuava a porle domande, per evitare che si addormentasse e far sì che rimanesse concentrata e impegnata.

Finalmente, un'ora più tardi, entrò il neurologo, un uomo di mezza età con un'aria lievemente seccata.

«Allora, perché tanta agitazione? Ho sentito che questa signorina è caduta da cavallo.»

Emma annuì, poi fece una smorfia per il dolore alla testa; Bailey chiese al collega di uscire dalla stanza per scambiare due parole e gli fece un rapido resoconto dell'ultimo anno: dell'incidente d'auto, delle settimane di coma e del recente recupero.

«Comprendo la preoccupazione», disse lui, serio. «Diamo un'occhiata insieme.»

Rientrati nella stanza, Bailey si mise accanto a lui mentre visitava la bambina. Aveva notato che sulla lavagna del pronto soccorso c'erano più di venti chirurghi ortopedici e soltanto tre neurologi. In inverno era un centro sciistico, e quei medici vedevano molte più fratture che traumi cranici, ma il collega gli parve competente.

Whitney, in ansia, spostava alternativamente lo sguardo dall'uno all'altro.

«D'accordo», disse infine il neurologo. «Facciamo una TAC e una risonanza, e anche l'elettroencefalogramma per toglierci ogni dubbio; comunque, ritengo che si tratti di una lieve commozione cerebrale. Non è quello che vorrei vedere dopo un trauma cranico, ma forse siamo stati fortunati, questa volta. Indossava il casco?»

Bailey confermò, lui stesso in preda a un attacco di nausea pensando a quello che era successo. Non aveva osato rivolgere nemmeno uno sguardo a Whitney da quando erano arrivati in ospedale, e lei non gli aveva detto una parola benché lui le avesse chiesto scusa ripetutamente.

Un'ora più tardi avevano fatto tutti gli esami, e il neurologo tornò per conferire con Bailey. «I risultati sono buoni. È sveglia, vigile, parla. Qualche giorno e sarà di nuovo in forma. Ma, se è d'accordo, eviterei le lezioni di equitazione», concluse sorridendo.

Bailey si sentì immensamente sollevato. «Certo, sì... è stata tutta colpa mia, ho proposto io la gita. Il cavallo ha visto un coniglio, ha impennato ed è partito al galoppo.»

«In quel maneggio hanno dei vecchi ronzini. In ogni caso, credo che Emma dovrebbe evitare l'equitazione, per la tranquillità sua, mia e di sua madre», disse, lanciando un'occhiata a Whitney, e nessuno dei due si disturbò a correggerlo. Chiaramente dava per scontato che Bailey fosse il padre. «Meglio controllarla ogni due ore, stanotte, mentre dorme. La affido a lei.»

«Grazie, dottore.»

«Si figuri. Sono lieto che non si tratti di una cosa più grave.» Si congedò con un gesto della mano e lasciò la stanza.

Bailey si voltò verso Whitney, che sembrava sul punto di svenire.

Emma si tirò su a sedere, pareva stare meglio e aveva ripreso colore.

«Non sapete quanto mi dispiace», disse rivolto a entrambe, in preda ai rimorsi.

«Mi sono divertita, finché non sono caduta», replicò la bambina, alzandosi dal lettino.

Bailey gemette. «Non è stato divertente né prima né dopo; la mia è stata un'idea pessima. Sono mortificato.»

Whitney annuì, poi tutti e tre uscirono dalla stanza e raggiunsero il parcheggio.

«Non è stata colpa tua», riuscì infine a dire Whitney. «Sono responsabile quanto te. Le ho permesso di andare a cavallo, sebbene la cosa mi innervosisse parecchio. Amy mi ha detto che non devo essere iperprotettiva, e stavo tentando di seguire il consiglio.»

«Bel risultato: il tuo istinto è migliore di quello di Amy. Emma non è figlia sua, ma tua.»

Whitney accennò un pallido sorriso. Pochi minuti dopo telefonò a Brett e le chiese di anticipare il suo rientro da Los Angeles e di prendere un aereo per Reno. La giovane rimase scioccata quando venne a sapere della caduta da cavallo, e assicurò che sarebbe partita immediatamente. A turno, sarebbero rimaste con Emma durante la notte. Anche Bailey avrebbe dato loro il cambio, e disse che si sarebbe trattenuto qualche giorno in più, se Whitney fosse stata d'accordo. Lei accettò di buon grado la proposta.

«Sarebbe potuto accadere in qualunque altro modo», gli disse lei, gentile, dopo che Emma fu andata a letto a guardare un film. «Sarebbe potuta inciampare, oppure cadere dalle scale e battere la testa. Amy ha ragione: non posso proteggerla da tutto. Potrebbe farsi male a scuola, da settembre in poi.»

«Farla salire in sella a un cavallo è stato stupido», insistette lui continuando a biasimarsi.

Si sedettero in cucina mentre aspettavano Brett, che arrivò con un taxi alle quattro e andò subito di sopra da Emma. La bambina fu felicissima di vederla, e le raccontò della sua disavventura.

Bailey e Whitney scesero al lago e si sedettero sul pontile per tentare di calmarsi, dopo quella mattinata stressante.

«Potrai mai perdonarmi?» le chiese lui, mesto.

«Non c'è niente da perdonare. Avremo di cui parlare, tra qualche anno», gli rispose, consapevole che nessuno dei due avrebbe potuto fare niente per evitare quello che era accaduto.

«Preferirei parlare di qualcosa di più piacevole della concussione di Emma provocata dalla mia proposta idiota di andare a cavallo.»

«Abbiamo terrorizzato Harry Cavallo che Corre, o

come accidenti si chiama. Non si aspettava una grana del genere», commentò Whitney, sorridendo.

«Non mi meraviglia che tu non voglia permettere a nessuno di controllare la tua vita. Sai tu qual è il meglio per te e per tua nipote: non hai bisogno di interferenze.»

«Non tormentarti, Emma starà bene tra qualche giorno.»

Rimasero sul pontile finché il sole cominciò a tramontare, mentre Brett giocava con Emma, e quando rientrarono erano un po' più rilassati. Inoltre, il dolore alla testa di Emma stava diminuendo.

«Suppongo che quello che è successo non contribuirà a convincerti a unirti al nostro studio, o a fidarti di me», commentò Bailey, in tono triste.

«Non cambia nulla», replicò lei, gentile. «E siamo stati fortunati, visto che Emma sta bene.»

Quella sera, Bailey andò a letto presto, e Whitney rimase sdraiata a pensare a lui. Aveva controllato la nipote, che dormiva profondamente; Brett occupava l'altro letto singolo nella sua stanza, e aveva istruzioni di controllarla ogni due ore. Era dispiaciuta per Bailey: lo aveva visto sconvolto quando Emma era caduta, e pieno di rimorsi in seguito. Eppure non aveva nessuna colpa, le sue intenzioni erano buone e voleva molto bene alla bambina.

Desiderava ancora diventare socia del loro studio. Niente di quello che era successo avrebbe influito sulla sua decisione. Voleva lavorare con bambini che avevano riportato traumi cranici, oltre che con i suoi pazienti psichiatrici. L'espressione desolata che aveva visto sul suo volto l'aveva colpita, e l'aveva fatta pensare a quello che aveva detto a Chad quasi un anno prima, quando era volato a Los Angeles per pranzare con lei e convincerla a mettere Emma in una clinica, in modo da non doversi occupare di lei. Rabbrividì: la sua risposta era stata quella giusta.

Si alzò e si infilò una vestaglia. Sapeva cosa voleva dirgli, anche se non sapeva come avrebbe reagito lui. Ma era stato sempre così gentile con loro, che almeno poteva mettere fine alla sua angoscia e fargli capire che non era in collera. Lei aveva acconsentito a portare Emma a cavallo, perciò la responsabilità era anche sua.

Scese le scale lentamente e uscì dalla porta della cucina. In cielo splendeva la luna; alzò lo sguardo e vide due stelle cadenti. Sorrise e si avviò verso il cottage, pensando un po' preoccupata che l'agente immobiliare l'aveva avvertita della presenza di orsi nell'area, invitandola a prestare attenzione di notte.

All'interno del cottage le luci erano spente; detestava l'idea di svegliarlo, ma sapeva quanto si era agitato per Emma, e poi erano soltanto le dieci, quindi bussò. Lui aprì subito e si allarmò quando la vide in vestaglia e ballerine rosa.

«Sta bene?» domandò, in ansia e pronto a correre alla casa principale.

«Sì, sta bene. Dorme, e Brett è con lei. Sono venuta a

dirti che mi dispiace per oggi. Si è trattato di un incidente, e sarebbe potuto accadere in un altro modo. So quanto tu ti sia sentito responsabile.»

«A causa mia ha rischiato di tornare indietro di un anno, di entrare di nuovo in coma», replicò lui, affranto.

«Ma non è successo, ed è solo questo che conta. Sarò più cauta la prossima volta, e anche tu. Capita che accadano cose brutte. Però Emma sta bene, e questa è la cosa più importante.»

Lui sorrise, sentendoglielo dire, e arretrò di un passo. «Vuoi entrare?»

Lei annuì ed entrò. Notò una lampada da lettura accesa, vicino al letto, e capì che non stava dormendo.

«Mi è venuta in mente una cosa, mentre pensavo a te. Per questo sono venuta, per vedere se eri sveglio.»

«Cosa ti è venuto in mente? Che sono un idiota e non ti fidi di me? Non ti biasimo», mormorò con aria profondamente infelice.

«No, che l'amore è caos. Facciamo tutti cose sciocche, commettiamo errori. Non chiedermi perché, ma mia sorella stava scrivendo un messaggio mentre portava il passeggero più prezioso del mondo, e ha buttato via la sua vita. Inconcepibile, trattandosi di Paige, che di solito era maniacale riguardo alle cinture di sicurezza. Io, poi, ho rischiato che ci facessimo male entrambe in un incidente sulla superstrada, e non era nemmeno colpa mia: sono cose che succedono. Nel momento in cui amiamo una persona, può diventare un disastro. Potrei fare del male a te, tu a me, potremmo deluderci a vicenda o commettere una stupidaggine che cambia tutto. Quando ami qualcuno non esiste protezione, non c'è niente di sicuro, e la posta in gioco è alta. Non ci sono garanzie nella vita. Mia madre adorava mio padre; io credevo che le avesse rovinato la vita, ma lei lo amava comunque. E la sua morte ha rovinato il resto della vita di lui. Penso che avesse fatto del suo meglio per lei, indipendentemente dalla mia opinione.»

«Cosa mi stai dicendo?» le chiese. «Che l'amore è troppo pericoloso per correre rischi, e non vuoi rischiare di ferirti con me?»

Era la conclusione perfetta di una giornata orribile, e le fece quella domanda con il cuore a pezzi.

«No, ti sto dicendo quello che ho detto, che l'amore è caos. Ci feriamo, ci rompiamo, magari commettiamo errori, ma dobbiamo correre il rischio. La vita senza rischi non ha senso. Sono stata troppo terrorizzata per andare avanti con la mia vita, dopo averti incontrato, ma un giorno mi ferirò comunque, di nuovo. Non posso nascondermi per sempre. Se è un caos e mi faccio male, guarirò. Non ne morirò, ed è meglio rischiare e vivere piuttosto che non osare amare qualcuno, non rischiare con lui. Ti amo, Bailey. È tutto quello che so. Credo che per te valga la pena di tentare. Dobbiamo avere coraggio. Se mi terrorizzi, te lo dico. E se ti riveli un sosia di mio padre, vorrà dire che sono stata sfortunata e me ne andrò. Se anche tu lo desideri, voglio dare una possibilità alla nostra storia, qualunque cosa succeda. Siamo adulti, e penso che ci amiamo. La vita non è mai perfettamente ordinata.»

Tese le braccia, poi lui la attirò a sé e la strinse così forte da toglierle il fiato. Whitney lo seguì nella camera dove fino a poco prima stava leggendo; con delicatezza, lui le tolse la vestaglia e la camicia da notte, che caddero ai suoi piedi, e lei gli sfilò la maglietta e i boxer. Sussultò dal desiderio quando sentì le sue mani su di lei. La paura di quella giornata fu dimenticata, insieme con tutti i timori che aveva avuto da quando lo aveva conosciuto. Sapeva che, qualunque cosa fosse accaduta, lui non sarebbe stato come suo padre, non avrebbe mai tentato di controllarla; e lei non era sua madre, indifesa e vulnerabile, spaventata dall'idea di pensare per sé.

Loro due erano soltanto se stessi, avrebbero dovuto trovare la loro strada e fare del proprio meglio per non ferirsi a vicenda.

Dopo avere fatto l'amore, rimasero abbracciati. Lei guardò Bailey che le sorrideva. «Sto sognando? Domattina capirò che l'ho soltanto immaginato?»

«Non stai sognando», gli disse, assonnata, dandogli un bacio. «Io sì, forse. Non so perché dovresti volere una come me. Sono una pessima cuoca, sono ansiosa riguardo al matrimonio, non voglio figli, a parte Emma... Potresti trovare di meglio.»

Lui la zittì con un bacio. «Non dire così... io ti amo... e credo che tu abbia ragione: l'amore è caos. Mi aspettavo di trovarlo tutto bello confezionato, invece non funziona così. Verrai anche a lavorare con me? Voglio il pacchetto completo, inclusa Emma.»

«Accordato», gli rispose, felice, poi si addormentarono.

Alla fine, quella si era rivelata una bellissima giornata. Era valsa decisamente la pena di aspettare.

18

BAILEY si prese le ultime due settimane di luglio, che trascorse con Emma e Whitney a Tahoe. Portò ogni giorno la bambina a nuotare e sulla moto d'acqua, andando sempre piano e prestando attenzione, anche se la piccola lo accusava di essere un fifone. Ogni notte, Whitney dormiva con lui nel cottage, avvisando Brett, nel caso avesse avuto bisogno di lei. Da mesi, ormai, Emma non aveva più episodi di incubi notturni, nemmeno dopo che si era ricordata dell'incidente. Non c'erano più fantasmi nel suo passato, solo teneri ricordi della madre a cui aveva voluto bene. Rideva delle storie che le raccontava la zia riguardo la loro infanzia, quando Paige si metteva sempre nei guai. Una mattina a colazione mise in imbarazzo lei e Bailey chiedendo, con nonchalance, perché non dormissero nella stanza della zia anziché nel cottage.

«Cosa ti fa credere che dormiamo nel cottage?» replicò lui con un'espressione volutamente buffa, facendola ridere.

«Entro sempre a controllare se c'è, la mattina. Non dorme in camera sua da quando sei qui tu. Mi ha detto che rifà il letto prima che io mi alzi, ma gli angoli sono sempre fatti male. Poi l'altro giorno ho guardato dalla finestra e vi ho visto mentre vi baciavate.»

Bailey lanciò un'occhiata a Whitney, che stava sorridendo.

«Non sei abbastanza grande per sapere certe cose», le disse la zia, sedendosi accanto a lei.

«Sì invece, ho dieci anni. Lavoravo in una serie per adulti, dove tutti andavano a letto con tutti. Tu e Bailey vi sposate?» gli chiese.

Bailey arrossì.

«Non che io sappia», rispose Whitney al posto suo.

«Mamma diceva che hai la fobia del matrimonio», ricordò la bambina, mentre prendeva un panino alla cannella.

«Probabilmente aveva ragione», confermò lei.

Bailey sembrava piuttosto scosso quando Emma si alzò da tavola con Brett e tornò in camera per vestirsi.

«Come fa a sapere tutte queste cose?» mormorò stupito. «Tua sorella doveva essere molto aperta con lei.»

«Troppo, forse. I dieci sono i nuovi venti...»

«Ci sposiamo?» le chiese, sforzandosi di sembrare disinvolto.

«Spero di no: non adesso, almeno. Perché non proviamo a lavorare e vivere insieme, e vediamo cosa succede?»

«E se resto incinto?» scherzò lui.

«Chiederò a Emma di spiegarti come evitarlo. Belinda le ha fatto un po' di educazione sessuale. Credo avesse otto anni, all'epoca.»

«Roba da adulti e troppo sofisticata per me. Voi gente di Hollywood siete oltre, io sono soltanto un ragazzo di campagna.»

«Te la stai cavando bene.»

Quando arrivarono Amy e il fidanzato, Bailey si trasferì nella stanza di Whitney, lasciando loro il cottage. Il weekend seguente arrivò Belinda con Sam: avevano trovato un appartamento e vi si sarebbero trasferiti insieme. Amy fu felicissima di sapere che Whitney sarebbe diventata loro socia, con un tempismo perfetto, perché aveva appena scoperto di essere incinta, ed era successo senza ricorrere all'inseminazione artificiale. Disse che si sarebbero trasferiti in Colorado entro un anno, e fu soddisfatta di vedere che il suo socio e Whitney avevano raggiunto un equilibrio e stavano bene insieme.

Le raccontarono dell'incidente a cavallo. «Oh, no!» esclamò lei, contrariata. «Avevo detto di non essere iperprotettivi, non di farle correre un simile rischio. Per fortuna non è successo niente di grave.»

Trascorsero gli ultimi giorni al lago senza ospiti, poi

tornarono a Los Angeles in macchina. Erano tutti piuttosto impegnati: Whitney doveva chiudere lo studio di Beverly Hills per trasferirsi in quello dei suoi nuovi soci, dove avrebbe continuato a ricevere anche i suoi pazienti; Emma doveva prepararsi alla scuola, con l'aiuto di Belinda, e Bailey andò a vivere con Whitney, dopo che avevano optato per la casa di lei.

Era stato un anno turbolento ma proficuo per ciascuno di loro, in particolare per la bambina, che la notte precedente al primo giorno di scuola ebbe un incubo dopo mesi che non le succedeva.

Quella mattina a colazione non riuscì a pronunciare neanche una parola per la paura.

Bailey le augurò buona fortuna, salutò Whitney e uscì per andare in studio.

Whitney era preoccupata per Emma, che non aveva toccato cibo e diceva di volere rimanere a casa.

Raggiunsero l'auto, e mentre la bambina si metteva la cintura la zia le disse: «Non puoi perderti il primo giorno». Lo zaino nuovo, rosa e con un grande cuore verde fluo, era posato sul sedile accanto a lei. Lo avevano comprato insieme al resto del materiale di cui la scuola aveva mandato un elenco. Due giorni prima aveva scelto con cura cosa indossare: jeans rosa, felpa bianca e Dr. Martens rosa. Whitney le aveva dato il suo cellulare, in modo che potesse chiamare in qualunque momento se avesse avuto un problema. In classe, naturalmente, lo avrebbe tenuto spento.

Erano a metà strada per la scuola, quando finalmente Emma parlò, la sua voce era poco più di un sussurro: «E se mi odiano tutti?» Era la nuova arrivata, per di più dopo tre anni di lontananza dai banchi.

«Non succederà, ti adoreranno», la rassicurò. «Stasera mi racconterai quanti nuovi amici del cuore hai.»

«E se la mia memoria se ne andasse ancora, e dimenticassi tutto?»

«Il tuo cervello sta bene, adesso, perciò non può essere. E poi ti hanno detto che per un po' andranno al tuo ritmo: sarai tu a dare il passo.»

«E se mi dimentico come si parla o si legge?» insistette la bambina. «Nessuno capirà, se uso i segni.»

«E se un meteorite cade sopra la scuola?» la prese in giro la zia.

«Mi ritroverei con gli anfibi e il cellulare rovinati», rispose Emma ridendo, orgogliosa del suo look. Whitney era dispiaciuta solo per il fatto che Paige non fosse lì a vederla. D'altra parte, se fosse stata ancora viva l'avrebbe accompagnata sul set, o magari a New York per il musical per cui Emma aveva sostenuto un provino, e la bambina avrebbe condotto una vita totalmente diversa. Ma anche lei, da zia, le avrebbe dato una vita interessante e piena, senza sprechi. Gli anni in cui aveva recitato avevano insegnato a Emma tante cose, ma anche la scuola l'avrebbe arricchita e sarebbe stata un'esperienza molto diversa, per lei.

«La settimana scorsa mi sono dimenticata lo spelling

di ‘calibrare’», disse Emma, preoccupata. «Questo forse significa che il mio cervello comincia di nuovo a dare i numeri.»

«Me lo dimentico anch’io, e il mio cervello non ha nulla che non va. Se hai un problema, telefonami.»

«Ti chiamo a pranzo.» La bambina spalancò gli occhi quando la loro macchina si accodò a quelle di altre persone che lasciavano i figli davanti alla scuola. «Mi sento male, credo che vomiterò», gemette. «Portami a casa...»

«Andrà tutto bene. Non puoi entrare a Medicina se non superi la quarta elementare.»

Emma fece un sorrisetto, e un insegnante le andò incontro, riconoscendola.

«Buongiorno, Emma. Benvenuta alla Anderson. Siamo tutti elettrizzati all’idea di fare la tua conoscenza.»

Lei avrebbe voluto infilarsi di nuovo nell’abitacolo, invece si avviò coraggiosamente verso la porta e si voltò a salutare la zia.

«Passa una bella giornata!» esclamò Whitney, mentre la nipote spariva all’interno dell’edificio.

Per un attimo le si strinse il cuore, ma poi si disse che Emma sarebbe stata benissimo. Aveva attraversato prove difficili e aveva tante cose nuove davanti a sé, persone da conoscere, avventure da vivere. Anche se non erano esattamente i progetti che Paige aveva per lei, Whitney sapeva che sarebbe stata orgogliosa di sua figlia. Ormai, stava a Emma decidere chi era e cosa voleva fare da grande, ed era soltanto il principio. Aveva il mondo in mano, e tutto era possibile.

Dalla Anderson, Whitney percorse il tragitto di venti minuti fino allo studio di Bailey. Era il primo giorno anche per lei. Avevano pulito un ufficio per lei, dove nel pomeriggio sarebbero arrivati i pazienti.

Era una splendida mattinata di sole, e lui la stava aspettando in strada. Mentre la accompagnava dentro, si sentiva anche lei come la studentessa in una scuola sconosciuta, ma sapeva che ce l'avrebbe fatta.

Posò la ventiquattr'ore e si guardò intorno. Bailey le offrì un caffè che lasciò sulla scrivania, poi la baciò e sorrise.

Capì che era il momento giusto per cominciare un'altra vita, per se stessa, per Emma e per Bailey. La giornata perfetta per i nuovi inizi.

Epilogo

Emma Watts parcheggiò l'auto accanto all'edificio, nel posto che le era stato assegnato. Ce n'era uno per ciascun medico, mentre gli altri erano riservati ai pazienti. Le batteva forte il cuore, e quell'emozione le ricordò il suo primo giorno alla Anderson, in quarta elementare, quando tutto per lei era nuovo. Niente Dr. Martens, però, bensì scarpe nere con il tacco alto e completo grigio. A trentun anni, si sentiva ancora la bambina che arriva in una scuola in cui non conosce nessuno. Sorrise vedendo sulla porta la lucidissima targa d'ottone nuova, accanto a quella con il nome di Bailey. L'aveva messa lui, mantenendo la promessa. Le altre erano lì da parecchi anni, e si vedeva, mentre qualcuna era cambiata.

Amy Clarke era tornata in Colorado vent'anni prima. Aveva uno studio medico a Boulder con il marito, e aveva avuto tre figli, due dei quali stavano studiando

Medicina. Whitney e Bailey stavano benissimo, continuavano a lavorare insieme e, fedeli alla parola data, avevano invitato Emma a unirsi allo studio. Erano passati ventidue anni dall'incidente, ed Emma non aveva mai avuto ripensamenti o incertezze riguardo alla decisione di diventare medico, e la Anderson School l'aveva aiutata a raggiungere quel traguardo. Si era specializzata in Neurologia, poi aveva fatto l'internato in Pediatria, occupandosi di traumi cranici. E finalmente era lì, pronta per il suo primo giorno di lavoro.

Alcune cose non erano cambiate. La zia e Bailey vivevano insieme da ventun anni e non si erano mai sposati: dicevano che non era necessario, e Whitney temeva di rovinare tutto ufficializzando il loro rapporto. Bailey, fedele alle sue promesse, aveva accettato.

Emma non vedeva l'ora di cominciare. Quella era la realizzazione del suo sogno, un sogno seguito a un incubo.

Whitney la stava aspettando. Quando entrò, l'abbracciò e le mostrò il suo studio, che aveva tinteggiato Bailey stesso.

Emma aveva portato i suoi diplomi di laurea incorniciati, ottenuti alla UCLA e a Yale, da appendere alla parete. Aveva impiegato tempo e fatica per arrivare sin lì, ma ne era valsa la pena. Bailey le sorrise dalla soglia, ed Emma lo guardò raggiante. Whitney non aveva mai lasciato sola la nipote, ed era orgogliosa di lei: le aveva insegnato quello che sapeva e in cui credeva, cioè che tutto è possibile e non bisogna mai rinunciare ai propri sogni. E finalmente Emma era lì, e i suoi sogni si erano realizzati.

Emma, da parte sua, aveva fatto a Whitney il dono più grande: quello di essere madre.